특명

김일성 시신을 확인하라!

특　명
〈김일성 시신을 확인하라!〉

실　　　화 | 류재복
엮 은 이 | 김기우
책임편집 | 김수철
교　　　정 | 백정미
마 케 팅 | 이우진

신고번호 | 제25100-2023-000110호

초판 1쇄 인쇄 | 2024년 1월 1일
초판 1쇄 발행 | 2024년 1월 1일
발 행 처 | 정경시사FOCUS

우편번호 | 08381
주　　　소 | 서울시 구로구 디지털로271, 605호 (구로동, 벽산디지털밸리III)
전　　　화 | 02-783-1214
팩　　　스 | 02-786-1215
E-mail | rky5203@naver.com

ISBN 979-11-985659-0-7
값 : 20,000원

특명

김일성 시신을 확인하라 !

정경시사 FOCUS

머리말

진정한 평화를 위해 혼신을 다한 시간

나에게는 아직 못다 이룬 꿈이 두 개가 있다. 그 중 하나는 30여 년간 기자 생활을 하며 취재 차 많은 곳을 돌아다녔는데 그때마다 취재원들이 준 각종 선물 들을 전시하는 것이다. 국내는 물론이지만 특히 중국, 러시아, 북한을 오가며 받은 선물들이 많다. 그 정(情) 들을 버릴 수가 없어 차곡차곡 모아 놓았더니 지금은 큰 덩어리가 돼 있다. 어느 멋진 장소에 〈류재복 대기자의 기념관〉이란 간판을 걸고 많은 사람들에게 이 선물들을 보이고 함께 생각을 나누며 공유하는 것이 하나의 꿈이다.

또 하나의 꿈은 나의 특별한 활동을 그린 《특명》이란 영화를 만드는 것이다. 원래의 계획대로라면 2023년 올해 추석, 전국 극장에 걸었어야 했다. 그러나 잠시 늦어지고 있다. 그래서 먼저 영화가 아닌 책을 내기로 했다. 나의 기백과 젊음이 깃들고, 나의 열정이 담겨 있는, 그리고 내 생애 최대의 위기와 고통을 겪었던 특별한 체험의 실화들을 만인들과 함께 나누고 싶다. 그래서 우선 소설을 보여주고, 그다음 영화를 보여주기로 했다. 그렇게 되면 내 나이 70이 넘어 나의 꿈은 모두 이루어지는 것이다.

사람들은 한 세상, 깊은 만남을 갖고 살고 있다. 그 만남 속에서 운명이 좌우되는데, 그런 만남은 불과 10여 명 안팎에서 이루어지고 있다. 나에게도 그런 한 분이 있었다. 바로 지난 4월에 유명을 달리하신 현미 누님이다. 1998년 봄, 중국 장춘에서 현미(본명 김명선) 누님 형제들과 북한 동생을 내가 만나게 해 준 일은 당시로써는 이산가족 상봉의 역사적 큰 사건이었다. 이 책 속에는 나와 현미 누님과의 만남에 대한 시작과 끝이 있다. 그리고 1995년 12월, 중국 심양에서 북한 요원 2명을 운명적으로 만나면서 대북(對北) 활동을 시작, 그로 인해 1996년 6월, 역사적인 평양을 1차 방문했던 내용이 나온다.

당시 나는 통일원의 방북 승인 없이 관계기관의 허락만 득하고 입북했다. 평양 서재골 초대소에서 북한 보위부 요원들에게 생명의 위협을 당했지만, 극적으로 위기를 넘겼다. 그리고 1998년 7월, 2차 방북 시 '김일성 시신을 확인하라!'는 대한민국 정부의 특명을 받고 평양에 침투, 정말로 김일성이 사망했음을 보고하는 수훈을 세웠다.

이런 공작 과정에서 중국 안전부에 체포돼 5박 6일간 감금-고문을 당하는 생애 최대의 고통을 받았던 체험들이 이 책에 생생히 기록, 공개되고 있다.

그 외 최초이자 마지막이었던 〈평양교예단〉 서울초청공연, 남북 이산 가족 상봉, 한국 정치권에서 요청한 대북 공작 활동을 비롯, 한-중 수교 후인 1994년부터 2008년까지 '공작원' 신분으로 대북(對北), 대중(對中)에 관련된 나의 온갖 스토리가 필연의 과정으로 이 글 속에 빼곡히 담겨 있다. 특히 서울행정법원에서 대한민국 최초로 받은 '우회공작원' 인정 승소 판결! 그 재판과정은 한편의 첩보 드라마였음을 이 책 속에서 밝히고 있다.

남들이 겪지 않고, 아니 쉽게 겪을 수도 없는 체험이었다. 이 모든 것이 나 혼자만이 특별하게 겪어야 했던 사건들이었기에 나는 기록을 했다. 이런 기록을 가슴에만 담아두기가 너무나 벅차 책으로, 또는 영화로 세상에 알리고 싶었다. 그렇게 하여 이 책이 나오게 되었다.

이러한 나의 뜻을 귀하게 여겨 글 정리에 도움을 주신, 소설가이자 교수이신 김기우 박사님께 진심으로 감사를 드린다. 이미 베스트셀러가 된 다작의 소설을 쓰신 김기우 교수님께서 흔쾌히 스토리텔링을 해 주셨기 때문에 이 책 《특명》이 세상에 빛을 발하게 됐다. 그리고 또 이 책이 나올 수 있도록 힘을 주신 헤아릴 수 없는 주변의 여러분들, 특히 내가 몸담고 있는 특수임무유공자회 김용덕 회장과 4,000여 명의 동지 회원들이 보내준 뜨거운 격려는 몸둘 바 모르게 한다.

더 특별한 분에게 감사를 드리고 싶다. '대한민국 최초의 우회공작원'을 만들어주신 소설 속 인물 김상원 선배님께 머리 숙여 감사 드린다.

아직은 '김일성 시신 확인'에 대한 보상을 받지는 못했지만, 나에게 대한민국 국가를 위해 노력했다는 증거이자 징표인 '특수임무유공자' 신분을 안겨주신 분이다.

그리고 이 책이 나오기까지 물심 양면으로 후원을 해 준 정경시사포커스 노영화 상임고문, 김기문 이사, 백정미 팀장, 힘찬 성원과 응원을 아끼지 않은 안중근의사교육문화재단 박태웅 사무총장, 남북경협국민운동본부 이장희 상임대표, (사)호국무술연맹 박상현 이사장, 부천 소신교회 허병주 목사(총신대 이단박사1호)님과 또한 이 책의 추천사를 써 주신 서요한 교수(총신대학교 신학대학원), 그리고 필자와는 형제 이상의 정을 나누고 있는 특수임무유공자회 이승주 하남지회장, 김용덕 회장, 정우택 국회부의장, 양기대 의원, 김해성 목사님께 거듭 감사를 드리고, 15년 전 중국 인민일보해외판(한국판)을 나와 함께 창간했던 이우진 발행인(현재: 정경시사포커스 편집국장)에게 그간의 수고에 깊은 감사를 전한다.

주변에서 나를 민족애, 조국애가 강한 사람이라고 한다. 아마도 오랜 기자생활 때문이 아닌가 한다. 우리 사회에 대한, 우리 국민에 대한 관심이 폭넓고 깊어야 좋은 기사를 쓸 수 있기에 당연한 것으로 받아들이고 있다. 공동체 연대의식이 점점 부족해져 가는 듯하다. 가부장 질서와 여성의 위치도 변화되고 있고, 과학기술에 따라 노동현실도 바뀌는 형국이어서 개인의 이익만을 우선시하는 경향으로 보인다. 돌아보면 나는 국가가 무언가 해 주기를 원하기보다 국가를 위해 할 수 있는 일이 무엇인지를 먼저 생각해온 세월을 보냈다.

이제 펜을 놓고 잠시 숙고한다. 남북관계가 꽁꽁 얼어붙어 있는 현재이지만 하루빨리 남북의 지도자들이 손을 맞잡고 대화해 해빙된 한반도를 만들어가면 좋을 것이다. 남한과 북한이 경제 협력하며 평화롭게 살아가는 그 날이 오기만을 기다려 보면서 이 책 실화소설 《특명》이 남북관계에 작은 디딤돌이 될 수 있기를 소망한다.

2023. 가을

류재복

목 차

추천사

"목숨을 건 도박"으로 대한민국의 특명을
수행한 류재복 大記者의 생생한 실화!

 이 세상에 귀하고 소중한 것이 많지만, 그 중에 가장 귀하고 소중한 것
은 하나뿐인 사람의 목숨이요 생명이다. 신약 성경 마태복음 16:26에
서 예수님은 "사람이 만일 온 천하를 얻고도 제 목숨을 잃으면 무엇이
유익하리요. 사람이 무엇을 주고 제 목숨과 바꾸겠느냐"라고 하시면서,
"사람의 목숨은 천하보다 귀하다"고 말씀하셨다. 따라서 사람의 목숨과
바꿀 수 있는 것은 이 세상에 아무것도 없다.

 이번에 출간된 大記者 류재복의 《특명》(special command, 혹은
special mission and special order)은 1950년 6.25 동란 후 1953년 7월
27일 남북 휴전협정이 맺어진 40년 만에 최초로 1994년 7월 25일-27일
까지 2박 3일 동안 평양에서 남북정상회담(남한의 김영삼 대통령과 북

한의 김일성 주석)이 예정되었다. 그런데 1994년 7월 8일 김일성 주석이 돌연 심근경색으로 사망(당시 83세, 2022년 일본의 아베 수상과 사망일이 같음)하였다. 이로써 당시 남한 정부는 김 주석의 생사여부를 전혀 확인할 수 없는 급박한 상황에서 조문 파동에 휘말렸고, 결국 7월 25일로 예정된 남북정상회담이 취소되면서 한반도 정세는 급격히 경색되었다.

이러한 상황에서 당시 40대의 류재복 대기자는 통일원의 공식 방북 승인을 받지 못한 채, 국가안전기획부(안기부)와 정보사의 승인만 받고 한국 정부의 선택된 우회 공작원으로 〈김일성 시신을 확인하라〉는《특명》을 받고 평양에 입성, 하나뿐인 "목숨을 건 도박"을 하였다. 따라서 본서《특명》은 제목이 시사하듯이 다른 어떤 중-장편 소설과 이미 상영된 기존 몇 편의 영화와 감히 비교할 수 없는 저자 자신만의 특별한 체험담으로, 어떻게 그가 철의 장막에서 "목숨을 건 도박"으로 뜻밖에 직면한 수많은 위기에 대처하고 극복했는지를, 매 페이지 마다 장기간 농축된 대기자의 필치로 숨 막히듯이 역동적으로 전개하는바, 실로 전 내용이 감동적이다.

내용 중에 류재복 대기자가 북한 체류 중에 경험한 것들, 예를 들면, 북한 비행기를 타고 국경을 넘어 평양에 도착한 것과 머물고 있던 호텔에 보위부 소속의 요원 2명이 찾아와 갑자기 권총을 겨누며 "방북 증을 보여 달라, 안기부 요원이 아니냐"고 추궁한 것, 당시 공식 방북 증이 없는 상황에서 불현듯 남북 경제교류를 위해 방문한 민간외교관이라고 해명함으로써 결정적 죽음의 위기를 넘긴 것, 안내원의 인도하에 직접 찾아가 본 김일성 시신이 안치된 금수산태양기념궁전 내부의 실상, 그곳 궁전 각 층 마다 검은 정장 차림의 요원이 암호를 확인하는 등 삼엄한 경비, 안내에 따라 김일성 시신 주위를 시계 방향으로 돌며 8번 고개를 숙인 것, 그리고 당시 김 주석의 시신에 혹과 검버섯 등이 그대로 보존되어 마치 살아 있는 사람과 같았던 것, 특별히 그곳에는 김 주석이 생전에 사용한 집무실과 "동무들, 우리는 우리식대로 가는 기야"라는 생전 육성이 들린 것 등이다.

하지만 본서를 통하여 류재복 대기자는 단순히 지난날 자신의 체험을 전개하기보다는 보다 적극적으로 동북아의 평화는 물론 향후 남북 간의 분단 종식과 화해를 전망하였다. 이를 위하여 류재복 대기자는 2008년 초까지 약 250여 차례 중국을 방문하면서 남북통일을 위한 민간사업으로 탈북자 지원 및 대북 정보 수집 임무를 수행해 왔다. 그리고 2022년 3월, 남북이산가족협회 5대회장에 선출된 후, 2023년 12월 현재, 북한의 경제와 민생을 획기적으로 개선할 수 있는 방안을 포함하여 한반도 통일시대를 구상 중이다.

따라서 본 추천인은 본서를 통하여 지난날 긴박했던 남북한의 정치 상황을 이해하고, 그 이해의 기초 위에서 속히 민족 모두가 꿈꾸는 남북통일을 위해 피차 노력했으면 한다. 본서《특명》을 대하는 모든 독자는 감히 그 누구도 결코 후회 없는 유쾌 상쾌 통쾌함을 느낄 것이기에 강력히 일독을 권한다.

2023. 12. 5

前 총신대학교 신학대학원

서요한 교수(역사신학)

추천사

오랜 기자 생활의 축적된 경험과 바탕으로
北-中을 오가며 체험한 생생한 기록을 공개

국방부가 발표한 공식 통계에 따르면, 1948년부터 2002년까지 북파공작원 양성요원은 13,835명이고, 이중 11,273명이 실제 임무를 띠고 북파되었으며, 이 가운데 7,726명이 돌아오지 못한 전사자가 되었습니다. 이러한 공식 통계에서 빠지거나 첩보부대가 아닌 국가 정보기관 등을 통해 대북 활동을 했던 우회 공작원까지 합하면 더 많은 희생자가 있을 것입니다.

정전협정 이후 총소리는 사라졌지만 소리 없이 북한으로 보내진 북파공작원들은 조국의 명령으로 특수임무를 수행하면서 엄청난 희생을 치렀습니다. 어처구니없는 사실은 이들에게 지금까지 단 한 개의 훈장도 수여되지 않았다는 것이며, 시대적 상황이 요구했던 희생에 걸맞는 국가보훈을 생각한다면 이들의 공적에 대하여 적절한 예우 및 보상이 꼭 이루어져야 할 것입니다.

이 소설 《특명》의 저자인 필자는 오랜 기자 생활을 통해 축적된 경험을 바탕으로 언론인으로서 중국과 북한 등을 오가며 체험했던 생생한 기록을 공개하고 있으며, 김대중 정부 당시 안기부에 의해 민간 공작원으로 채용 후 '김일성 시신을 확인하라!'는 대한민국 정부의 특명을 받고 평양에 침투, 정말로 김일성이 사망했음을 보고하는 수훈을 세웠으나 그에 대한 보상을 받지 못했습니다.

또한 특수임무수행자 보상에 관한 법률로 대북 공작활동을 했던 북파 공작원들에게 보상금이 지급 되었지만 필자는 민간 공작 여부를 인정받지 못하다가 2017년 행정소송이 승소함에 따라 특수임무유공자로서 본회의 정회원이 되었습니다. 필자는 현재 거주 지역에서 회원으로서 봉사활동에 적극적으로 참여하고 있으며 남북이산가족협회 회장으로서 많은 활동을 펼치고 있습니다.

《특명》은 필자의 목숨을 건 공작 활동의 생존 기록일 뿐만 아니라 특수임무유공자회의 또 다른 대북 첩보전의 증언과도 같기 때문에 이 책이 출판되기까지 겪었을 여러 난관을 이겨낸 필자에게 특임자회 모든 회원과 함께 아낌없는 박수를 보냅니다.

2023년 10월

대한민국특수임무유공자회 회장 김 용 덕

추천사

최초의 남북 정상회담을 앞두고 사망한 김일성,
그 시신을 확인한 한 기자의 감동적 실화

《특명》이라는 장편 실화 소설을 세상에 내놓은 류재복 대기자는 나의 지역구가 있는 청주에서 출생한 언론인이다. 내가 국회에서 정무위원장을 맡았던 때로 당시 그는 국회 출입기자였기에 왕래가 잦았다.

내가 본 그는 기자 신분이면서도 많은 일을 해온 열정파다. 1998년 김대중 대통령이 취임하면서 통일부를 맡은 강인덕 장관은 고향이 이북인 이산가족이었다. 강 장관은 당시 길림신문 서울지국장이던 류재복 대기자에게 자신의 누이를 비롯한 103명의 생사확인을 의뢰했는데, 그는 이들 모두의 생사를 확인하고 그 속에서 한국의 유명한 가수였던 현미의 북한 친동생을 중국에서 50년 만에 상봉시켰다.

류재복 대기자는 참으로 부지런한 사람으로 바쁜 세월을 보냈다. 그는 러시아, 중국을 이웃집처럼 드나든 사람이다. 특히 그는 중국 동북 3성을 제 고향 다니듯 왕래하며 우리 민족의 역사를 관찰했다. 그는 대한민국 정부의 특명을 받아 나라와 민족을 위하는 일을 하며, 평양에도 두 차례 다녀왔고 국가를 위하는 마음으로 힘든 줄도 모르고 열심히 일했다. 그러나 정부는 일만 시켰을 뿐 그에 대한 대가가 없었다.

　애초에 보상을 받기 위해 특수임무 활동을 한 것은 아니었다. 북한 동포를 향한 측은지심과 한 핏줄인 중국 동포를 위한 순수한 그의 의지였을 것이다. 그는 통일을 위해 통일 일꾼을 자처하고 일을 해나가는 과정에서 분단에 놓인 민족을 불쌍히 여겼다. 그는 북한 동포만 생각하면 눈물이 나왔다고 한다. 북한을 더 알기 위해 중국도 자주 왕래했고, 연변에 있는 동포들도 물심양면으로 도왔다.

　그는 정식으로 국가기관에 소속돼 있는 공무원도 아니었지만, 1998년 당시, 통일부와 안전기획부 소속원들이 해야 할 임무를 류재복 대기자는 민간인 신분, 이른바 국외 비밀정보원이라는 자격으로 평양에 체류하면서 김일성의 시신을 확인한 사람이다. 당시 그 시신을 공식적으로 확인한 사람은 남한에서 류재복 대기자뿐이었다. 그 공로로 그는 뒤늦게 2019년, 정부로부터 특수임무유공자 증서를 받았고, 이 책 속에서 그 과정을 소설로 생생히 밝히고 있다. 그는 특히 한국의 5천년사 분단 이후 남북이 고조되던 시절인 1994년 8월 15일, 최초의 남북정상(김영삼-김일성) 회담을 앞두고 김일성의 사망과 관련, 죽음을 확인하라는 대한민국 통치권자의 특명을 받고 목숨을 걸고 임무를 수행한 선구자였다.

또한, 그는 한중 교류를 위해 30년 간을 활발히 활동했고 그 결과로 지난해 한중수교 30주년 공로를 인정받아 중국 정부로부터 공로패를 받았다. 그가 공로패를 받은 이유에는 특별한 사연이 있다. 그는 한중수교 3주년인 1995년 10월, 중국 심양에 있는 한족 어린이들로 구성된 〈심양설화소년예술단〉을 한국에 초청 공연을 선보이게 했다. 단원 40명 스탭10명 등 50명이었다. 한중수교 후 처음으로 중국의 한족 어린이들이 한국에 와서 10여 일간 전국을 순회하며 공연을 했다. 이때 그는 명예 단장을 맡아 한국에서의 일정을 진두지휘했다. 그 후 그는 길림성, 흑룡강성, 훈춘 등 중국의 소년들에게 한국을 알게 했다.

우리 민족을 위해 중국, 북한을 오가며 뛰어다닌 사람은 별로 없다. 남북이산가족을 찾고, 연변 조선족의 억울한 살인사건을 취재하거나 북한 예술단을 초청하는 일은 누구나 쉽게 할 수는 없다. 그런데 그는 이러한 일들을 모두 해냈고, 그 과정을 그린 실화가 책으로 세상에 나오게 된 것이다.

청주가 낳은 자랑스런 류재복 대기자, 그간에 그가 노력해온 역사적 사실들이 너무도 특별하기에 이에 공감하며 추천사를 남겨본다. 많은 독자들이 특별한 책《특명》을 많이 접하길 기대해본다.

2023년 10월
국회부의장 정우택

추천사

《특명》은 한 개인의 경험담이 아닌
우리 민족이 걸어온 역사이며, 또 하나의 물증

필자는 광명시장 재임시절부터 평소 남북관계 개선과 한반도 평화에 남다른 열정을 갖고 있는 류재복 대기자와 오랜 인연을 맺어 왔다.

실화 장편 소설 《특명》에서 알 수 있듯이 류재복 대기자는 비범한 인생을 살아왔다.

류재복 대기자가 본인의 인생 서사를 통해 독자들에게 전달하고 싶은 것은 최악으로 치닫고 있는 남북관계가 하루빨리 개선되길 바라는 마음일 것이다.

지금 남북관계가 풍전등화의 위기에 처해 있다. 모든 소통이 단절되었고, 신뢰를 쌓을 수 있는 기반조차 찾아보기 힘들다. 우크라이나-러시아 전쟁 장기화와 미국과 중국을 중심으로 세계적인 신냉전의 시대로 한

치 앞을 내다볼 수 없을 정도로 불안한 상황이다.

필자는 남북관계가 해빙되어 남북이 경제 협력하며 평화의 시대로 나아가야 한다는 류재복 기자의 생각과 뜻을 같이한다.

필자는 광명시장 시절인 2015년 말부터 KTX광명역을 유라시아대륙철도 출발역으로 육성하기 위해 많은 사업을 펼쳐왔다. 당시 일부 시민들이 '뜻은 가상하나 무모한 도전'이라고 비판했다. 그러나 당시에도 최악이였던 남북관계 개선의 돌파구를 찾아야 한다는 절실함에 끊임없이 노력했다.

국회의원에 당선된 후에도 끈질기게 남북고속철도 건설을 주창했다. 정당사상 처음으로 더불어민주당 남북고속철도 추진 특별위원회 위원장을 맡아 남북고속철도를 공론화하고 뜻을 모았다. 통일부가 '경의선 남북고속철도 건설 타당성 용역'을 하는 데 주도적인 역할을 했다.

필자는 앞으로도 어떤 고난과 역경이 있더라도 교착된 남북관계를 개선하기 위한 노력을 멈추지 않을 것이다.

그 이유는 류재복 대기자와 같이 목숨을 걸고 국가와 한반도 평화를 위해 헌신하고, 지금 이 순간에도 한반도 평화를 위해 끊임없이 노력하는 분들이 있었기 때문이다.

이 책에 쓰인 류재복 대기자의 인생 서사는 한 개인의 경험담이 아닌 우리 민족이 걸어온 역사이며, 또 하나의 물증이다.

지금은 남북관계도 평화란 말을 입에 올리기도 민망할 정도로 최악의 상황이다. 그러나 이 책을 통해 독자들이 남북 관계가 앞으로 개선될 것이라는 한 줄기 희망을 찾아보기를 기대해 본다.

　필자 또한 역사는 더디지만, 반드시 진보한다는 말을 믿는다. 류재복 대기자의 앞 길에도 영광이 있기를 기원한다.

2023년 10월

국회의원 양기대

추천사

한-중, 중-한 교류에 금자탑을 세운
돈키호테 같은 사나이 류재복 대기자!

1990년대 중반부터 류재복 대기자는 정말 바쁘게 움직였다. 잠을 자지 못해 졸린 눈을 비비며 일을 했다. 그 이유는 1992년 8월 24일, 역사적인 한중수교가 되면서 대한민국에 몰려오는 조선족 동포들의 생존과 한중, 중한교류에 힘을 쏟았기 때문이다. 그 이후 우리 두 사람은 24시간이 모자랐다. 늘 긴장한 상태였다. 정신을 놓을 수 없었다. 자칫 하나라도 실수가 있으면 모든 것이 허물어진다는 것을 우리는 잘 알고 있었다. 그 와중에 류재복 대기자는 정부의 특명에 의하여 특히 북한 관계 업무를 보고 있다가 1996년 6월 18일, 역사적인 첫 방북을 했다.

류재복 대기자, 그의 평양 방문은 우리 민족에게 조금이라도 도움이 될 수 있으면 하는 마음으로 실행된 일이었다. 분단된 남과 북에 평화를 주는 방안으로 미력하게나마 힘을 보탤 수 있다면 좋겠다는 생각을 수차 이야기를 했었다. 궁극적으로는 남북통일이었지만 그보다 먼저 우리 민족이 평화롭게 살아가기를 바랄 뿐이었다. 그래서 그는 중국 국경에 맞닿아 있는 동북 3성을 자주 왕래했다. 코로나19가 발생되기 전까지 그의 여권에는 중국 입국 도장이 250여 개 찍혀 있었다. 류재복 대기자는 특히 우리의 미래인 조선족 아이들에게 한국의 땅을 밟게 하도록 노력을 했다. 그 아이들에게 우리 민족이 하나임을 확인시켜주고, 그들에게 통일의 힘을 불어넣어 주고 싶다는 생각, 그것이 그의 소명임을 필자는 알고 있었다.

그는 또 이념으로 인해 분단된 남과 북, 만날 수 없는 우리 형제들이 언젠가 만나게 되리라는 기대, 그날을 위해 누군가는 애를 써야 한다라는 생각이 늘 그를 떠나지 않게 했다. 다른 사람이 관심을 별로 두지 않는 듯한 우리의 전통문화, 예술에 대해 그는 주목해 왔다. 우리 민족의 언어와 예술, 우리 음악, 우리 리듬이 담긴 국악과 민요를 우리 후손들이 잊지 않도록 그는 노력했다. 그래서 동북 3성의 소년예술단을 조직하고 명예 단장을 맡아 1995년 한중수교 3주년 기념을 시작으로 1998년까지 연속 4년간 중국 청소년들을 한국으로 데려와 그들의 문화를 한국에 알리고 공연을 하게 했다.

류재복 대기자가 데려온 중국의 학생들과 스탭은 연속 4년간 200명이나 되었다. 이들이 한국에서 진행하는 공연 중 백미는 〈장춘진달래

소년예술단〉의 아리랑 합창이었다. 진도 아리랑을 변조한 가요를 목청 껏 부르며 청중의 떼창을 이끌었다. 청중이 아리랑의 후렴구를 합창할 때, 혼연일체의 모습은 장관이었다. 모두가 아리랑의 선율속에 파묻혀 온 몸을 흔들며 소리를 높였다. 서로가 서로의 거울이 되어 환한 빛으로 울려 퍼졌다. 노래하는 사람들은 사라지고 아리랑 멜로디만 남아 극장 을 감동의 도가니로 만들었다.

그중 1997년도 10월에 한국에 온 '도리조선족소학교' 소속의 〈하얼 빈라일락소년예술단〉공연도 일품이었다. 특히 이 학교는 안중근 의사의 뜻이 담긴 우리 조선족 사학의 시초가 되는 학교였다. 정말 특별한 학교 였다. 1909년 4월에 동흥학교(東興學校)라는 이름으로 개교한 이 학교 는 흑룡강성은 물론 동북 3성에서 우리 민족의 손으로 자발적으로 세 워진 학교였다. 동흥학교는 교육기관이면서도 반일 애국사상 교육의 진 원지였다. 류재복 대기자는 이 학교의 명예교장 임무를 1997년부터 지 금까지도 수행하고 있다. 그는 1999년 개교 90주년 행사와 2009년 100 주년 행사를 물심양면으로 지원했다. 그 결과 류재복 대기자는 지난해 한중수교 30주년을 맞아 중국 정부로부터 유일하게 공로패를 받기도 했다.

류재복 대기자! 그가 이러한 한중, 남북 문화예술의 교류에 공을 들 인 것은 우리의 문화가 끊기지 않고, 계속 이어 나가기 위한 것이었고, 그 리고 그 기억은 언젠가 이뤄질 통일의 바탕으로 작용하리라 생각한 것이었다. 우리의 후손에게 우리의 음악, 우리의 가락, 우리의 리듬이 몸에 배도록 하겠다는 의지가 그를 연변에 자주 가도록 부추겼고, 그러면서 통일이 이뤄지리라는 마음을 더 단단히 갖게 했다.

필자는 1990년대 초, 남북적십자 회담과 고위급 회담을 통해 사람들이 판문점을 거쳐 북으로 가는 것을 보았지만 류재복 대기자, 그가 홀로 단신으로 군사분계선이 아닌 제3국을 통해 북녘땅에 들어선다는 것은 가히 상상도 못 했던 일로 역사적인 순간이었다. 목숨을 걸고 평양행을 택한 그 일은 한국의 근현대사에 남을 특별한 사건이고, 그의 삶에 가장 큰 흔적이 되는 역사적 사건이다. 어느 누구도 수행하지 못한, 아니 상상할 수도 없는 특별임무, <김일성 시신을 확인하라!>의 임무를 확실하게 수행하고, 그 과정을 그린 류재복 대기자의 장편 실화소설 《특명》, 우리가 꼭 읽어야 할 책이고, 부디 많은 독자들에게 널리 읽혀지기를 바란다.

2023년 10월

중국동포교회 담임목사 김해성

특명

김일성 시신을 확인하라!

각자 피켓을 들고 방영 차례를 달라던 방청석의 이산가족들이 피켓을 놓고 박
수를 쳐 준다.
체구가 작은, 한복 입은 할머니 한 사람이 피켓을 들고 하염없이, 하염없이, 눈
물을 흘리며 서 있다. 카메라는, 〈원산서 폭격 속에서 헤어짐〉을 짧게 핥고 지나
버린다.

　　　　　　　　　　　　　　　　　— 황지우, 〈마침내 그 40대 남자도〉에서

프롤로그

분단 없는 하늘나라에서 아름다운 노래 불러 주세요

현미 누님이 돌아가셨다. 나는 부음을 받아들고 빈소에 갔다.

100세 넘도록 너끈히 살아 있겠다던 현미 누님이셨다. 올해 초 새해 인사를 나눌 때만 해도 건강하시던 음성이셨는데……

— 동생, 건강 지켜야 해. 나는 앞으로 이십 년은 더 살 것 같아!

누님 특유의 활달하고 크신 목소리가 아직도 내 귀에 쟁쟁하다. 누님은 혼자 살아가시면서도 건강하셨다. 누님 곁에서 자주 안부를 묻던 주부 팬이 싱크대에 쓰러지신 누님을 발견하고 중앙대병원 응급실로 모셔 갔는데 그만 회생하시지 못했단다.

돌아가신 지 사흘이 지나 영정을 모시게 된 것은 미국에 있는 두 아들과 그 식구들이 현지의 사업과 등교를 일시 멈추고 정리하려는 이유였다고 한다. 오 일장이 예정돼 있다.

　나는 발인 때 또 와서 마지막 인사를 드리리라 생각하고 사무실에서 장례식장으로 향했다. 하늘은 청청 푸르기만 하다. 입안에 익숙한 멜로디가 고이기 시작한다.

　눈을 감고 걸어도
　눈을 뜨고 걸어도
　보이는 것은
　초라한 모습

　〈보고 싶은 얼굴〉, 현미 누님의 노래다. 입안에 고여 있던 노랫말이 허공을 따라 선율로 그려진다. 나도 모르게 입 밖으로 〈보고 싶은 얼굴〉이 크게 불린다. 마침 코로나19 시국이어서 마스크를 끼고 있어 부끄럽지 않다. 마스크 안에서만 맴도는 노래다.

　노래는 서울 중앙대학교병원 장례식장 입구까지 불리다 조문객이 보이자 멈추었다. 장례식장 1호실에는 이미 많은 사람이 조문을 기다리고 있었다. 익숙한 얼굴들이었다. 가수, 개그맨, 방송작가, 신문기자, 배우 들이 침통한 표정으로 빈소 앞에 서 있었다.

　나는 가수 설운도 뒤에 섰다. 서로 잠깐 눈인사를 나누었다. 설운도와 나는 너무 급작스러운 일이어서 황당하다는 표정도 같이 지었다.

　현미 누님의 영정 사진은 누님의 오십 대 활동사진으로 보인다. 영정을 바라보니 나의 마음은 한없이 가라앉는다. 현미 누님과는 새해 때마다 연하장을 나누던 사이다. 몇 해 전 디너쇼에 다녀왔고, 한 달 전까지도 통화로 안부를 나누었다.

현미 누님과 함께 중국 장춘에 갔던 일이며, 북한의 동생분과 만났던 일들이 환하게 떠올랐다. 지난 1997년 김대중 대통령이 취임하고 대북 관계가 따뜻해지며 여러 사업과 교류도 활기를 띠어가고 있었다. 통일부에 강인덕 장관이 취임하면서 남북 이산가족 상봉 업무도 재개되었다. 강인덕 장관 또한 이북 출신이고 이북에 친척이 있었다. 중국에서의 활동을 통해 이북에 알려진 나는 김대중 대통령 정부를 긍정적으로 생각하고 있었다.

그 당시, 이산가족 상봉 업무가 통일부를 통해 내게 전달됐다. 나는 100명의 남북 이산가족을 확인했다. 100명의 명단 중에 현미가 있었다. MBC문화방송에서 내게 연락해 와서 나는 현미의 동생을 장춘으로 와서 기다리게 했다. 현미 가족의 상봉은 텔레비전으로 생중계되었다.

현미 누님은 평양 출신이다. 1938년 일제 강점기 중에 태어나 13살 때 6.25 전쟁통에 남한으로 피난하게 된다. 부모 형제를 따라 1·4 후퇴 때 남으로 걸어 내려왔는데, 두 여동생은 북쪽에 남게 됐단다.

전쟁통에 집이 망가지자 여덟 살 다섯 살 어린 자매는 할머니가 데리고 보살펴 주마, 하여 할머니 댁에 있었다.

"중공군이 쳐들어온단다. 살려면 대동강을 건너가야 해!"

전황이 악화하면서 가족들은 두 동생을 남겨두고 급하게 남하했다. 시간이 급했다. 아버지는 당장 눈앞에 보이는 가족이라도 데리고 떠나야 한다는 생각이었다. 남겨진 딸은 할머니가 잘 보살펴 줄 것이었다. 지금 할머니 집으로 갈 여유가 없다. 모두 내려가는 마당에 다시 올라갈 수 없었다. 올라가다 몰살당할 수도 있다. 잠시 내려가 피신해 있다가 데려오면 된다, 보름이면 된다. 길어야 한 달 때쯤일 것이다.

한 달만 기다려다오.

부서진 대동강 철교 위의 피난민들. 목숨을 걸고 교각에 새까맣게 매달렸던 사람 중에 현미 가족들도 있었다. 현미는 아버지가 허리춤에 매달아 놓은 노끈을 절대 놓지 않았다. 이 노끈 줄이 생명줄이었다. 현미 가족은 걸어서 대구까지 두 달 만에 도착하고, 한 달만 기다리면 북쪽 동생들 만날 수 있게 되리라는 기다림의 세월이 70년이 되었다.

현미 누님은 평생을 피난민으로, 온 세월을 유랑극단의 단원처럼 유랑하며 보내왔다. 바닥없는 삶이었다.

눈을 감고 걸어도 눈을 뜨고 걸어도
보이는 것은 초라한 모습

현미 누님 영정 앞에 머리를 조아리니 누님의 〈보고 싶은 얼굴〉이 다시 입에 고인다. 눈을 감은 내 눈에 현미 누님의 젊을 적 모습이 어른거린다. 현미 누님이 눈을 뜨고 걸어 다니신 '허황한 거리'가 내가 절하는 동안 지나간다. 폐허로 허황했던 거리가 지금은 휘황한 거리로 변한 서울 거리의 모습으로 허청허청 지나간다.

현미 누님은 평생을 황황하게 헤매며, 동생을 그리워했을 것이다. 평양 거리에서 장춘의 거리로 옮겨간 현미 누님의 거리, 가족을 이어주는 거리였다. 그 거리는 핏줄처럼 누님의 가족을 연결해 주고 있다. 특히 동생분은 대동맥 핏줄이었다. 가족은 끊어지면 안 된다. 가족은 죽어서도 연결돼 있다.

나는 1998년 현미 누님과 북한의 동생을 장춘에서 만나게 해 주었다. 벌써 스무 해가 지났지만, 아직도 당시의 풍경이 선명하다. 장춘 금룡 호텔에서 동생 김길자를 만나는 현미는 울음 그 자체였다. 동생과 오빠, 현미는 모두 눈물이었다. 설움과 기쁨, 원망과 회한이 엉클어져 나오는 감정, 인간만이 지닌 깊은 슬픔의 감정, 그뿐이었다.

자신과 같은 피가 흐르는 혈육만큼 소중한 게 어디 있는가, 가족은 우리 자신이었다. 모든 생명이 서로 보고 싶으면 언제 어디서든 만나는 자연 속에서 어찌하여 우리 대한민국은 핏줄을 볼 수 없는가. 무엇 때문에 70년 동안 가족을 만나지 못 하게 하는가. 나는 남과 북이 갈라져 가족이 만날 수 없게 한 그 이데올로기가 미웠다. 북한 동생분과 현미 누님의 상봉 당시의 웃음이, 피어오르는 향에 말려 희미해간다.

나는 상주들에게도 맞절했다. 가수 노사연도 있다. 노사연에게 현미는 이모다. 노사연은 눈동자가 충혈되고 얼굴이 부어 있었다. 슬픔은 가까운 사람들의 모습을 변하게 한다.

나는 안면이 있는 조문객들과 인사를 나누고 장례식장을 빠져나온다. 일이 산적해 있는 사무실로 돌아가야 했다. 발인 때 다시 오겠다, 생각을 다지고 길을 나선다.

회사로 향하는 걸음은 여전히 무겁다. 현미 누님의 조문 때문이기도 하지만 이산가족을 생각하니 무게가 더하다. 가족과 헤어져 살아오신 분들, 팔십, 구십이 넘으셨다. 앞으로 사실 날이 얼마 남지 않으셨다. 그분들에게 가족을 만나게 해 드리는 일이 나의 천명이리라 여겨지는 요즘이다.

거리마다 물결이
거리마다 발길이
휩쓸고 지나간
허황한 거리에

노래를 흥얼거리는 중에 누군가의 허밍이 들리는 듯싶어 돌아본다. 환청이었나, 허밍 소리는 사라졌다. 누군가 나의 뒤를 따라오는 것 같은 느낌은 환상일 뿐이었나.

장례식장에서부터 나를 지켜보던 느낌의 여인이 있었다. 현미 누님의 조문객인 것 같았는데, 나를 아는 눈치로 내게 말을 하고 싶어 하는 낌새였다. 횡단보도를 건너며 뒤를 돌아보니 여인은 없었다.

누구일까.

아무리 되새겨봐도 가물가물했다. 연변에서 만났던 정금단 같기도 하고, 심양의 한족 조교인 것 같기도 하다. 아니, 평양 묘향산에서 보았던 전정숙 해설원으로도 보였다. 그녀 아닐까, 탈북녀 김은숙, 퍼뜩 김은숙이 떠오른다. 아니면 우리의 국정원 요원이 아닐까, 라는 추측도 해본다. 하지만 아니었다, 나는 이제 그쪽과 연이 끊어졌다. 북한에 갈 일도 없고 보고할 일도 없다. 도청도 없다. 나의 무의식 저 깊은 곳에 숨어 있는 여인이 의식 바깥으로 비어져 나오려 하지만 안 된다. 무엇이 이를 허락하지 않는가.

나는 하늘을 올려다본다. 오늘 하늘은 미세먼지도 황사도 없다. 맑은 푸름이다. 손을 흔들면 푸른 물을 뿌려 줄 것 같은 하늘이다.

'현미 누님, 그동안 고생 많으셨습니다. 이제 편히 쉬세요. 분단 없는 하늘나라에서 부르고 싶은 노래, 그 아름다운 목소리로 마음껏 노래 불러 주세요.'

나는 하늘에 애도의 문장을 적어나갔다.

남은 시간 없는 남북 이산가족

지금 밤의 어디선가 누군가 웃고 있다.
까닭 없이 웃고 있는 그 사람은
나를 웃고 있다.
지금 세계 어디선가 누군지 걷고 있다.
정처없이 걷고 있는 그 사람은
내게 오고 있다.
지금 세계 어디선가 누군지 죽고 있다.
까닭 없이 죽고 있는 그 사람은
나를 보고 있다.
　　　— 릴케, <엄숙한 시간>에서

　　사무실에 돌아와 나는 오후 일정을 되새겨 보았다. 지난번에 작성한 칼럼을 교정해서 올리고 오후 늦게 부천에 가야 한다. 허병주 박사님을 취재하는 일정이 잡혀 있다. 부천의 허 목사님은 사이비 종교에 관한 이단 연구로 박사학위를 받은 분이다. 그분은 오랜 세월 동안 한 이단 종교 단체와 법정 다툼을 벌이고 있다. 허 박사님은 기독교의 정통 교리와 십자가의 진정한 의미를 외치는 중이었다.

　　나는 성스러움과 속스러움에 대한 경계에 대해 늘 생각해 왔다. 예전에는 분명한 구분이 있었지만, 현대 우리 사회에서는 그 경계가 무너져 가고 있다. 거대한 욕망의 덩어리와 같은 현재의 체제에서는 성(聖)과 속(俗)이 욕망의 용광로 속에서 버무려지고 있다. 이단이 아닌 종단도 자칫 욕망의 용광로 속으로 빠져들 수 있도록 사회가 변하는 중이다.

근대 이전, 분리됐던 정치와 종교도 이제 각자의 욕망을 채우려 연합했다 해체했다, 안간힘을 다하는 모습이다. 욕망과 희망은 어떻게 다른 가. 속스러움의 세상을 허 박사님은 어떻게 바라보는지 궁금하다. 성과 속의 모호한 경계 속에서 우리는 어떻게 살아가야 하는지, 그의 생각을 들어보고 싶었다.

나는 지난 칼럼을 다시 읽어가며 교정한 뒤, 컴퓨터에 저장했다. 내일 오전 중으로 지면에 올릴 예정이다. 약속한 시간이 남아 있어 나는 컴퓨터 모니터 옆에 있는 서류 봉투를 열어 본다. 통일부에서 보내온 '방북 승인 불가' 서류였다. 북한으로부터 온 초청을 지나치게 조심해 하는 모양새였다. 나로서는 우리 이산가족협회의 활동을 무시하는 처사로 보였다. 며칠 전에는 경고장 비슷한 서류도 통일부로부터 받았다. 이쯤 되면 이산가족 상봉에 대한 의지가 없다는 뜻이었다.

현 정권은 지난해 추석 즈음 이산가족 상봉 문제를 최우선으로 추진하고 있다고 했다. 통일부 장관도 북한에 남북 이산가족 회담을 제의했다. 남북 간 생사 확인, 서신교환 및 수시 상봉 등 이산가족의 근본적 해결책을 모색하자는 것이었다. 이를 위해 당장 가능한 모든 방법을 활용하고 장소와 시기는 북한에 일임한다는 취지도 덧붙였다. 추석 즈음이어서 지지도를 높이고자 하는 공허한 말이라는 것쯤은 누구나 알 수 있어도, 얼마간 실행의 모습이라도 조금 보였으면 좋았으리라. 변죽만 울린, 추석 밥상에 화젯거리를 얹은 정치적 언사일 뿐이었다.

나는 이산가족을 정치의 소재로 활용한다는 태도 자체가 싫었다. 가족은 정치와 경제와는 무관한 존재다. 정치적, 경제적 이해관계를 떠나 있는 유일한 존재들이 가족이다. 가족이야말로 자신의 정체를 잘 확인해 줄, 또 다른 자아이다. 자아가 없는데 어찌 올바른 삶이라 할 수 있겠는가.

나는 지난해 봄(2022년 3월)에 〈남북 이산가족협회〉 회장으로 선출됐다. 제5대 회장이다. 남북의 이산가족에 대한 오랜 나의 애정과 관심, 그리고 젊은 시절, 나의 대북 활동이 인정된 셈이었다. 우리나라는 분단된 채 세월이 너무 흘러 버렸다. 휴전 중이어서 늘 불안한 상태로 70년이 지났다. 우리의 남북 이산가족은 언제 또다시 만날 수 있을지 모른다. 돌아가시는 분들이 점차 많아졌다.

나는 시인이다. 어릴 때부터 글쓰기를 좋아했다. 백일장에서 상도 몇 차례 탔다. 남들보다 다른 언어 감각이 있다고 선생님께서 말씀해 주신 적 있었다. 문학인으로, 시인으로 살아가리라 마음먹었지만, 현실에 부딪혀 오랫동안 시를 쓰지 못했다.

그러다가 베스트셀러 작가를 취재하게 되었고, 그의 소개로 문학단체

가입해서 활동하게 되었다. 등단한 지는 오래되지 않았지만, 문학인들 사이에서 인기가 있었다. 문학동인들이 기자로 활약하는 나를 좋아했다.

나는 최근에 남북 이산가족에 대한 시를 썼다. 〈어머니 달〉이다.

어머니 달

저 보름달 구름이 가리고 있네
가족들 모두 달을 보는데
북녘 어머니도 보실까

명절 돌아올 때마다 도려낸 달
한 귀퉁이 남녘에 떨어져

남아 있는 이산가족 이제 삼만 명
그마저도 팔순이 훌쩍 넘은 사람

애타게 상봉 기다리지만
소식은 없어
구름에 가는 달 이제 보이지 않아
어머니 달 보이지 않아

최근에 나는 이산가족 정보시스템 교류 일지를 꼼꼼히 살펴보았다. 우리의 이산가족은 28회에 걸친 상봉 행사를 통해 3,000여 명이 만났다. 화상 상봉을 포함한 수치다. 이는 이산가족 신청자의 2.28%에 불과하다. 800만 이산가족이 모두 상봉을 원하는 것은 아니지만, 상봉을 원해도 상봉 실현이 어려웠다.

원하는 이산가족 대부분이 상봉을 기다리다 지쳐 돌아가셨다. 2018년 8월 금강산 이산가족 상봉 이후 상봉 문제는 답보 상태다. 상봉 신청자는 13만 명인데, 이분들이 어떻게 되었는지는 아직 모른다. 신청자가 더 나타나지 않는 것으로 보아 고령자들이 사망하고 있다는 의미다. 통계에 따르면 신청하신 생존자 중 80세 이상 고령자가 2만 9,035명으로 전체 신청자의 66.4%다. 이분들은 역사의 증인이시다. 우리 근현대를 뼈아프게 체험한 분들이시다. 이분들로 인해 우리가 존재하고 있고, 이분들 때문에 우리 국가가 유지되고 있는 것이다.

이분들마저 돌아가시면 우리는 없는 상태가 된다. 이산가족이라는 개념 자체도 사라지고 말 것이다.

나는 마음이 급했다. 남북 이산가족협회장으로서 나는 지난해 5월에 남북 이산가족 상봉 사업 계획안을 통일부에 제안했지만, 아무런 답변을 받지 못했다. 더는 이산가족 상봉을 미룰 수 없었다. 나는 북한에 '민간 차원의 이산가족 상봉 사업 추진' 의사를 타진했다.

이에 대해 북한으로부터 초청장이 날라왔다. 나는 기뻤다. 여전히 나를 알아주고, 나와 함께 하겠다는 신뢰의 증거였다. 그동안의 나의 세월이 쓸모없지 않았다. 내 나이 이제 일흔을 넘었다. 타고난 육체의 건강함으로 아직 몸에 이상한 징후는 없지만, 일흔이 넘은 친지들이 픽픽 쓰러져 나가고 있었다. 나도 조심해야 했다. 육체의 한계를 아직 겪어보지 못해서 그렇지, 나도 언제 어떻게 될지 모를 일이었다. 건강 관리를 더욱 충실히 해서 나를 지켜내야 했다. 그래야 내 생에 마지막 에너지를 쏟아부을 남북 이산가족 상봉 일에 매진할 수 있게 될 것이다.

어떤 단체에서는 '귀향권', '가족권'을 부여하는 제도도 만들자는 의견을 제시하고 있다. 국제기구에서 이산가족 문제를 의제로 삼아 해결책을 마련하자는 주장도 있다. 남북 이산가족은 우리만의 문제가 아닌, 인류 전체의 문제로 바라봐야 한다.

나는 북한에서 온 초청장을 꼼꼼히 들여다본다. 나를 포함한 이사 두 명을 초청하고 신변을 보호하겠다는 내용이다.

— 민간급 남북리산가족 관련 사업 토의를 위해 남측 남북리산가족협회 일행 3명을 초청한다. 상기 일행이 평양을 방문할 때 이들에 대한 안전보장과 체류비용을 제공한다.

북한식의 어조가 짙게 배어 있는 문장이었다. 이로써 북한 당국도 이산가족 상봉에 의지가 있음을 확인한 셈이었다. 나는 초청장이 오자마자 통일부에 관련 내용을 보고했고, 방북 승인 신청서를 성의껏 작성해서 제출했다.

그런데, 통일부에서 반려했다. 반려 이유는 초청한 북한의 기관을 확인할 수 없고 믿지 못하겠다는 것이었다. 통일부는 기자회견을 열어 '이산가족 문제에 대해 북한 태도에 변화가 있는 것이 아닌가 하는 일말의 기대를 가지셨을 이산가족분들께 심심한 위로의 말씀을 드린다'라고 했다. 내게 이산가족 상봉 업무 불허 통보한 다음 날이었다.

— 초청장 발급기관이 신뢰할 만한 기관인지, 우리 국민의 신변 안전을 보장할 수 있는 권한이 있는지에 대해 검토한 결과, 초청장이 북한 당국이나 단체 등에 초청 의사를 확인할 수 있는 서류에 실질적으로 해당하지 않는다

'국민의 힘'이 여당이 된 새 정부 들어 첫 방북이 되는 행사였는데, 통일부에서 빨간 신호를 보낸 것이었다. 나는 통보서를 받고 통일부에 연락해서 무슨 잘못이 있는지 확인해 보았다.

통일부의 판단은 완고했다. 현 통일부 장관은 임명 당시, 이산가족의 고령화를 생각해서 윤석열 정부 5년이 마지막 상봉 기회가 되리라 판단한다고 발표한 적이 있었다. 장관은 한반도의 긴장을 줄이고 남북 간 대화가 시작될 수 있도록 하는 것이 올해 통일부 중요한 업무라며 사회, 종교, 스포츠 단체들이 앞장서서 돕는 것도 남북 간 단절을 끝내고 대화를 시작할 수 있는 좋은 방법이라고 여러 차례 강조하기도 했다. 나는 통일부의 담화를 믿고 남북 이산가족 상봉을 추진하려는 참이었다.

이산가족 상봉에 대한 일은 누구보다 내가 잘할 수 있었다. 경험에서 오는 자신감만이 아니었다.

내 평생의 사명이었다. 나는, 인간은 이념의 동물이기는 해도, 이념을 넘어서는 동물이어야 한다는 신념이 있다. 이념 따위는 사람의 삶과 가족애, 그리고 모든 사랑 앞에서는 허황한 구름에 다름없었다. 이데올로기는 사랑에는 몇 초 넘기지 못하고 터지는 비누 풍선일 뿐이었다. 통일부의 반려는 우리 측 인사를 보호하려는 우려에서 나온 것임을 잘 알지만, 초청장에 '안전보장과 체류비용을 보장한다'는 문구가 적시돼 있기에 크게 걱정하지 않아도 될 일이었다.

더군다나 나는 북한 접촉 관련 활동을 30년 이상 해 왔기에 북측에서 신뢰하고 있음을 알고 있다. 나는 1998년 김대중 정부가 출범하면서 당시 통일부 강인덕 장관의 요청으로 남측 이산가족 100명이 의뢰한 북측 가족 전원에 대한 생사를 확인했다. 연예인과 문인들의 북측 가족들도 상봉시킨 바 있다. 대표적인 사람이 가수 현미와 이문열 작가였다.

현 정부의 우려는 나에 대한 의심, 나의 중국교류 활동에 대한 고려라고 볼 수밖에 없다. 미국과 중국의 신 냉전체제 속에서 우리는 당연히 미국과 동맹을 유지함은 마땅하지만, 중국과도 유연하게 대처해야 할 것이다. 수출로 국가 경제를 끌어가는 우리로써는 중국 시장을 무시할 수 없는 것이다.

게다가 우리는 북한을 견제하면서 함께 잘 살아가야 한다. 비록 분단되었어도 평화롭게, 불안 없이 살아가야 한다. 나아가 북한과의 대치도 마감해야 한다.

민족이 하나 되어야 하는 마당에 허황한 이데올로기의 벽이 떡 하니 가로막고 있고 우리는 그 허황한 이념에 휘둘리며 사랑을 실천하지 못하고 있다. 참으로 안타까울 뿐이었다.

나는 서류를 보완해 다시 신청할 작정이다. 승인 허가가 날 때까지 신청하고, 이러한 상황을 바깥에 알릴 것이다. 나의 노력이 헛되지 않게 되길 바랄 뿐이다.

나는 방북 불허 서류 뒤에 있는 서류철을 끄집어내 펼쳐 본다. 서류철에는 '특수임무 수행자 보상심의 건'이라고 쓰여 있다. 보상심의 과정에서 나온 문서들을 모아놓은 것이다. 이 스크랩 노트에 들어 있는 것들은 내 인생의 중요 시간이 각인된 서류들이다. 그리고, 거기 쓰여 있는 문장들은 나 자신이다. 나를 증거하는 글들이다.

기록은 기억의 아이콘들이다. 나를 기억할 수 있고, 나라는 육체적 존재가 소멸하여도 기록은 나를 현존하게 한다. 기록이 나다. 이 기록 속, 이 문장들을 읽을 때마다 나는 숨을 쉰다. 누군가 이 기록을 읽을 때 나는 부활하는 셈이다.

— 2017구합3800, 판결에 따른 주문을 하겠습니다. 1. 피고가 2016년 12월 16일, 원고에 대하여 한 보상금부지급결정을 취소한다. 2. 소송비용은 피고가 부담한다.

지난 2018년 11월 23일 오후 2시, 서울행정법원 지하 2층 B208호, 부장판사와 우심, 좌심 판사가 좌정하고 최종 판결을 내린 문장이다. 나의 지난 70년 세월은 이 문장이 담고 있다. 나는 이 문장으로 특수임무 수행자로서의 내 활동을 인정받았다. 이 문장은 법정에 도장처럼 찍혀 남아 있을 것이다.

나는 몇 장을 더 읽어본다. 몇 년 동안 읽고 또 읽어왔던 문장들이다. 욀 정도였지만, 또 읽어보니 새롭다. 마치 삼시 세끼 밥과 같이 질리지 않고 내게 힘을 주는 문장들이다.

나는 스크랩 페이지를 넘긴다. 내 변호사 김우진 님의 변론서가 눈에 박힌다.

"……피고는 법원의 판시, 즉 '특수임무라 함은 통상적인 첩보 및 정보수집 등의 활동을 넘어선 고도의 위험이 수반된 첩보 및 정보수집 등의 활동, 즉 아군의 군사적 보호 및 통제가 보장되지 않는 지역으로 침투하여 그곳에서 첩보 및 정보수집 등의 활동에 종사하되 이러한 활동을 단순히 보조하거나 지원하는 것에 그치지 않고 활동 주체가 되어 주도적으로 위험을 감수하며 행동하는 것을 말한다고 봄이 상당하다'는 내용을 거론하며 원고의 본건 활동에 대해 시비하고 있다. 그러나 원고가 나름의 사명감에 따라 열정과 능력을 바쳐 위험을 무릅쓰고 행한 본건 활동은 위 판시에 전형적으로 부합하는 특수임무 수행이라 할 것이다. 원고의 본건 특수임무 수행은 우리나라를 위한 기여가 되었다 할 것인바 바라건대 그동안의 원고 활동에 대한 위로와 자부가 될 수 있도록 원고의 본건 청구를 인용하여 주시기 바란다."

이 변론사가 나를 가장 정직하게 표현하고 있다.

원래 나는 특수임무 수행 관련 행정소송까지는 생각지 않고 있었다. 하지만 나를 '우회 공작원'으로 만들어나간 정부, 안보기관에 대해 목숨 건 내 활동을 알아주기를 원했다.

그러나 정부 기관에서는 내 활동 자체를 무효화시켰다. 나라는 존재는 아예 없었고, 나의 활동을 인정하지 않았다.

애초에 큰 보상을 바라지 않았지만, 나를 끌어 북한에 침투하게 조율해 왔던 김상원 선배로부터 '특수임무수행보상위원회'에 대한 이야기를 전해 듣고 나는 마음을 새로 다졌다. 부단히 노력해온 나의 세월에 대해 나라에서 수고했다고 한마디 듣고 싶었다.

그런데, 국가는 나를 외면했다.

특수임무 수행자의 굳은 마음

佐主謀國皆盡誠
委質不比齊梁聘
致位頗同晋楚卿
賢人所爲愚莫測
徘徊緬仰憂思

임금 돕고 나라 위해 정성을 다해야지
재량의 초빙받은 그 처지완 다를 텐데
가진 직위 어쩌면 진초의 경 흡사할까
현인이 했던 일을 우자가 알 길 없어
서성대며 생각하니 걱정만 뒤얽히네
　　　　　— 정약용, 〈鳥吟洞〉에서

　　스마트폰 통화음이 울려 특수임무 수행 스크랩을 내려놓는다. 스마트
폰 통화 아이콘을 밀어 올리니 아들의 목소리가 들려온다. 아들은 평소
보다 높은 음성으로 빠르게 말했다.

　　— 아버지, 곧 손주 보시겠어요. 아내가 진통이 시작됐습니다. 여기 산
부인과입니다.

　　— 그래……. 며느리에게 조심하라고, 힘내라고 전해다오. 네가 수고해

줘라.

나는 전화를 끊고 아내에게 전하려다가 그만두었다. 이미 알고 있을 것이다. 아내는 적당한 시간에 산부인과로 달려갈 것이다.

손주가 태어나면……. 얼핏 듣기로는 딸이라고 했다. 손녀면 어떻고 손자면 어떠냐, 건강하게만 태어나면 최고로 만족한다. 누구보다 이뻐해 주리라. 이제 나도 할아버지가 된다. 손주에게는 편안하고 행복한 나날이기를 바랄 뿐이다.

나는 아들에게 미안했다. 한창 돌봐주어야 할 어릴 때, 제대로 안아주지도 못했다. 다행히 공부를 좋아해 학부를 마치고 곧장 대학원 장학생으로 올라가 박사 과정 마치고 대학에 남았다. 그 학교에서 가장 짧은 시간에 석박사 과정을 이수하고 강사가 된 기록으로 남은 수재였다.

며느리도 비교문학으로 베이징대에서 석사를, 서울대에서 박사를 마친 유망한 학자다. 원래 장춘이 고향인 조선족 집안의 아이였지만, 어릴 때부터 뛰어난 실력으로 연변대학 3학년 때 이미 베이징대에서 스카우트해 갔다고 한다.

나는 아들을 제대로 돌봐주지 못했지만, 며느리를 만나 공부에 깊이가 생겼다고, 전공학회에서 신진 학자로 유망하다는 아들의 소식을 자주 접했다. 둘 사이에 태어나는 아이가 제발 건강하게만 자라기를 소망했다.

바쁜 세월이었다. 러시아, 중국, 한국을 이웃집처럼 드나들었다. 비행기를 타고, 열차를 타고, 버스에 올라 흔들리며 낯선 사람들을 만났다. 특히 중국 동북 삼성을 내 고향 다니듯 왕래하며 우리 민족을 지켜보았다.

평양에도 두 차례 갔다 왔다. 모두가 나라와 민족을 위하는 일이라 여겼다. 그 마음으로 힘든 줄 모르고 달려 나갔다.

이런 세월을 후회하지 않지만, 가족들에게는 미안했다. 미안함을 덜려고 특수임무 수행 보상위원회에 접수했던가 싶다.

나는 2014년 6월 초에 김상원 선배에게 전화를 받았다. 선배는 1996년부터 2009년까지의 나의 북한 우회 공작 임무를 낱낱이 알고 있는 분이다. 이명박 정부가 들어서면서 나의 대북 활동은 멈췄고, 지금도 원활치 않은 상황이었다.

김상원 선배를 서울 퇴계로의 한 지하다방에서 마주했다. 지금은 <정경시사>에서 대기자로 활동 중이지만 당시에는 <사건 25시>란 매체에서 편집국장으로 지내던 중이었다.

— 강 국장, 잘 지내?

— 네, 잘 지냅니다.

— 강 국장, 그동안 수고 많았어. 강 국장 대북 활동을 보상받을 길이 열렸어. 알려주려고 만나자고 했어. 얼굴도 좀 보고.

— 그런 길이 있나요? 저는 나라를 위해 조금이라도 보탬이 됐으면 좋겠다는 마음이 먼저였습니다. 저 혼자 좋아서 뛰어다녔습니다.

— 그랬지.

— 요즘은 나이를 먹어서 그런지 얼마간 제 노력을 국가가 조금 알아주었으면 하는 마음도 한 켠에 생겼습니다.

— 그래, 알아. 대한민국에서 당신 업적 알아줘야지. 보상위원회 설치

법령이 한시적으로 생겼어. 어서 신청해 봐. 강 국장은 충분히 인정해 줄 거야.

— 알려 주셔서 감사합니다. 성의껏 작성해서 접수하겠습니다.

선배와 퇴계로에서 헤어지고 집으로 돌아오는 길은 가볍고 맑았다. 오랜만에 가슴이 확 트여왔다. 힘든 시간 속에서 허우적대다가 나이 들어 특종을 찾아 뛰어다니는 내 처지가 한심하다는 생각이 요즘 많이 들었다.

덤프트럭을 끌고 다니는 기분의 나날이었다. 가정에 더 충실하고, 아내에게 더 많은 것을 해 줄 수 있었는데, 나의 몸과 마음은 가족보다 나라에 있었다. 특히 조선족과 북한 인민들에게 심신의 에너지를 전하려던 나였다.

가족보다 소중한 것은 없다는 것이 절실하게 다가오는 요즘이었다. '수신제가치국평천하(修身齊家治國平天下)'라고 『대학』에 새겨진 말도 있다. 먼저 자기 몸을 바르게 가다듬은 후 가정을 돌보고, 그 후 나라를 다스리며 그 다음 천하를 경영해야 한다는 의미다. 가족으로부터 먼저 단단히 자리 잡아야 민족과 국가의 일에도 충실할 수 있다는 것이다. 지당한 말이었다. 국민이 있어야 나라도 있지 않겠는가.

나는 며칠 동안 선배로부터 받은 신청서의 해당 항목을 적고, 첨부 자료를 정리해 나갔다. 이미 그동안의 활동을 날짜별로 기록한 서류와 모아놓은 정보를 스크랩한 자료가 일시별로 분류되어 있었다.

보상위원회의 신청서를 보니 내게 해당하는 것은 '북-중, 북-러 국경선을 월경하여 수행한 특수임무 활동'이었다. 나는 2014년 6월 8일, 경위서를 별첨하고 증거 사진을 첨부하여 보상위에 접수했다.

모든 것은 정확한 사실이었다. 다른 사람들도 그런 임무를 수행했겠지만, 나로서는 내 활동이 '북-중 월경 특수임무'에 가장 충실하다고 생각했다.

2016년 12월 16일, 접수 후 2년 6개월이 지난 날이었다. 나는 하나의 서류를 우편으로 받았다. 특수임무 보상위원에서 보내온 '보상결성통지서'였다. 나는 잔뜩 긴장하고 기대하면서 서류 봉투를 열어 보았다.

'기각 결정'

이의가 있을 시, 재심 신청서를 작성할 수 있다고 덧붙인 기각 결정서였다. 나는 얼굴이 뜨거워졌다. 혈압이 오르는 것 같았다. 충분히 나의 활동을 인정해 줄 수 있다고 믿었는데, 내 신청서는 휴짓조각이 돼 버리고만 것이었다. 더욱 화가 난 것은 기각 결정의 이유라고 써놓은 문장이었다.

'신청하신 내용에 관련된 자료를 확인하고 신청인에 대한 조사내용을 종합하여 심의한 결과 신청인은 특수임무수행자 보상에 관한 법률 제2조 동 법률 시행령 제2조 및 제3조 및 제4조에 해당하는 특수임무를 수행하였거나 교육훈련을 받은 사실이 없음이 확인됨.'

황당하고 어이없었다. 나는 임무 수행자가 아니었다. 기관과 소통도 없고, 교육을 받지도, 북한에 가지도 않은 상태였다. 나는 재심의를 위해 다시 신청서를 작성했다. 이번에는 더욱 치밀하고 정확하게 작성해 나갔다.

'인천 월미도 소재 정보사 소속 임만재 소령으로부터 북한에 관한 첩보 활동을 제의받고 1996년 6월 18일부터 6월 25일까지 1차 평양 방문을 마쳤음. 1998년 7월 14일부터 7월 25일까지 2차로 북한 방문, 정보사 요구에 따른 확인 등 주요 정보를 입수하여 보고함.'

간략 보고 외에 관련 사진을 첨부하고 설명해 나갔다.

'북한에 체류하면서 북한의 북쪽의 당·정·군에 대한 정보를 수집하여 임만재 소령에게 제보함. 임만재 소령은 신청인에게 최고의 정보라며 안기부에 보고하고 표창을 받았음. 인천 보안 부대가 최우수 공작부대로 선정이 됐음.'

나는 증거 사진을 첨부하고 더 설명해 나갔다.

'신청인은 분명히 국가를 위해 위험을 무릅쓰고 활동했고 그에 대한 증거는 귀 위원회에서 국가정보원에 확인해 보면 신청인의 활동 사실을 정확하고 상세하게 알게 될 것'이라고 덧붙였다.

나는 특히 2차 방북에 대한 방문 결과를 강조했다. 2차 방북기간중 주요 일정이었던 '만수대 김일성 동상 참관', '조평통 운영 7호 영빈관 숙소 사용', '조선 예술교류협회와 평양교예단 초청 합의서작성', '만경대 참관', '만경대 소년궁전방문', '금수산 기념궁전(김일성시신 참관)방문', '서해갑문 참관', '정방산 성불사 관람', '재방북 초청장 수여' 등이었다. '북한 방문 보고서'도 첨부했다. 그 문서에는 북한의 현실에 대해 극비 수준의 내용을 담고 있었다.

그럼에도 특임 보상위원회에서는 다시 기각통지서를 보내왔다. 내가 보낸 서류 접수일 3개월 뒤였다. 거기에 '재심 기각 보상 결정에 이의가 있는 경우에는 60일 이내에 행정법원에 소송을 제기하라'고 돼 있어 나는 행정소송을 심각하게 고민했다.

나는 재심 기각 결정 이유서를 다시금 또박또박 살펴보았다. 읽으면 또 화가 날 것이지만 내 업적이 무슨 까닭으로, 무슨 결함이 있어 기각됐는지 찾아보려 했다.

'신청하신 내용에 대하여 관련 자료를 확인하고 신청인의 대외조사 내용을 종합하여 심의한 결과 신청인은 특수임무수행자 보상에 관한 법률 제2조 동 법률 시행령 제2조 및 제3조 및 제4조에 해당하는 특수임무를 수행하였거나 교육훈련을 받은 사실이 없음이 확인됨에 따라 상기 법률 제2조 제1항 제2호 및 동 법률 시행령 제2조 및 제4조 제1항에 의거 보상 비대상자로 의결되어 본건 재심 신청을 기각한다.'

나는 소송을 결정했다. 김우진 변호사와 만반의 준비를 하고 법정에 섰다. 그리고 2018년 11월 23일 승소한 것이었다.

당시 법정의 모습이 아직도 선명하다. 판사의 질문과 나의 답변, 변호사의 변론과 김상원 선배의 증언도 아직 귀에 쟁쟁하다. 나의 긴장은 풀어지고 호흡은 넓어졌다. 김우진 변호사의 환한 미소, 김상원 선배의 깊은 안도의 숨이 여전히 어른거린다.

애초에 보상을 바란 활동은 아니었다. 북한 동포를 향한 측은지심이었고, 순수한 내 의지였다. 광복 후 하나의 나라가 이렇게 나뉜 채 70여 년이 흘렀다. 그동안 수많은 노력이 있어왔지만, 남과 북이 합일되지 않았다. 체제가 다른 열강 사이에서 권세를 유지하려는 정치집단의 욕망, 그 욕망을 채우려는 권력 암투, 그 사이에서 갈라져 살아가는 민족이 너무나 불쌍했던 것이다. 나는 북한 동포만 생각하면 눈물부터 나왔다. 우리 직계 가족이 북한에 있는 것도 아니었어도 나는 분단으로 인한 민족이 가련했다.

그래서 나는 누구보다 적극적으로 활동했다. 북한에 가까울 수 있는 방편이라는 판단에 중국도 자주 왕래했고, 연변에 있는 동포도 도울 수 있으면 물심양면으로 도왔다. 나는 정식으로 국가기관에 소속돼 있는 상황은 아니었다. 통일부나 안전기획부, 국정원 소속은 아니었어도 나를 예의주시하던 조국과 북한 측에서 내게 활동을 부추겨왔다. 이른바 국외 비밀정보원이라는 자격으로 평양에 체류하여 극빈으로 우대받고, 김일성의 죽음을 확인했던 것이다. 그 시신을 확인한 사람은 남한에서 단 두 사람뿐이었다.

나처럼 우리 민족을 위해 뛰어다닌 사람은 별로 없을 것이다. 남북 이산가족을 찾아주고, 연변 조선족의 억울한 살인사건을 취재하거나 북한 예술단을 초청하는 일은 누구나 쉽게 할 수는 없을 것이다.

하얼빈에서 울리는 우리 가락

눈은 살아 있다
죽음을 잊어버린 영혼과 육체를 위하여
눈은 새벽이 지나도록 살아 있다
　　　　　　— 김수영, 〈눈〉에서

　최종 판결이 나기 전, 정확한 사실을 위해 무겁지만 날카롭게 벼려진 말로 법정을 울리던 질문과 응답은 아직도 내 귀를 파고든다.

　김우진 변호사가 김상원 선배에게 간단히 묻고, 김상원 선배는 또박또박 답한다. 핑퐁처럼 정확한 문답의 목소리가 내 입에서도 나오는 듯하다. 그만큼 나는 당시 법정에서의 모든 발화를 욀 정도다.

　문 : 증인은 정보사에서 몇 년을 근무했습니까?

　답 : 1970년부터 35년간 근무했습니다.

　문 : 주 업무는 무엇입니까?

　답 : 위관장교로 시작, 정년퇴직 때까지 대북 공작만 수행했습니다.

　문 : 첩보부대에서 증인은 구체적으로 어떤 업무를 보았습니까?

답 : 저는 대북 관련 첩보 수집을 했습니다.

문 : 증인이 원고를 처음 만난 시기와 원고를 알게 된 경위를 말씀해 주십시오.

답 : 제 친구 정재웅을 통해서 알게 됐는데 그때 원고가 첩보 능력이 있다고 추천했습니다.

문 : 정재웅도 증인이 관리한 공작원인가요?

답 : 네.

문 : 우회 공작을 수행하는 공작원을 영어로 표기하면 무엇입니까?

답 : 'Agent'라고 합니다. '첩자' '대리인', 그런 뜻입니다.

문 : 'Personal Agent'인가요?

답 : 네. PA는 우리 용어로 '주 공작원' 이란 뜻입니다.

문 : 주 공작원은 어떤 절차를 통해 선발됩니까?

답 : 선발이라기보다 각 공작관이 주어진 첩보 수집을 위해 여건이 되는 대상자를 물색합니다.

문 : 증인은 원고의 정보력과 자질을 인정하여 오랜 시간 공들여 원고를 직접 물색 포섭한 것이지요?

답 : 네. 제 친구 정재웅으로부터 그 여건에 맞는 원고의 신상 자료를 제보받아 접촉했습니다. 제가 원고를 면담하면서 그가 지내온 상황을 가늠했고, 원고를 장시간 접촉하면서 포섭했습니다.

문 : 물색과 포섭과정에서 원고를 몇 번 정도 만났나요?

답 : 수시로 접촉했기 때문에 정확히 몇 번이라고 말할 수가 없습니다.

문 : 수십 번을 만나 포섭한 겁니까?

답 : 네.

문 : 통상 공작원을 물색, 포섭한 사람이 정보부대 내 담당관, 즉 공작관이 되는 줄 압니다. 증인이 원고에 대한 자료를 임만재 소령에게 인계했다고 하는데 맞습니까?

답 : 네. 그렇습니다.

문 : 당시 인천 첩보부대의 부대장은 누구였습니까?

답 : 홍수민 대령이었습니다.

문 : 공작원이 포섭되면 어떻게 합니까?

답 : 팀장이 공작원에 대한 공작계획서를 제출하면 부대에서 결재 내립니다.

문 : 공작계획서는 어떤 서류입니까? 원고에 대하여도 계획서가 작성됐나요?

답 : 네. 상당히 중요한 서류로 공작 수행 10단계가 있는데 목적부터 공작원을 해고하는 대책까지 10단계가 있습니다. 즉 목적, 인원 구성, 임무, 공작요령, 첩보 수집요령, 비상시 대책 등 제반 사항이 모두 포함돼 있습니다.

문 : 원고에게는 주로 어떤 임무를 주었나요?

답 : 001 동향(김정일 관련), 당-정-군 고위 인물 정보, 1724 업무추진, 관찰묘사를 통한 첩보, 북-중 관련 동향 첩보 등이었습니다.

문 : 임무를 내리기 위해 인천 소재 올림포스호텔에서 자주 만났는데 그 호텔은 어떤 곳이었나요?

답 : 우리 첩보부대 안가입니다.

문 : 우회 공작원은 공작부호가 어떻게 됩니까? 원고는 무엇이었습니까?

답 : 보안상 모두 말할 수는 없고 강재호 원고는 1996년도에 추진이 돼서 정보사 앞에 'A'가 붙습니다. 그다음에 96, 그래서 'A96-01'이었습니다.

문 : 증인이 근무할 당시 우회 공작원이 평양에 들어간 사례가 있었나요?

답 : 아니오. 제가 근무 당시에는 원고가 처음이었습니다. 그 이전은 모릅니다.

문 : 원고가 평양에 두 번 들어가 활동했다고 하는데, 어떤 수준이었습니까?

답 : 우리 첩보부대로서는 매우 중요한 사업으로 취급되었습니다.

그렇게 해서 인천의 첩보부대는 '전국 최우수공작부대'로 선정됐다. 내 담당 소령도 표창을 받았고 내게 소식을 알려왔다. 나는 내가 대한민국에서 표창을 받은 것처럼 기뻤다. 나의 활동이 그만큼 무게가 있고 가치가 있었다는 증거다. 민간인으로 국가의 명령을 위해 생명을 걸었던 결과였다.

재판장이 내게 질문하는 소리도 아직 귀에 쟁쟁하다.

문 : 북한에서 원고에게 관심을 가지게 된 이유가 있습니까?

답 : 저는 한중 수교 3주년부터 중국을 돌며 우리 민족들의 모습을 유

심히 지켜봤습니다. 동북 3성을 여러 차례 오갔습니다.

　문 : 원고의 동북 3성 활동이 북한 수뇌부에 어떻게 들어갔고, 어떤 이득이 있다고 판단했을까요?

　답 : 저의 심양과 장춘에서의 활동이 신문에 났습니다. 요령신문, 길림신문 등에서 저를 특종으로 다루었습니다. 북한 김정일도 보는 신문입니다. 나를 이용하여 북한의 문화 활동을 남한에 알리고 경제적 이득도 얻겠다는 속셈으로 판단됩니다.

　나는 1990년 초부터 러시아와 중국을 오갔다. 우리나라가 사회주의 국가와 수교를 맺게 되면서 그쪽이 나의 활동 무대가 되리라는 예감이 강하게 다가오던 시절이었다.

　1994년 8월, 나는 장춘에서 연길로 향하는 삼등 열차를 타고 있었다. 나는 일부러 대중교통 중에서도 가장 저렴한 교통수단으로 다녔다. 그래야 그쪽의 진실된 삶을 체험할 수 있으리라 생각했다. 더운 날씨인데다 많은 사람으로 붐비는 객차는 더욱 후덥지근했다. 사람들은 열차 칸 칸마다 빼곡 들어차 있었다. 그들은 하나같이 뭔가를 씹었다가 뱉어냈다. 뱉어낸 껍질이 객차 바닥에 그득했다. 해바라기씨였다.

　객차 의자 밑에 들어 있는 사람도 있었다. 나는 소변이 급해 열차 화장실에 다녀오는 중에 소매치기를 당했다. 내 가방을 열어 지갑을 꺼내 가는 모습을 직접 목격했다. 그러나 사람들이 너무 많아 그를 찾을 수 없었다. 그냥 두었다. 지갑에 돈은 많지 않았다. 그에게 꼭 필요한 돈이리라 생각했고, 큰돈과 증명서는 지갑이 아닌 내 바지 주머니 깊숙이 넣어 두었다.

연길에서 다시 하얼빈으로 28시간 기차는 달렸다. 흑룡강 신문사를 방문했고, 안중근 의사가 설립한 학교도 가 보았다. 요령성의 심양을 마지막 코스로 삼았다.

나는 심양의 서민 호텔을 잡아 며칠 묵다가 한국으로 돌아갈 생각이었다. 호텔이라고는 하지만 우리의 여관급 정도였다. 나는 짐을 풀고 간단히 씻었다.

그쪽은 아직 치안이 완전하지 않았다. 비명이 들려 호텔 방 창문 밖을 내려다보니, 싸움이 벌어지고 있었다. 싸움의 주인공들은 흉기도 들고 있었다. 칼 같은데, 그 흉기가 사람의 배를 찌르는 것 같더니 그 사람은 금방 풀썩 쓰러졌다. 그래도 말리는 사람 하나 없고 둘러선 사람들은 구경만 하고 있었다. 공안이 오기까지 한 시간이 넘게 걸렸다. 쓰러진 사람은 과다출혈로 사망한 듯 보였다.

싸움은 공안이 와서 정리됐다. 언제 그런 싸움이 있었냐는 듯 곧 조용해졌다. 사람들은 다시 자기 할 일에 몰두하거나 어디론가를 향해 바쁜 걸음을 옮기고 있었다.

어디선가 꽹과리 소리가 들려왔다.

챙, 챙, 챙, 챙…, 덩기덕 궁, 궁….

우리의 사물놀이 소리였다. 호텔 창밖 저편에서 우리의 익숙한 가락이 들려왔다. 타악기 산조의 장단이 세마치장단에서 휘모리장단으로 빨라지고 그 소리는 점점 가까워져 왔다. 사물놀이를 연주하는 사람들의 모습이 보이기 시작했다. 대부분 노인이었다. 특히 장구를 맨 초로의 여인이 눈을 찔러왔다. 낡고 추레한 치마저고리를 입고 있었다. 많이 꿰매 헝겊이 더 이상 붙어 있지 못하고 바람에 날리는 치마였다. 저고리도 너덜너덜, 간신히 몸을 가릴 정도였다.

골목을 빠져나온 사물놀이패가 광장에 서니 사람들이 몰려왔다. 장단이 고조되기 시작한다. 비바람이 몰려오는 것 같았다.

꽹과리는 천둥을 의미하고, 징은 바람. 그리고 북은 구름을 장구는 비를 뜻한다고 하지 않던가. 태풍이 몰려오는 것 같았다.

음양을 나누어 구분하면 가죽으로 만든 북과 장구는 땅의 소리를 나타내고, 쇠로 만든 징과 꽹과리는 하늘의 소리를 표현하고 있다. 꽹과리는 덩치가 가장 작으면서도 소리는 날카롭고 도드라져 사물놀이에서 지휘자의 역할을 맡는다. 우리의 김덕수 놀이패에서 김덕수가 지휘자였다. 그는 징을 치기도 했지만 대부분 꽹과리를 맡아 놀이를 끌어간다. 징이 어머니라면 꽹과리는 아버지다. 천을 뭉툭하게 감고 치기 때문에 징의 소리는 여운이 길고 푸근하다. 장구는 채를 들고 치는데 리듬의 빠르기를 주도한다. 처음과 끝을 제시하는 역할을 한다. 북은 꽹과리와 장고가 집을 지을 수 있도록 터를 만들어 주고, 든든한 기둥을 세운다.

우리 장단의 모든 조화는 하나의 가족을 의미하고 있다. 우리 가락은 우리의 화목한 가족공동체를 은유하고, 그 연주는 사랑의 모습이었다. 나는 호텔 방을 나서 사물놀이 마당으로 나갔다. 좀 더 가까이 우리 가족을 만나보기 위해서였다.

연주자들은 대부분 노인이었다. 우리 음악을 연주하는 분들의 옷차림이 남루했다. 바지는 빨지 않아 검게 번들거렸고, 윗도리 러닝셔츠는 구멍이 나 있었다. 들고 있는 타악기도 오래됐는지, 깨지고 찢어져 있었다. 장구와 북은 청테이프로 때워져 있었고, 징은 한 귀퉁이가 떨어져 나갔다. 꽹과리도 찢어져 맑은소리가 나지 않았다.

장구 맨 노인은 땀을 뻘뻘 흘려가며 꽹과리의 장단에 맞추려 애를 썼다. 엇박자를 잘 지키지 않는 것 같았다. 서툴러 보였지만 그 또한 우리 가락의 매력으로 들려왔다.

여인을 보니 문득 어머니가 떠올랐다. 어머니와 아버지, 그리고 조부모님들과 형제들도 연이어 생각났다. 농사를 지으며 공동체를 이루는 대가족 사회, 그 안의 질서를 위한 효도와 가부장의 정서……. 우리는 육 남매로 그 중 형제가 네 명이다. 어머니는 평생 자식을 키워오며 자신을 희생하셨다. 항상 부지런하고 일 욕심이 많으셔서 우리 동네일을 도맡아 해내셨다.

입에 풀칠 정도 하는 형편이어도 자식들 교육을 중요하게 여기셔서 우리는 모두 청주와 대전, 서울에 있는 대학을 모두 나왔다. 뒷산에 올라 나물을 뜯어 모으시거나 도토리묵을 만들어 시장에 나가 판 돈으로 우리 학용품 구매에 보태셨다. 내 용돈도 어머니 품삯에서 나왔다.

정작 어머니께서는 목불식정이셨다. 마을에 전기가 들어와서 집에 처음으로 전등불을 켜던 날, 어머니께서는 환해서 이제는 책을 더 많이 볼 수 있겠다며 스스로 호롱불을 입으로 불어 끄고 창고에 치우셨다.

평생 일을 놓지 않으신 어머니, 자식들만큼은 많이 배워 나라가 더 이상 굴욕을 겪지 않으면 좋겠다고 입버릇처럼 말씀하셨다. 외할아버지께서 독립운동을 도우시다 감옥에서 고문을 받으시고 그 후유증으로 돌아가신 일이 가슴 깊이 맺혀 있으셨던 어머니, 나는 어머니의 일본 제국주의에 대한 미움을 자식들의 교육열로 삭혀나가신 것으로 알고 있다.

그래서 우리 형제는 가족애와 효를 근본으로 한 나라 사랑, 그리고 공동체 의식이 누구보다 강했던 것이다.

나의 민족애와 애국심은 외할아버지와 어머니에게서부터 비롯된 것이 아닐까.

나는 사물놀이의 흥겨운 장단, 우리의 가락이 울려 퍼지는 심양 땅에서 어머니와, 우리 민족을 다시 느끼며 울컥, 가슴 위로 치받아 올라오는 감정을 애써 눌렀다. 우리 어머니들, 너무 울어서 허물만 남은 매미처럼, 평생 온 몸과 온 마음을 가족과 자식들에게 바쳐 껍데기만 남으셨다. 민족의 어머니 모습이었다.

그럼에도 소리는 반가웠다. 우리의 산조 리듬은 점점 빨라져 휘모리장단으로 접어들고, 그 장단에 맞춰 어깨가 덩실덩실 절로 움찔거려졌다. 손과 발이 자연스레 흔들거렸다. 나뿐 아니라 모두 흥에 겨워 춤을 추었다. 신바람 축제였다.

한 마당이 끝나고 쉬는 참에 나는 꽹과리 든 분에게 다가갔다.

— 어르신, 반갑습니다. 정말 잘하십니다.

— 그래요? 한국에서 왔음 둥?

— 네, 그렇습니다. 서울에서 왔습니다. 여기….

나는 꽹과리 노인에게 명함을 한 장 꺼내 드렸다.

— 제가 다시 찾아뵙겠습니다.

나는 그 분의 악기를 새것으로 바꿔드리고 싶었다. 우리의 가락을 외국에서 연주하시는 분들의 악기가 너덜너덜한 것이 너무 안타까웠다.

— 아니요, 아니 찾아와도 되오. 일없소.

퍼뜩, 조선족 사회에서 좋지 않게 나도는 소문이 떠올랐다. 그 당시에는 조선족을 대상으로 사기를 치고 다니는 일이 많았다. 한국인들이 조선족에게 다가가 한국에 데려가겠다고 거액의 중개비를 많이 받고 도망치는 일이 비일비재했다. 노인은 나도 그런 비양심적인 브로커로 보는 모양이었다.

— 꼭 다시 돌아오겠습니다. 꼭!

나는 그분의 전화번호를 알아두고 호텔로 돌아왔다.

그리고 두 달 뒤, 나는 다시 심양에 돌아왔다. 나의 손에는 새 사물놀이가 두 벌씩 들려 있었다. 서울, 안국동에 가서 사물놀이를 새것으로 사왔던 것이다. 아마 내 손이 네 개였다면 네 벌을 사 들고 왔으리라.

내가 지킨 약속이 심양 사물놀이패에게 감동을 주었나 보다. 그쪽 언론에 내가 대서특필되었다. 요령신문사와 텔레비전 방송국에서 나를 취재해 갔다. 며칠 후 내 이야기가 언론에 대문짝만하게 기사화됐다.

문 : 북한에서도 원고의 이야기를 알게 된 것이로군요. 그래서 북한에 입국하게 됐고요. 맞습니까?

답 : 그렇게 파악하고 있습니다. 북한 측 관리와 1995년 12월 10일 심양의 서탑, 고려호텔에서 처음 만나게 됐습니다.

남한과 북한, 그리고 우회 공작원의 청춘

어찌 짐작이나 했겠어요
그대 가린 건 바로 내 그림자였다니요
그대 언제나 내 뒤에서 울고 있었다니요
— 강연호, 〈월식〉에서

그날 오후 2시 나는 〈심양설화소년예술단(沈陽雪花少年藝術團)〉의 행사를 마치고 고려호텔 311호에서 쉬고 있었다. 점심 식사 때 먹었던 펨 요리가 아직 소화되지 않았다. 펨에 곁들인 맥주 한 잔이 잠을 불러왔다. 중국 음식 특유의 고수 향이 아직 입 주변에 머물고 있었다. 처음에는 이 향 내음이 역겨웠지만, 이제는 친숙해졌고, 이 친숙함이 대륙에 내가 스며들어 있음을 알게 해 주었다.

두 달 전에 나는 한중수교 3주년 기념으로 중국 심양에 있는 한족 어린이들로 구성된 〈심양설화소년예술단〉을 한국에 초청해서 공연을 선보였다. 예술단원 40명과 스텝 10명이었다. 한중수교 후 처음으로 중국의 한족 어린이들이 한국에서 10여 일간 머물며 공연했던 것이었다. 명예 단장을 맡은 나는 한국에서의 일정을 진두지휘했다.

<설화 소년예술단>은 서울, 부산, 광주, 대전, 청주, 울산, 인천 등을 순회하면서 공연하고 한국의 어린이들과 교류했다. 그들에게 한국의 문화를 알게 했고 우리 청소년들도 그들로부터 중국 문화를 접했다.

초청경비는 <설화 소년예술단>이 공연했던 한국의 각 도시 지방 신문사를 내가 직접 찾아가 사장을 만나 설득해서 이뤄진 것이었다. 나는 신문사 사장을 만나 공연 계획을 설명했고, 우리 문화와의 교류 중요성을 강변했다. 한국 어린이들에게 중국의 문화를 경험케 할 수 있어 좋으리라, 그리고 후에 우리 국민이 중국에 가서 활동할 계기를 마련할 수 있으리라고 적극적으로 권했다.

모든 신문사에서 초청을 수락하여 중국의 소년예술단은 한국의 도시에서 성공적으로 공연을 마쳤다. 초청비자와 항공료, 숙식비 등은 정부기관의 선배와 각 도시 신문사에서 적극 도와주었다.

나는 호텔에서 당시의 무대를 회상하며 고수 향 배인 방에 내 몸을 적시고 있었다. 중국은 경극이 전통 연희로 알려져 있지만, 몸을 이용한 기예도 뛰어나다. 아이들의 무술과 몸놀림은 관객들에게 갈채를 받았다.

나는 <설화 소년예술단>의 서커스와 같은 기예를 회상하며 스멀스멀 잠 속에 빠지려는 중이었다. 누군가 호텔 방 초인종을 누르고 방문을 노크했다. 청소 시간이 아니었다. 조심스러우면서도 단호한 노크 소리였다. 나는 선잠에서 깨어났다.

— 누구십니까?

나는 일어나 문을 열었다.

— 안녕하시오?

건장한 북한 사람이었다. 나는 단번에 북한 관리임을 알아보았다. 그들의 재킷 왼쪽 주머니 위에 김일성 배지가 달려 있었다. 두 사람이었다. 그들은 내가 허락도 하지 않았는데, 이미 내 방을 들어서고 있었다.

한 사람의 손에는 요령신문이 들려 있었다.

— 어, 맞구만, 강재호 선생. 강 선생이 맞아. 신문에 난 얼굴과 똑 같구만.

요령신문을 펼친 북한 관리가 나와 신문을 번갈아 보았다.

— 강 선생님. 잠깐 들어가서 말씀 좀 드려도 되겠습네까?

— 아, 네······. 그러시죠. 무슨 일이신지······.

나는 이미 호텔 방을 들어선 그들을 바깥으로 내보낼 수도 없었다. 무엇보다 두 사람의 언행이 북한 사람이 틀림없었고, 그들의 위압적인 태도에 금세 주눅이 들어 있었다.

두 사람은 방 응접 소파에 앉았다.

— 우리는 강 선생님을 잘 알고 있소. 참 좋은 일을 하고 계시더구만요.

— 네······. 학생들 공연 말씀하시는지요.

요령신문에 <설화 소년예술단> 방한 공연을 다루고 있음을 나는 이미 알고 있었다. 그들은 이 일을 말하는 것이었다.

— 그렇소. 아주 잘하시는 일이오.

— 그런데, 무슨 일로 나를 찾으신 겁니까?

— 중국 애들보다 우리 북조선 소년들이 더 잘하지 않소. 우리 공화국 애들도 한국에서 공연 잘 할 수 있단 말이오. 우리 민족 아이들도 남한에

한 번 데려가 보시라우요.

― 아, 네…….

나는 놀랐다. 북한 관리로 보이는 그들은 이미 나의 동향을 세세히 파악하고 있는 것 같았다. 그들이 내 앞에 신문을 내밀자, 나는 명함을 꺼내 건넸다. 그들도 내게 명함을 주었다.

― 최재경입니다.

그의 명함을 들여다보니 '조선 대동강상사 사장 최재경'이라고 적혀 있었다. 나는 명함을 안주머니 깊이 넣었다.

― 내레 원래 고향이 이쪽이오. 길림.

― 저는 청주입니다. 중국에는 문화교류 사업으로 자주 오고 있습니다.

― 알고 있슴다. 강 선생 활약 소문이 우리 평양에도 자자하오.

― 네, 그런가요. 제가 뭐 한 일도 없는데……

― 나도 평양에서 주로 활동하지만 길림이나 북경에 사업차 자주 왕래하고 있소.

그는 자신을 드러내려 했다. 내게 허물없이 대하겠다는 태도로 다가왔다.

― 실례지만 몇 년생이십니까?

나는 문득 그의 나이가 궁금해졌다. 친밀한 관계가 되리라는 직감이 왔기도 했고, 싸늘했던 분위기가 풀어지기도 했다.

― 강 선생님만큼 먹었수다래. 52년 임진생.

용띠, 나와 동갑이었다.

― 아, 그래요? 나도 52년생입니다.

나는 환하게 웃어 보였다. 최재경도 이를 드러내 보였다.

― 이쪽 김 동무는 59년생, 우리 직원입니다.

나와 최재경은 금방 친해졌다. 최재경이 자주 웃었고, 나도 미소로 화답했다. 직원이라는 김 동무는 우리 둘의 모습이 약간 거북해 보이는 표정이었다.

그날 저녁, 나는 최재경과 그의 부하 직원을 호텔 식당에 초대해 요리를 대접했다. 북한 사람을 처음 접해본 나는 조금 긴장됐지만, 식사를 함께하면서 긴장과 어색함은 사라졌다. 그들은 자신의 배경과 출신에 대해서도 스스럼없이 이야기했다.

최재경은 연변대학을 졸업하고 북경대학원을 나온 수재였다. 평양에서 일하게 된 이유는 처가 쪽이 북한 수뇌부와 연관이 있었기 때문이란다.

― 장모님께서 김일성 장군님 항일 투쟁에 협력을 많이 했시오.

그의 장모는 젊은 시절, 장춘 길림에서 작식대원이었고 김일성을 도와 항일 투쟁의 선봉에 섰다고 한다. 그의 장인도 연변대학 초대 총장을 역임했다. 세월이 흘러 장인이 사망하자 김일성은 바로 장모 가족을 북한으로 불러 귀화토록 해놓고 북한 공민증을 발급했다고 한다.

북한에서 말하는 '토대'에서 최고로 보였다. 북한은 김일성과 함께 항일 투쟁에 참여했다는 투사를 가장 높은 위치에 두고 있다. 그들이 혁명 1세대로 북한의 수뇌부에 있다. 모든 요직을 그들이 차지하고 있는 실상이다. 그들의 자손과 가족 또한 특급 대우를 받는다고 나는 알고 있다.

최재경이 바로 그런 위치에 있는 사람이었다.

최재경 자신 또한 그때 북한 인민이 된 것이었다. 《김일성 회고록 7권》, 〈세기와 더불어〉를 보면 장모와의 일화도 소개돼 있다. 최재경의 장모는 1998년 사망했다.

그 저녁, 나와 최재경, 그리고 그의 부하인 김재식은 '평양관'에서 술도 많이 마셨다. 평양식 음식이 나오는 '평양관'은 남쪽, 북쪽 사투리가 술과 음식에 떠다니는 식당이었다. 우리는 즐겁게 마시고 이야기를 나눴다.

나의 러시아, 중국 활동이 주된 이야깃거리였지만, 그들도 자유롭게 자신들의 살아온 이야기를 전했다. 최재경은 나의 중국, 러시아 활약에 대해 아주 세세하고 알고 있었다. 그리고 보니, 최재경과 김재식의 재킷 위에 붙어 있던 김일성 배지가 사라지고 없었다. 아마도 바깥에서는 배지를 달고 다니지 않는 것 같았다. 국외에서 굳이 북한 사람임을 표 낼 필요는 없으리라.

음식과 술이 들어가니 몸과 마음이 푸근해졌다. 나는 술을 많이 못 하는 체질이어서 조금씩 마셨다. 최재경과 김재식은 많이 마셨다. 도수 높은 고량주를 벌컥벌컥 마셨지만, 취기는 없어 보였다. 술이 센 사람들이었다. 최재경은 온화한 사람이었다. 텔레비전에서 보던 북한 사람 특유의 날카로움이 없었다. 강단이 없지 않지만, 거칠지 않았다. 그에 반해 김재식은 눈빛이 날카로웠다. 경계하고 긴장하는 모습이 역력했다. 내게 대하는 태도도 최재경보다 딱딱했다.

나는 그들과 헤어질 때 '로열 살루트' 두 병과 '말보르' 담배 두 보루를 선물했다. 북한 고위 관료들도 흔히 마시지 못하는 술이라 알고 있었다.

그들은 고마워했다. 반미를 외치지만 담배는 미국 브랜드를 좋아하는 모습이 모순이기도 했다.

최재경은 나의 성의를 깊이 기억했을 것이다.

다음날, 나는 김포공항에 도착하자마자 김상원 선배를 만났다. 보고 차원의 만남이었다. 나는 최재경과 김재식을 만나 대화한 일을 김상원에게 낱낱이 전했다. 그들이 내게 접근해온 시간과 장소, 그들을 접대한 음식점과 마신 술과 먹은 음식, 그들과 나눈 이야기 등 모든 것을 보고했다.

— 강 국장, 수고했다. 당신이 북한 고위 관리와 친분을 쌓았다니……, 정말 대단한 일이야. 강 국장. 북한 거물을 알아두었으니 이제 큰일을 해내겠어. 기대가 크다. 잘 할 수 있지?

김상원 선배는 내 어깨를 두드리며 격려해 주었다. 선배가 나를 바라보는 시선이 괄목상대의 모습이었다. 정말 기뻐해 주었다.

— 네, 열심히 해보겠습니다!

나도 우쭐해서 크게 답했다.

나는, 나의 중국 교포에 대한 애정이 이렇게 보상을 받게 되나 보다, 하고 생각했다. 나는 나라와 민족을 위해 열심히 하리라 다시 굳게 마음먹었다.

이로써 나는 대한민국의 공작원이 된 것이었다. 우회 공작원의 신분으로 나는 새로운 삶을 살아가게 되리라는 것을 직감했다.

나는 20년 전, 충북 단양에 있는 보병연대에서 행정병으로 군 복무를 마쳤다. 행정병이었지만 1년 동안 보안대에 파견돼 근무한 적이 있어서 나는 보안과 공작에 대한 업무를 이미 알고 있었다. 보안 업무는 특수했다. 파견대에서 나를 예의 주시했다. 나는 보안 업무에 열정을 바쳤다. 공작에 대한 기획력과 수행력은 순발력, 그리고 강한 의지가 필요했다. 내게 소질이 있어 보인 모양이었다. 보안과에서 내게 보직을 맡아 달라고 할 정도였다.

그날 김상원 선배는 나에게 이력서와 서약서를 받았다. 다음 날, 주민등록등본도 떼어다 주었다. 나는 군 제대 후 20년이 지나 정식으로 정보사령부 민간 공작원이 되었다.

지난 행정법원 법정에서 내게 한 질문, 그리고 그에 대한 내 답변이 내가 우회 공작원이 된 경위와 북한 고위층의 접촉 경로를 더 세세하고 적확하게 표현할 수 있으리라 여겨진다. 그 부분에 대한 소송 당시 재판장의 질의와 응답이 지금도 뚜렷하게 기억난다.

문 : 김상원 씨는 어떻게 알게 되었습니까?

답 : 1995년 12월 북한 사람 둘을 만나게 되면서부터입니다. 최재경과 김재식입니다. 당시에는 '북한 주민접촉승인'을 받지 않고는 북한 사람을 만날 수 없었습니다. 국가보안법 위반 사항입니다. 마침 김상원 선배를 잘 아는 사람과 친분이 있었기에 가능했습니다.

문 : 당시 원고의 직업은 무엇이었습니까?

답 : 저는 외무부 산하단체 '한민족교류협의회' 사무총장이었습니다.

문 : 최재경이 소속된 '조선대동강상사'에 대하여 알고 있었습니까?

답 : 아닙니다. 그 사람, 최재경은 북한 부총리의 사위였고, 원래 연길 태생인데 북한에 귀화해서 요직에 있다고 김상원 선배를 통해 알게 됐습니다.

문 : 최재경을 접촉하면서 신뢰가 생겨 결국 평양에 갔다고 했는데, 어떤 경로였는지 말씀해 주십시오.

답 : 1995년 12월, 최재경을 만난 결과를 정재웅 씨를 통해 김상원 선배에게 말씀드렸습니다. 그때 김상원 선배가 안기부 쪽에서 일을 보는 것으로 저는 알고 있었습니다. 김상원 선배에게 세세한 말씀을 드렸더니 선배가 최재경에 대한 자료를 파악한 것 같습니다.

문 : 그 후에는 담당자가 바뀐 줄 압니다.

답 : 네, 그 후 임만재 소령이 제 담당 요원이었습니다. 임 소령이 저에게 최재경과의 만남을 중요하게 생각해 달라고 했습니다. 최재경이 요직에 있으니까 앞으로 저에게 최재경과 잘 만나보세요, 어떻게 해서라도 최재경을 통해 평양 가는 길을 찾아보세요, 라고 했습니다.

문 : 원고는 김상원 씨 이후, 임 소령을 자주 만나게 되었습니까?

답 : 네, 그렇습니다.

문 : 결국 원고는 김상원과 임만재 두 사람을 통해 인천 정보부대 우회 공작원으로 활동한 것입니까?

답 : 네. 저의 대북 활동은 김상원과 임만재, 두 분으로부터 시작된 것입니다.

문 : 정보부대 안의 다른 사람을 함께 만나게 되는데 당시 원고가 만난 사람 중에서 기억나는 사람이 있습니까?

답 : 네. 있습니다. 최진호 소령인데 그 사람과 임 소령이 저랑 자주 만나 술도 마시고 저녁도 함께했습니다. 저를 많이 격려해 주셨습니다.

문 : 원고는 공작원 채용과 관련해서 임만재 소령에게 어떤 서류를 제출했나요?

답 : 임 소령이 제게 서류를 제출토록 했습니다. 제게 요구한 것은 이력서, 주민등록등본, 서약서입니다. 정보사 쪽 이야기를 절대 누설하지 않는다는 약조문이 있었습니다.

문 : 원고는 인천 정보부대 공작원으로 활동하면서 임만재와 수시로 만났는데, 만나서 무슨 이야기를 나눴는지 구체적으로 말씀해 주십시오.

답 : 보안상 자세히 말씀드리기 어렵습니다.

당시에는 정치적인 분위기상 구체적인 첩보 활동 사항을 진술하지 못했다. 우리 안기부의 기밀에 대해 누설하는 것 같아서였다. 그러나 지금은 남쪽이나 북쪽, 모두 이런저런 경로로 인해 국민은 많이 알고 있다. 지금의 인터넷 속도 기술과 정보 교류의 수준은 우리나라가 최고다. 우리 국민은 고급 정보를 쉽게 얻을 수 있고, 그 소통도 원활하다.

지금은 탈북 군인이나 고위직, 탈북 여성을 출연자로 내세워 북한 사정에 대해 텔레비전 정식 채널에서 정규프로그램으로 송출하고 있지만, 당시만 해도 북한 관련 이야기는 모두 조심스러워하는 분위기였다. 현재 유튜브 개인 방송은 기하급수적으로 퍼지고 있고, 그 활동과 수위가 넓고 깊다. 북한 이야기는 세계로 퍼지고 있는 상황이다.

베이징으로, 국경의 새벽으로

잎사귀는 많더라도 뿌리는 하나니
내 젊은 시절의 바쁜 나날에
햇빛 아래 잎과 꽃을 휘저었으나
이제는 진실 속에 영글게 되리라
　　　　　— 예이츠, 〈슬기는 때와 함께 오다〉

　　북한 관리 최재경과의 만남 후 나는 〈장춘 진달래 소년예술단〉을 한
국에 데려가 공연할 프로그램을 짜고 있었다. 〈진달래 소년예술단〉은
장춘에 있는 우리 민족 소학교의 예술단이다.

　　지난해 10월 〈심양설화소년예술단〉의 성공적인 순회공연을 계기로
중국의 동북 3성에서 내 이름이 알려지기 시작했다. 한국에서보다 중국
에서 유명세를 치르게 되어 나는 어쩌면 중국이 더욱 어울리는 사람이
아닌가도 생각해 보았다. 나는 우리나라가 우물 안의 개구리가 되지 않
도록 더욱 노력하리라 다짐했다.

　　우리의 근대사는 외래에서 이식한 역사라 보아도 무방하다. 우리 스스
로 애써 꾸려낸 근대가 아니었다. 지금 여러 각도에서 노력하고 있지만,
휴전 상태로 남쪽, 북쪽이 갈라진 우리에게 진정한 근대는 아직 열리지

않았다고 볼 수 있다. 구한말 우리는 당파싸움의 끝에서 국기가 문란해지고 나라의 힘은 고갈될 대로 고갈돼 있었다.

세계의 빠른 변화에 발맞추기보다 나라 안의 정쟁 다툼으로 국운은 풍전등화와 같이 돼 버렸고, 결국 일본 제국주의의 실현 발판이 돼 36년 동안을 일본의 노예로 살아갔다. 일본은 제국주의를 확장하려 태평양전쟁을 일으키고, 유럽 또한 전쟁의 포화 속에서 신음하다 연합군에 의해 진정되어 갔다. 미국은 일본에 핵폭탄을 투하하여 일본의 항복을 받아내고 우리는 일제로부터 해방을 맞았다. 타의에 의해 광복을 얻었어도 해방은 해방이었다.

사회주의 사상 물결이 우리에게도 다가왔고, 미국과 러시아가 우리 땅에 머물며 신탁통치를 하면서 우리 민족은 이념적 갈등의 골이 더욱 깊어졌다. 결국 광복 후 얼마 지나지 않아 전쟁이 터지고 우리는 형제의 머리에 총알을 박아넣는 비극을 벌이게 된다.

그 와중에 수많은 우리 민족이 죽어 나갔다. 남한은 25만 명, 북한은 30만 명이 목숨을 잃었다. 군인은 남쪽 13만, 북쪽 52만 명이 순직했다. 국가보훈처에 의하면 전쟁 유공자로 등록된 사람은 15만 명에 이른다.

이렇게 많은 목숨을 앗아간 전쟁이 아직도 끝나지 않은 상황이고, 언제고 다시 일어날 수 있는 불안한 상태다. 그 와중에 헤어진 가족은 아직 생사조차 모르는 채 살아가고 있다.

이 얼마나 끔찍한 상황인가…… 70여 년의 세월이 그 상처를 덮어둔 모습이지만, 아니다. 우리의 상처는 깊이 곪아가는 중이다. 우리 세대가 말끔히 치료해야 후손이 진정한 건강을 찾으리라, 진정한 평화를 얻으리라.

나의 의무감, 우리 민족에 대한 나의 애정이 조선족 아이들의 예술단 순회공연으로 드러나게 되었다. 민족과 조국에 대한 나의 열정이었고 내 인생의 전성기는 그렇게 흐르고 있었다.

1996년 봄, 나는 장춘 관성조선족 소학교에서 명예 교장을 맡아 달라는 요청을 흔쾌히 수락했다. 그리고 진달래소년예술단의 단장도 맡아 성의를 다해 일을 꾸려나갔다. 이번에는 우리 민족 소년 소녀들의 공연이었다. 민족의 정서가 훨씬 짙어지고 중국의 향기가 혼합된 흥미로운 무대가 될 것이었다. 나는 소년 소녀들의 기예도 좋지만, 우리의 가락, 우리의 민요, 국악을 살린 프로그램도 많이 넣어달라고 예술감독에게 주문했다.

나는 진달래예술단의 공연 일정을 구성하고 프로그램을 확인하는 바쁜 와중에도 전화를 기다렸다. 북한 고위 관리, 최재경의 전화였다.

그리고 마침내 기다리던 전화가 왔다. 1996년 오월이었다. 한 통의 국제전화가 내게 달려왔다.

— 강 선생님, 안녕하십네까?

최재경의 목소리를 듣자 희미하던 그의 모습이 확, 다가왔다. 북한 사람 같지 않던 온화한 미소도 금세 떠올랐다.

— 베이징에 언제 오십네까, 내레 강 선생 뵙고 싶단 말입니다.

최재경은 약간 들뜬 목소리로 친근하게 말했다.

— 아이고, 안녕하십니까, 최 사장님. 베이징에 계신가 봅니다?

— 그렇습니다. 강 선생님, 강령하십네까?

— 네, 잘 있습니다. 최 사장님도 그동안 평안하셨고요?

— 그러믄요. 한 열흘 뒤에 강 선생님 볼 수 있으면 좋겠습니다.

— 네, 그렇게 하죠. 그러잖아도 장춘에 일이 있습니다. 장춘에서 일을 보고 나서 찾아뵙지요.

— 잘 됐습니다. 강 선생을 꼭 만나고 싶어 하는 분도 평양에서 오십니다.

— 아, 네. 제가 뭐라고……. 평양에서 오신다는 그분 꼭 뵙겠습니다.

누구일까, 평양에서 온다는 그 사람.

나는 어차피 중국에 다녀와야 했다. <진달래 소년예술단> 행사를 매듭짓기 위해서였다. 나는 대사관과 한국 관청을 오가며 행정 서류를 꾸려나갔다. 인천일보사가 주최하는 것이 좋아 신문사 대표도 만났다. 나는 10월에 한국에서 공연을 열 수 있도록 치밀하게 계획을 짜나가는 중이었다.

나는 최재경과 통화를 마친 후, 곧바로 김상원에게 보고했다.

— 전무님, 최재경으로부터 전화가 왔습니다. 그가 베이징에서 만나자고 합니다. 평양에서 누가 오는데 저를 꼭 만나자고 한다네요.

나는 김상원 선배를 전무님으로 불렀다. 선배로부터 지시와 감시를 받는 나로서는 모든 것이 조심스러울 수밖에 없었다. 나는 최재경과 나눈 대화를 곧이곧대로 전했다.

— 그래, 그럼 북경에 가야지. 가서 만나야지. 일이 술술 풀리는구나. 그

쪽에서 강 국장을 잘 본 모양이다. 잘 됐어.

1990년대 중반부터 나는 정말 바쁘게 움직였다. 하루에 1 시간 정도 잠을 자면서 일했다. 모든 일을 내가 주도하고 있었다. 24시간이 모자랐다. 늘 긴장한 상태였다. 정신을 놓을 수 없었다. 자칫 하나라도 실수가 있으면 모든 것이 허물어진다는 것을 나는 잘 알고 있었다. 특히 북한 관계 업무는 극도로 긴장해서 확인하고 또 확인했다. 나라의 존폐가 내 선택으로 결정된다고 여기고 있었다. 머리에 칼을 이고 다니는 희랍의 신과 같은 상태가 나였다.

1996년 5월 16일, 나는 베이징 공항에 도착했다. 공항 하객 검색대에서 수속을 마치고 로비로 가니, 최재경이 마중 나와 있었다. 나를 기다리고 있는 차는 마치 두 마리의 검은 표범을 연상케 했다. 미끈하게 빠진 벤츠 승용 세단이었다. 차량 번호판에 '사(使)'라고 쓰여 있었다. 북한 대사관 전용차였다.

나는 최재경의 안내에 따라 두 번째 차에 올랐다. 뒷좌석 상석에 앉으니 최재경이 곁에 앉았다. 승차감이 좋았다. 엔진의 진동에, 미미하면서도 단단한 힘이 전달됐다. 차는 흔들림 없이 스르르 공항을 빠져나갔다.

— 강 선생님, 베이징에 오시느라 수고 많았습니다.

— 네, 반갑습니다. 그동안 잘 지내셨죠, 최 사장님?

— 덕분에 잘 있었습니다. 연말에 강 선생을 뵙고 평양 상부에 보고했더랬지요.

— 아, 그러셨군요.

최재경은 예의 부드러운 미소를 지으며 나를 바라보았다. 나는 고개를 깊이 숙였다.

— 조평통, 아십네까? 조평통 국장 동지께서 강 선생을 만나러 평양에서 옵니다.

— 아니, 그런 귀한 걸음을 하신다니, 영광입니다.

— 조평통 리병식 국장이 우리 강 선생에게 관심이 지대합니다. 오전에 평양에서 출발했으니 곧 베이징에 도착할 겁니다. 우리가 먼저 호텔에 가서 기다리면 되겠습니다.

차 안에서 바라보는 베이징 거리는 늘 붐볐다. 차도와 인도에 빈틈이 별로 없어 보였다. 차창 안으로 중국 특유의 고수 향이 스며들었다. 중국의 냄새가 나는 좋았다. 나는 중국 음식에 어느새 젖어 있었다. 중국의 산만한 듯하면서도 푸짐한 문화도 정겨웠다.

한 시간 정도 달렸을까, 북경 아시아 선수촌을 지나자 차가 멈추었다. '오주대주점'(五洲大酒店)'이라는 상호를 머리에 인 큰 건물이 위압적으로 서 있었다. 운전사가 내려서 내 쪽 차 문을 열어 주었다. 차에서 내리니 호텔 로비가 눈앞에 보였다. 중국 발음으로 우저우따지우디엔, '오주호텔'이었다.

나는 운전사의 안내에 따라 호텔 1층으로 걸어갔다. '아리랑'이라고 쓰인 간판의 한국식당이 눈에 들어왔다. 나는 북한 사람들과 식사를 하게 되면 한식당 '아리랑'을 이용하리라, 마음먹고 엘리베이터 앞으로 갔다.

최재경의 안내에 따라 나는 1207호에 들어갔다. 전망이 좋은 로열층 큰 방이었다. 최재경은 자연스럽게 소파에 가서 앉았다. 나도 그 앞에 앉았다.

최재경이 담배에 불을 붙이고 있는데 북한 사람들이 들어왔다. 세 명이었다. 모두 검은 양복 차림이었다. 그중 한 사람은 손에 〈TIME〉지를 들고 있었다. 낯설었다. 호텔 로비에서 타임지를 읽고 있는 외국인들을 많이 보았지만, 북한 사람이 영문 잡지를 들고 다니는 모습은 처음이었다. 자신들의 신분을 숨기려는 의도로 보였다.

— 반갑소. 조평통 리병식 국장이오.

— 네, 강재호입니다. 반갑습니다.

이병식 국장이 내미는 손이 무거웠다.

— 강 선생님, 이렇게 만났습니다. 우리는 강 선생님을 아주 잘 알고 있소.

— 아, 네…….

— 남조선이 로씨아 수교 후에 강 선생님이 한 일, 그리고 중국과 남조선이 수교한 다음 강 선생님의 활동을 모두 알고 있지요.

이병식은 내게 미소를 전하고 있지만, 그의 눈길은 날카롭고 차가웠다.

— 조선족 신문에 강 선생님 크게 보도됐지 않았소? 그 신문은 우리 장군님께서도 애독하는 중이란 말이오.

— 아, 네…….

— 그렇소. 김정일 장군님께서 특별 지시하셨소. 강 선생을 만나고 오라 말이오.

─ 아, 그렇습니까?

북한 최고 지도자가 나를 예의주시하고 있다니, 나는 놀랐다.

─ 여기, 이 두 동무도 장군님의 명을 받들고 있소.

나는 두 북한인을 보고 다시 놀랐다. 놀라움 속에는 두려움이 깔려 있었다.

─ 평양에서는 그간 강 선생의 행적을 세세히 파악하고 있소. 남조선에 있는 강 선생의 가족들까지 우리가 많이 조사해 봤소.

─ ……

─ 걱정 마시라요. 우리 북조선에서 강 선생과 할 일이 있단 말이오.

─ 무슨 일이신지…….

나는 북한 사람과의 접촉이 원칙적으로 불가한 민간인이다. 내가 만일 우회 공작원이 아니라면 이렇게 제3국에서 북한인, 그것도 고위층과 만나고 있다는 사실만으로 나는 남한에서는 국가보안법을 위반하고 있는 것이다. 한편, 북한 입장에서는 내게 자신들의 직분을 쉽게 드러내고 사업을 추진하려고 한다……. 나는 이중 첩자가 되어가는가. 북한에서 내 가족까지 조사했다면 무언가 중요한 일을 맡기려는 중임을 나는 직감했다.

─ 제가 할 일이 무엇입니까?

나는 재차 물었다.

─ 천천히 말씀드리지요.

나를 빤히 쳐다보던 이병식은 주변을 둘러보았다.

이후 이병식은 여러 가지 이야기를 했다. 주로 북한과 남한, 중국의 정치와 경제에 대한 자신의 견해였다. 나는 말하기보다 듣는 편이었다. 그의 이야기를 듣고 수긍하는 모습을 보이는 것이 전부였다. 그는 사회주의 찬양과 김일성 부자의 업적을 나열했다.

— 남조선은 아직도 많이 굶주리지 않소? 부르주아 놈들만 배부르고 말이오.

이런 식이었다. 그가 북한의 사회주의 체제를 옹호하며 선전하는 상투적인 말을 하는 사이, 같이 온 북한 사람이 수첩에 계속 메모하고 있었다. 그들은 똑바로 서서 움직임 없이, 같은 펜과 같은 모양의 수첩을 들고 우리의 대화를 적어나갔다.

최재경은 소파에 거의 눕듯이 앉아 담배를 뻐끔대고 있었다. 최재경은 그들보다 높은 지위라는 것을 알 수 있었다. 나는 속으로 최재경의 만남을 내 일생의 행운이라고 생각했다.

어느새 저녁 식사 시간이 되었다.

— 시장하실 텐데……. 제가 저녁을 대접해 드리겠습니다. 여기 1층에 한식당이 있던데요.

나는 그들에게 밥을 사고 싶었다. 특히 최재경에게 잘 대해 주면 여러 측면에서 도움이 되리라 판단하고 있었다.

— 그럴까요? 여기 아리랑 식당이 꽤 괜찮습니다.

그들이 먼저 호텔 방을 나가고 나는 방문을 잠그고 그들 뒤를 따랐다. 그들은 1층으로 내려가서 내가 호텔에 들어올 때 보았던 아리랑 식당으로 향했다.

나는 특별 요리와 위스키를 주문했다.

— 좋은 만남이 되기를 바랍니다.

— 그라믄요. 그래야지요. 그런데, 강 선생은 어찌 생각하시오?

— 무슨 말씀이신지…….

— 조선의 위대한 수령 김일성 동지께서 갑자기 돌아가셨는데, 남조선에선 아무도 아니 조문하잖습니까? 어찌 그럴 수가 있겄소.

— 아, 네…….

— 수령님이 돌아가시기 전에 남조선 김영삼 대통령과 백두산 정상에서 정상회담 하기로 약조하지 않았습네까. 강 선생은 이 문제를 어떻게 보시는지요.

이병식 국장의 어조는 도통 종잡을 수 없었다. 상대에게 자신의 속내를 들키지 않으려는 버릇 같았지만, 정도가 심했다. 부드러웠다가 강했다가 오락가락하였다.

— 저라면 조문단을 꾸려 평양에 가겠습니다. 하지만 김영삼 대통령께서는 이런저런 사정이 있었을 겁니다. 국민의 정서, 야당의 눈치 등이 대통령을 고민하게 했을 겁니다.

나는 대통령을 변호하는 투로 말했다. 나는 대한민국 국민이었다.

— 그러니까 김영삼은 뱃심이 없는 겁니다. 만약에 김영삼이 평양에 조문을 왔다면 북남관계는 지금처럼 이렇게 악화되지는 않았으리란 말이오.

이병식은 약간 비아냥거리는 어조로 말했다.

— 그럼, 앞으로 남북 관계는 어떻게 되리라 봅니까?

— 쉽게 풀리지는 않을 겁니다. 그래서 우리래 남쪽의 강 선생을 만나

지 않습니까? 북남교류를 잘해보려고 말입니다.

이 국장이 보내는 시선이 다시 온화해졌다.

— 네, 교류 좋습니다. 국장님, 그렇다면 제가 우선 평양에 한번 가 보고 싶은데……. 어떻게, 들어갈 수 있을까요?

나는 이병식 국장이 다시 강하게 나올 것 같아 단도직입적으로 물었다.

— 그래요? 강 선생, 정말로 평양을 오고 싶소?

— 네, 그렇습니다. 꼭 가 보고 싶습니다.

이병식 국장이라면 어려운 일은 아니라고 나는 생각했다.

— 그러나 남쪽에서 방북 승인을 해 줄까 의문입니다. 하지만 알겠습니다. 내레 연구해 보겠습니다.

— 우리 통일원에서 승인해주지 않아도 저는 국장님이 초청만 해 주신다면 정말로 꼭 한번 평양을 가 보고 싶습니다.

— 오, 호기심인지, 호연지기인지 모르지만 강 선생, 그 용기가 대단하오.

이병식 국장은 나를 바라보며 껄껄 웃었다.

그날 저녁, 북한 사람 4명, 남한 사람 1명이 즐겁게 지냈다. 마오타이 술과 요리가 계속 우리 식탁 위로 올라왔다. 최재경 사장, 이병식 국장, 그리고 두 명의 북한 요원은 내게 술을 권했다. 나는 술에 취하지 않으려 정신을 집중했다. 도수가 높은 술이어서 조금만 마셔도 대취하게 돼 있었다. 주량은 적었지만 정신력은 누구보다 강한 나였다.

그들은 취한 것 같았어도 나는 말짱했다. 나는 지난번 심양에서와 마찬가지로 그들에게 말보루 담배와 로열 살루트를 선물했다. 화장실을 다녀오며 내 방으로 올라가 선물 보따리를 들고 나왔다. 내가 선물하자, 그들은 말로는 마다하면서 손으로는 덥석 담배와 양주를 잡았다.

이제 헤어질 시간이 됐다. 나는 내가 묵는 방으로 올라가려 했다. 그런데, 최재경이 나를 붙잡았다.

— 강 선생님, 오늘은 함께 하고 싶소. 내레 강 선생 방에서 하룻밤 신세 져도 되겠습네까?

— 아이구, 그럼요. 우리 같이 밤을 보냅시다.

최재경과 나는 취해서 비틀거리며 12층으로 올라갔다.

그렇게 해서 최재경과 나는 밤을 함께 지새우며 많은 이야기를 나누었다. 최재경에 의하면 이 오주호텔은 북한 요원들이 많이 사용하는, 그들의 아지트였다. 그들에게는 일종의 요새와 같은 장소였다. 북한 사람들이 많이 묵었고, 북한 대사관도 가까운 곳에 있었다.

최재경은 내게 자신의 배경과 성장 과정, 그리고 평양에서의 위치, 자신의 주 업무에 대해 말해 주었다. 내가 알고 있는 최재경의 정보와 얼마간 일치하고 있지만, 더 세세하게 들을 수 있었다. 취기가 그런 고급스러운 정보를 전하게 했다.

그는 북한에서 핵심 계층이었다. 핵심 계층은 북한에서 특별 보호를 받았다. 일제에 항거한 독립투사나 빨치산 투쟁 가족 등이었다. 그들 표현으로 혁명렬사, 렬혈충성파, 영예군인 등이 바로 핵심 계층에 속했다. 그 계층은 북한 사회주의 헌법 제 76조에도 명시돼 있다. 계급 없는 평등

사회가 계급을 만들어놓고 있었다.

— 최 사장님 혹시 문학에도 관심 있으십니까?

나는 술기운을 빌어 우리 일과는 관계없어 보이는 문학 이야기를 꺼냈다.

— 소설, 시 말입네까? 우리 연변대학에서는 조선문학사에서 배웁니다. 북한에 유명한 시인들 많지요. 용정에는 윤동주 시인이 낫지 않았습니까.

— 네, 윤동주 시인이 용정 출신입니다. 그의 서시(序詩)는 우리의 국민시입니다.

— 저도 압니다. ……죽는 날까지 하늘을 우러러 한 점 부끄럼이 없기를, 잎새에 이는 바람에도 나는 괴로워했다. 별을 노래하는 마음으로 모든 죽어가는 것을 사랑해야지. 그리고 나한테 주어진 길을 걸어가야겠다. 오늘 밤에도 별이 바람에 스치운다……. 매우 좋지 않습네까?

최재경이 줄줄 외는 윤동주의 서시가 마음을 가라앉히면서 앞으로의 나의 일을 더 단단하게 해 주는 듯싶었다.

— 최 사장님, 훌륭하십니다. 서시를 모두 외고 계시는군요.

— 연변대 다닐 때 조선문학사 시험이 서시를 쓰는 것이었습니다.

그는 나와 이것저것 많은 이야기를 나누었다. 나는 그에 대해 머릿속에 모두 입력해 놓았다. 그는 나를 평양에 충분히 데려다줄 수 있는 인물이었다.

— 강 선생, 아까 리병식 조평통 국장 말이오. 아주 똑똑한 친구입니다. 그 친구, 강 선생을 많이 조사해놓았단 말입니다. 우리 인민공화국에서

도 강 선생을 좋게 보고 있습니다.

— 그런 것 같습니다. 이 국장이 저를 관찰하는 눈이 매서웠습니다.

— 리병식 국장은 상부의 지시로 베이징에 왔습니다. 강 선생이 평양에 가겠다고 잘 말했습니다. 리 국장은 충분히 강 선생을 평양에 데려갈 수 있는 인물입니다.

최재경과 나는 여러 이야기를 나누다가 새벽 해가 밝아올 즈음 눈을 붙였다.

다음 날, 나는 최재경과 호텔에서 헤어진 후 장춘으로 향했다. 1995년에 <심양설화소년예술단>을 한국에 초청한 나는 1996년 10월, 명예교장으로 있는 장춘 관성 조선족 소학교 <진달래 예술단>을 한국에 초청하는 작업을 해야 했기 때문이었다.

장춘에서 바쁘게 일을 보았다. 일을 보면서도 북한의 최 사장과 이 국장의 만남을 새기고 새겼다. 평양에 갈 수도 있다는 희망을 현실로 만들어가기 위해서 어떻게 해야 할지 고민했다.

장춘에서 한국으로 돌아온 나는 곧바로 김상원 선배를 만났다.

— 전무님, 어쩌면 제가 평양 거리를 거닐 수 있게 됩니다.

나는 최재경과 이병식 등 북한 고위층과 만난 일을 김상원 선배에게 보고했다. 세세하게 묘사해가며 사실을 전했다.

— 수고 많았다. 강 국장은 우리에게 참 소중한 사람이다. 그래, 어떤가, 이병식이란 자가 정말 강 국장을 평양으로 초청할 것 같나?

— 네, 전무 님. 그럴 것 같습니다. 기대해도 좋습니다.

— 정말로 초청장이 온다면 좋겠다. 하늘이 준 기회야⋯⋯.

김상원 선배는 약간 흥분한 어조로 입을 움찔거렸다.

나는 초청장이 오리라, 평양에 갈 수 있으리라 믿었다. 최재경이 나를 믿는다고 생각했고, 조평통의 이병식도 김정일 수령으로부터 어떤 무거운 임무를 받은 듯한 느낌이 들었다. 내 느낌, 내 육감은 항상 적중했다.

종교의 이단, 체제의 이단

나는 희망을 견뎌내고
꿈을 향한 사랑을 잃어버렸다.
내게 남은 것은 오직 한 가지, 고통
텅 빈 마음의 열매들뿐이다.

거친 운명의 폭풍 속에서
화려했던 월계관은 시들었다
고독과 슬픔 속에서 기다리는데
내 마지막 순간은 언제나 올까
         — 푸시킨, 〈나는 희망을 견뎌내고〉에서

시계를 보니 어느새 퇴근 시간이 되었다. 나는 책상을 정리했다. 남북 이산가족 상봉 서류와 특수임무 보상 법정 서류 등이 엉켜 있었다. 나는 서류를 정리해 제자리에 꽂아놓고 일어섰다. 무릎이 뻐근했다. 요즘은 다리에 통증이 자주 왔다. 나이는 속이지 못했다. 조금만 스트레칭 안 하면 몸 여기저기가 저리고 쑤셔왔다.

나는 사무실을 나와 부천으로 향했다. 허병주 목사를 만나기 위해서였다. 나는 종교에 대해 특별한 관심을 두고 있어 종교적 논쟁거리가 되는 사건에 나의 주파수는 민감하게 반응해 왔다.

특히 한국 기독교의 발전과 부흥 뒤에 숨겨져 있는 비리는 나의 특별 취재 대상이었다. 그동안 문선명, 조용기, 정명석, 박태선 목사들을 취재해왔고 많은 종교 사건을 기사화했다.

사람들이 모이는 곳에서 뿜어내는 에너지는 큰 힘, 큰 세력이 되기도 한다. 사람들이 모이면 정치적, 경제적 문제가 발생한다. 특히 현대는 종교와 정치가 분리돼 있음에도 서로가 은밀하게 이용하고 있는 모습이다.

정치와 종교가 밀착하여 잘못되기도 한다. 사람들의 물질적 에너지도 모여 경제 효과도 얻는 것이 요즘 종교의 모습이다. 투명하지 않은 경제 활동, 정치와의 야합은 종교의 본래 속성을 흐리게 한다. 그래서 종교의 타락은 더 무섭다.

인류는 공동생활하면서부터 종교 활동을 해 왔다고 볼 수 있다. 우리의 조상인 호모사피엔스 사피엔스가 그린 벽화를 보면 제의 그림이 많다. 당연하다. 인간은 수명이 한정돼 있음을 알게 되었고, 시·공간을 제한하여 인식할 수밖에 없다. 그 이상을 알지 못한다는 불안과 공포를 해결하기 위해 고안한 것이 종교 아닐까.

우주의 끝, 혹은 역사의 종말을 좌지우지하는 어떤 절대적 능력의 존재를 상상하고 그 존재와 자신을 관련지으면서 불안과 공포에서 해방됐을 것이다. 호모사피엔스 시절부터 지내오던 제사는 아직도 우리에게 이어져 오고 있다.

나는 제의에서 발생하는 행동들이 예술이었다는 '예술의 기원설'을 믿는다. 그랬을 것이다. 우리 인류는 제사 지내면서 현실의 불만족을 해소해 나가고, 그 제의 양식과 절차가 곧 예술의 행동이었다. 하나님의 말을 전하는 제사장의 말은 시이고, 신들의 이야기는 소설, 제사 때 쓰이던 장치는 미술, 제사를 장엄하게 만드는 음악, 제사 후의 춤이 무용, 하소연과 기도는 노래가 됐다.

나는 노래가 좋다. 특히 우리의 음악과 가락, 판소리와 민요가 좋다. 그런 나의 취향과 노력이 중국과 러시아를 거침없이 오가며 공연을 성공하게 했을 것이다. 나의 그런 성향이 예술과 흡사한 효험을 발휘하는 종교에도 맞닿아 있는지 모르겠다.

한 번뿐인 삶이 종국에 다다르면, 다시 다른 곳에서 다른 것으로나마 살아지겠지, 하는 희망이 종교의 본질이다. 유한의 불안을 해소하기 위해 다른 생물들에게는 없는 종교라는 의식의 수준을 갖게 되면서 인간은 더욱 인간다울 수 있게 되었고, 자연과 우주를 이해하게 되었으며, 종교적 활동이 자신을 주인으로 끌어주리라는 신념으로 이만한 문명을 이뤄냈다고 할 수 있을 것이다. 그리고 예술도 그러한 힘을 가진 장치다. 인류는 이 두 가지로 인해 지구를 지배하고 우주로 향하고 있다.

1호선 인천행 전철 안에서 이런저런 생각을 하다 보니, 어느새 부천역이었다. 나는 전철에서 내려 출구로 올라왔다.

부천의 작은 교회에서 허병주 박사를 만났다. 교회 문을 열고 들어서니 곧장 예배당이 나온다. 개척 교회로 볼 수 있는 소규모 예배당이다. 설교 단상 양측에 찬양대 자리와 오르간이 있고 예배 책상이 오십 석 정도 늘어서 있다. 그는 기도 중이었다. 성단에 성경이 펼쳐져 있었고, 그 앞에 그가 무릎을 꿇고 머리를 조아리고 있었다. 내가 다가가자 그는 일어서서 나를 맞았다.

나는 그가 권하는 의자에 앉았다. 찬양대 석 앞이었다.

— 대기자님 어서 오십시오. 작지만 힘 있는 교회입니다.

대형교회가 아니어도 취재에 응하는 당당함이 묻어 있는 목소리다.

— 허 박사님 반갑습니다. 소식 들었습니다. 패소하셨다는…….

내가 조심스럽게 물었지만, 그는 미소를 지어 보였다.

— 계속 싸울 겁니다. 언젠가 이기겠지요. 우리 사법부의 뿌리 깊은 무전유죄, 유전무죄가 그런 결과를 지속해서 만들어내고 있습니다. 이단을 법으로 이기려면 안 된다는 것을 압니다. 악령들을 성령으로 몰아내야 합니다. 곧 그럴 날이 올 겁니다.

허 박사가 내 어깨 너머를 쏘아보며 날카롭게 말했다. 그는 정통 신학을 오래 공부해오다가 70세가 넘어서 박사학위를 받았다. 우리나라 최초의 이단 연구로 받은 박사학위여서 더욱 의미가 깊다.

그는 서울시 행정직 공채 1기로 공무원 생활을 7년 하다가 총회신학교, 훼이스신학교, 경희대 문학사, 대한신학대학원대학교, 총신대학교 신학사 학위, 총신대학교대학원 MDI 신학석사를 받고 이번에 박사학위를 취득하게 된 것이다. 한국 기독교 이단 연구로 33년을 보냈고, 사이비종교피해대책연맹 부총재, 장편 소설 《갈라파고스수용소》를 집필했다. 현재 〈국제기독교뉴스〉 발행인이다. 그의 학문과 실천력은 자타가 인정하는 바다.

— '한국 기독교 이단 연구'로 반생을 보내셨는데, 소회를 한 말씀해

주십시오.

자연스럽게 인터뷰가 진행됐다.

— 한국의 교단은 이미 1,000여 개를 넘어섰습니다. 이단이 세계에서 제일 많습니다. 우리 교회는 현재 이단과의 전쟁 중입니다. 우리 교회는 희망과 축복의 잔치를 벌이고 있습니다. 우리의 투쟁의 결과가 하나님의 은총 속에 곧 나타나게 될 것입니다. 한국에서 새로운 기독교 역사를 쓰게 될 특별한 사명으로 목회하고 있습니다.

— 이단을 구별하는 방법이 있습니까?

— 그들은 교리 연구도 안 합니다. 안수법도 잘 모르고요. 육체의 치유를 통해 돈을 요구합니다.

— 곧 대학 강단에 서신다고 알고 있습니다.

— 네, 봄학기부터 모교에서 강의하게 됐습니다. 총신대에서 이단 연구 강좌를 맡았습니다. 저와 함께 할 교인, 제자들에게 성심껏 지도할 생각입니다.

— 우리 교회의 문제 중 제일 큰 것이 무엇이라고 생각하십니까.

— 목사직을 너무 쉽게, 빠르게 수여하는 것이라고 봅니다. 총신대 말고도 신학대학은 무수히 많습니다. 어떤 대학은 4개월 만에 학위를 주고 목사직을 수여합니다. 저는 20년 동안 공부해서 간신히 전도사가 됐습니다.

그는 법원 소송을 많이 진행해왔다. 이단과의 싸움은 법정에서 지속해서 다양하게 이뤄지고 있다. 그러나 그는 패소하고 패소했다. 이단에 대한 법원의 태도에 늘 불만이었다.

— 성직자인 척하는 법조인을 가장 조심해야 합니다. 기독교 색채를 위장한 법조인들에게 진검이 날아들 것입니다. 악이 선을 이길 수는 없습니다.

그는 '정치종교윤리실천 연합' 모임을 주도하고 있다. 그에 관해 물어보려는 중에 내게 전화가 왔다.

몇 차례 진동이 울렸지만 인터뷰 중이어서 받지 않다가, 질문이 거의 마무리 되어 나는 잠시만요, 하고 그에게 말한 뒤 전화를 받았다.

남북이산가족협회 사무국장이었다.

— 집회신고 마쳤습니다. 광화문에서 모이는 날짜, 시간이 확정됐습니다. 내일모레 오후 두 시부터 가능하답니다.

사무국장의 목소리가 약간 떠 있었다. 그는 이성적이고 차분한 사람이었는데, 의외의 음성을 들어보니 낯설었다.

— 그래요, 수고하셨습니다. 부회장하고 회원들한테 연락 좀 해 주세요.

나는 전화를 끊고 허 박사와의 인터뷰를 마무리했다. 시간이 많이 흘렀고, 지금까지 만으로도 충분히 기사화할 수 있다고 생각되니, 마음이 놓였다. 나는 녹음을 마치고 가방을 정리했다.

— 무슨 행사가 있는 모양입니다?

허 박사가 남북 이산가족협회 사무국장과 통화하는 내용에 관심을 보였다.

— 네, 우리 협회가 광화문에 모이기로 했습니다. 목소리를 높여야지요.

— 아, 대기자님께서 회장으로 있다는 이산가족협회 말씀이시군요.

— 그렇습니다. 북한에서는 제게 초청장을 보내왔는데, 통일부에서 방북 허가를 내 주지 않아서요⋯⋯.

— 조심스럽긴 해도 대기자님이라면 아무 문제 없을 텐데요⋯⋯. 요즘 모든 게 시원찮습니다. 걱정입니다.

— 그러게요, 정부에서 나를 활용하면 좋을 텐데요.

— 코로나19로 국경을 폐쇄했잖아요, 북쪽 말입니다.

— 그렇습니다. 언젠가는 다시 열겠지만 이미 경색된 남북 관계입니다. 가족들 서신 왕래도 할 수 없습니다. 이산가족들 이제 시간이 얼마 없습니다. 돌아가신 분도 많고, 돌아가시는 중이시고요.

나는 카메라를 가방에 담고 일어섰다. 기사 정리는 저녁이나 새벽에 하면 될 것이다. 오늘은 사무실에 들르지 않고 직접 퇴근하리라.

나는 허 박사와 헤어지고 교회를 나섰다.

부천에서 지하철을 타려고 계단을 내려가는 중이었다. 또 누군가가 나를 따라오고 있다는 느낌이 강하게 전해졌다. 미행⋯⋯. 내게는 첩보 활동하면서 얻어진 것이 있다. 육감이 매우 예리해졌다는 것이다. 나를 보호하려 애를 쓰면 모든 감각이 절대적으로 예민하게 된다. 마치 천적을 피하려는, 야수에게 잡아먹히지 않으려는 동물적인 본능과 같다. 나는 누구보다 그 동물적인 본능이 강하게 작동했다.

내 뒤를 밟는 그 미행의 느낌은 현미의 장례식장에서부터 전해져 왔다. 사무실을 나오고, 부천으로 향하는 과정에서도 그 느낌이 있었다. 허 박사를 만나고 오는 지금도 끈끈하게 내 뒤통수에 달라붙는 시선이 분명히 있다. 이 시선은 누구의 것일까.

— 도를 아십니까?

누가 내게 갑자기 달려들어 곁에 섰다. 돌아보니 중년 여인이었다. 그녀가 말끔한 원피스 차림으로 나를 빤히 쳐다본다.

— 도를 아세요? 선생님 요즘 고민 많으시다, 그죠?

— 됐습니다. 바빠요.

나는 그녀를 떨궈내려 빠르게 걸었다. 그녀도 빠르게 따라왔다. 그녀의 물방울 원피스에서 물이 뚝뚝 떨어지는 것 같았다. 그녀 뒤에는 호리호리한 남자도 따라왔다.

— 선생님, 조상분들이 선생님께 도와달라고 하네요. 선생님 더 크게 되실 수 있어요.

— 무슨 말입니까? 나, 관심 없어요.

— 조상님들께 제사 올리면 돼요. 우리가 제사상 차려드립니다.

언젠가 나는 그들의 이야기를 세세히 들은 적이 있다. 그들도 특이한 종교 단체였다. 지나가는 사람들에게 접근해서 자신들의 종교 모임에 가입도록 하고, 가입이 안 되더라도 이런 식으로 조상의 제사상을 차리도록 유도한다. 물론 비용에 대한 대가를 바란다. 제사상은 그들의 모임 장소에 가면 차려져 있고, 가서 돈을 내고 절을 올리면 된다.

나는 뛰다시피 지하철 계단을 내려가 마침 다가온 전철에 들어갔다. 뒤를 돌아보니 그들은 없었다.

종교의 자유가 있는 우리나라에서는 포교 활동이 범죄가 아니다. 그러나 종교는 자발적으로 이뤄져야 한다, 신심이 발동해서 스스로 찾아가도록 해야 할 것이다. 선교치고는 진실해 보이지 않는다.

무엇이 진실이고 어떤 것이 진리인가.

나는 우선 가장 문제가 되는 것은 교조주의적인 태도라고 본다. 종교의 교리에서 말하는 하나님, 또는 절대적 권위자가 말한 것을 깊이 이해하려 하지 않고 기계적으로 자기 종단의 편리 때문에 해석하고 그를 추종케 하는 모습이다. 이러한 독단적인 태도는 멀리해야 하고, 되도록 합리적이면서 현실에 부합하는 것이어야 한다.

국가 체제의 기반이 되는 정치적 이데올로기도 마찬가지다. 특정한 사상을 절대적인 것으로 해석하여 현실을 무시하고 환상의 세계만 주입하려는 태도도 그렇다. 북한의 사회주의가 그렇지 아니한가. 그들의 주체사상이란 것도 마르크스—레닌주의를 절대적인 교조로 생각하여 현실의 당면 현실을 무시하고 국민에게 주입하여 적용하려는 것, 그것은 또 다른 전체주의의 모습일 뿐이다.

세상에 변하지 않는 것은 없다. 사상, 이념도 마찬가지다. 변화에 적응하지 않으면 썩게 된다. 부패하면 치유되지 않는 상처는 곪아 터지게 된다. 사회주의 국가들이 조심해야 할 부분이다.

나는 지하철 안에서 종교의 이단, 국가 체제의 이단을 생각해 보았다. 사이비 종교는 교조주의에 닿아 있지 않은가. 북한의 체제는 사이비 종교와 닮은 모습으로 보인다.

우리 지식인들은 일제의 억압에 풀려나면서 새로운 평등과 평화의 세상을 꿈꾸며 북으로 넘어갔다. 문학인, 사상가, 역사학자, 사회학자, 교육자 등등……. 그분들은 간첩으로 몰려 총에 맞거나, 부패한 기득권 관료에 의해 강제노역형을 받았다. 대부분 북의 핵심 계층에서 밀려나 하층 계급으로 육체노동에 시달리며 힘들게 살다 돌아가셨다. 계급 없는 사회에서 살아가려 북으로 넘어갔지만 그러지 못한 우리의 지식인들이었다. 태양 같은 수령님, 수령님의 은덕으로 살아가는 계급은 평양의 극소수 사람들뿐이다. 대부분 인민은 비참하게 살아가고 있다.

그렇다면 남한은 어떤가, 일제 강점기 때 일본의 하수인 역할로 부를 축적하고 그 부는 자본주의 사회에서 또 다른 부를 대물림해 주고 있다. 혹은 부와 권력이 결탁하여 또 다른 기득권을 형성, 북의 핵심 계층과 같은 부류로 살아가고 있다. 이에 반대하고 저항하던 운동권도 자기 후손을 위해 또 다른 기득 계층을 만들어 권력을 쥐고 마음을 놓고 국민을 속이고 있다.

이래저래 진정한 평등과 평화는 오지 않은 상태로 볼 수 있다. 나는 전철 안에서 많은 사람을 바라본다. 저 많은 퇴근 인파가 노력해서 우리나라는 돌아가고 있다. 저 사람들의 수고가 정치와 종교의 힘을 편의로 이용하는 나쁜 지도자들을 배불리 먹여 살리고 있다는 생각이 새삼 들면서 얼굴이 뜨거워졌다.

녹색 초청장에 새겨진 북한 문채(文彩)

내 사춘기와 결혼과 전쟁과
하얀 서까래 서까래
빛나던 갈매기 끼끼 울던
바다는 무슨 뜻인가
쓰러지고 일어서는
리듬과 고립과 자유는
　　　— 이승훈, 〈바다〉에서

나는 아침 일찍 사무실에 출근했다.

오늘은 취재할 곳이 많았다. 어제 만나 이뤄졌던 이단 연구 전문가 허 박사와의 인터뷰도 정리해서 기사화해야 했다.

나는 허 박사와의 대담에서 나왔던 여러 사유를 정리해 나간다. 기사 문장에서 종교의 폐단, 교리의 독단적 해석, 교조주의 등의 단어가 들어가니 자연스럽게 전체주의 국가 체제가 떠오른다.

그와 함께 지난 북한 입국 상황, 평양행이 문득문득 생각난다. 평양 기행에 집중하니 모든 일정이 다시금 또렷해진다.

내가 과연 평양에 갈 수 있을지 나 또한 확신을 못 했다. 김상원 선배한테는 곧 초청장이 오리라 장담했지만, 정말 그럴 수 있을지 의문이 계속

됐다. 아무리 최재경이 그쪽에서 지위가 높다 하더라도 상부에서 쉽게 나의 방북을 허락해 주지 못하리란 상념이었다.

나로써는 평양 방문이 목적은 아니었다. 그보다 우리 민족에게 조금이라도 도움이 될 수 있으면, 하는 마음이 먼저였다. 우리에게 평화를 주는 방안으로 내가 미력하게나마 힘을 보탤 수 있다면 좋겠다는 생각이었다. 궁극적으로는 남북통일이겠지만 먼저 우리 민족이 평화롭게 살아가기를 바랄 뿐이었다.

그래서 중국 국경에 맞닿아 있는 동북 3성을 왕래했다. 그래야 연변의 조선족들에게 도움이 될 수 있는 일이 생기리라 보았다. 특히 우리의 미래인 조선족 아이들에게 한국의 땅을 밟게 하고 싶었다. 아이들에게 우리 민족이 하나임을 확인시켜주고, 그들에게 통일의 힘을 불어넣어 주고 싶다는 생각, 그것이 나의 소명임을 나는 다짐했다.

이데올로기로 꼴사납게 분단된 우리나라, 만날 수 없는 우리 형제들이 언젠가 만나게 되리라는 기대, 그날을 위해 우리의 줄기세포가 잊히지 않도록 누군가는 애를 써야 하리라는 생각은 늘 나를 떠나지 않았다.

다른 사람이 관심을 별로 두지 않는 듯한 우리의 전통문화 예술에 대해 나는 주목해왔다. 우리 민족의 언어와 예술, 우리 음악, 우리 리듬이 담긴 국악과 민요를 후손이 잊지 않도록 나는 노력했다. 그래서 동북 3성의 소년예술단을 조성하여 남한으로 보내 공연토록 했다. 그러한 문화예술의 교류가 매개되어 우리의 문화가 끊이지 않고, 기억되리라 믿었다.

그리고 그 기억은 언젠가 이뤄질 통일의 바탕으로 작용하리라 생각했다. 우리의 후손에게 우리의 음악, 우리 가락, 우리 리듬이 몸에 배도록 하겠다는 의지가 나를 연변에 자주 가도록 부추겼다. 그래야 통일이 이뤄지리라는 마음은 더 단단해졌다.

나는 오늘 늦은 오후에 취재하러 경기 북부 지역에 가야 했다. 내가 동호회로 활동하고 있는 작가회의 양주 지부 소속의 소설가가 장편 소설을 내서 북 콘서트를 하기 때문이다. 나는 그의 장편 소설《리듬, Rhythm》이란 소설을 기증받았다. 그 소설에 나온 말, '음악에는 국경이 없다, 그러나 음악가에게는 조국이 없다.' 말은 의미 깊었다. 작가도 우리의 가락, 세마치장단에 초점을 맞춰 클라이맥스로 다다르게 소설을 구성했다. 나는 그 클라이맥스 부분이 마음에 쏙 들었다. 그의 북 토크에 참여해서 그에게 그 장면에 대해 내 느낌대로인지 물어보아야겠다.

북 콘서트 행사장이 동두천이어서 성병관리소도 취재하려 한다.《리듬, Rhythm》북 콘서트 참가 전에 동두천 성병관리소도 가봐야겠다. 동두천 성병관리소는 우리의 분단과 미군 주둔으로 세워진, 한국 여성들의 한이 담긴 곳이다. 우리 근현대사의 상징과도 같은 성병 관리소를 허물겠다는 동두천시청의 생각과 유산으로 남겨야 한다는 시민의 의지가 충돌하고 있었다. 시민모임과 작가협회에서 우리 언론사를 특별히 불러 취재를 요청해왔다.

나는 북 콘서트장을 스마트폰 지도로 검색해 본다. 동두천 소요산 방향이다. 그 방향으로 더 가면 금방 북한이다. 지금은 끊겼지만 원래 경원선이 원산으로 올라가게 돼 있다. 전곡 ― 연천 ― 백마고지 ― 철원 ― 그리고 이어지면 북한이다.

나는 스마트폰 앱 화면을 닫고 문득 생각이 나서 책상 서랍을 연다. 서랍 안에서 초청장을 꺼낸다. 다시 읽고픈 마음이 일어난다. 초청장을 복사해서 코팅해 두었다.

강재호 사장 앞
조선민주주의인민공화국 광명성경제련합회는 경제협력사업을 협의하기 위하여 귀측이 편리한 시기에 공화국을 방문하도록 초청합니다.
련합회는 해당 기관이 공화국 체류 기간 모든 편의를 제공하며 신변 안전과 무사 귀환을 보장한다는 것을 알리는 바입니다.
경의를 표하면서
조선민주주의인민공화국 광명성경제련합회
주체85(1996)년 5월 30일
평양

북한의 글꼴, 청봉체가 활달하게 달리고 있는 문장이었다. 북한의 문장이 담긴 녹색의 초청장을 읽을 때마다 나는 가슴이 뛰었다.

1996년 6월 10일이었다.
나는 한 통의 전화를 받았다. 최재경이 국제전화를 걸어온 것이었다.
— 강 선생님, 안녕하십네까? 최재경입니다.
— 네, 최 사장님. 잘 지내셨죠?
— 그러믄요. 아주 잘 있습니다. 반가운 소식 있어 전화했습니다. 강 선

생님을 평양에 초청하게 됐습니다. 정식 초청장이 지금 제 손에 있습니다. 바로 팩스로 보내드리려구요.

최재경의 목소리가 높고 급했다. 나는 얼마간 예상했지만, 이렇게 실현되니 놀라웠다.

— 정말 감사합니다. 제가 평양에 간다니, 실감이 안 납니다. 고맙습니다.

— 여기 저기서 노고 많이 해 주셨구요. 저도 바삐 댕겼습니다.

— 감사할 뿐입니다. 반드시 갚겠습니다.

전화를 끊자, 사무실 팩스로 초청장이 날라왔다. 나는 초청장 팩스 본을 들고 곧장 김상원 선배에게 달려갔다.

— 강 국장, 참으로 놀랍다. 초청장이 정말 오다니, 그것도 이렇게 빨리 말이야. 최재경은 거물이다, 아주 큰 물건이야.

며칠 후, 나는 김상원 선배가 불러 인천으로 향했다. 그쪽 한 호텔이 국군정보사령부 인천부대 안가였다.

김상원 선배가 있는 303호실 방문을 열자 요원이 모여 있었다. 다섯 명이었다. 김상원 선배가 나를 그들에게 소개했다. 그들이 인사하며 자신을 간단히 소개했다. 안기부 요원 두 명과 통일원에서 온 두 명이 내 평양행을 두고 의견을 나눈 모양이었다.

— 지금 강 선생님 방북 문제를 두고 협의 중이었습니다. 여러 의견이 있습니다.

안기부에서 왔다는 사람이 입을 열었다.

— 네, 그러시군요. 어떤 의견이신지요.

— 통일원에서는 방북을 승인해 줄 수 없다고 합니다. 지금 남북문제가 꼬여 있고, 시국도 좋지 않습니다. 북쪽의 저의도 불분명하고요.

— 그래서 말이야. 결론은 강 국장이 방북 승인증명서 없이 밀입북해야 하는 상황이야.

김상원 선배가 내 얼굴을 빤히 바라보았다. 나의 마음이 궁금하다는 표정이었다.

— 여기 다섯 명 중 세 명은 위험하니 보내지 말자는 의견이고, 두 명은 강 국장 본인이 원하면 평양에 보내자는 의견이야. 어때?

김상원 선배는 내 입을 쳐다보았다. 나는 서슴없이 답했다.

— 가겠습니다. 조평통 이병식도 통일원 승인이 어려울 것이라고 제게 베이징에서 이미 말했습니다. 하지만 그들이 초청장을 보내온 이상, 한 번 가 보겠습니다.

나는 김상원 선배를 바라보며 힘주어 말했다.

— 좋아, 그렇지만 강 국장, 갔다가 그들이 밀입북 사실을 알고 서울로 보내주지 않으면 어떡할래?

— 저는 최재경을 믿습니다. 그는 저하고 친한 친구가 됐습니다. 그는 저를 반드시 돌려보내 주리라 믿습니다. 오늘 저녁에 전화해 보겠습니다. 통일원 승인을 받지 못했다고 말해보겠습니다.

— 알겠어, 우리는 강 국장의 결정에 따를 거야. 승인 없이라도 평양에 가겠다면, 그렇게 해. 하지만, 북에 갔다가 돌아오지 못해도 우리는 책임을 질 수 없어.

─ 네, 모든 책임은 제가 맡겠습니다.

─ 그리고 이 사실은 어느 누구에게도 비밀이야. 알겠지?

─ 알겠습니다.

─ 가족에게도 중국에 다녀온다고만 해. 대신 경비는 충분히 줄 테니까…….

─ 네.

나는 빠르게 답하고 호텔 방을 나섰다.

그날 저녁, 나는 최재경에게 전화를 넣었다.

─ 최 사장님, 제가 통일원으로부터 방북 승인을 받지 못했습니다. 그래도 평양에 갈 수 있겠죠?

─ 그렇습네까? 알겠습니다. 일단 베이징으로 오십시오. 준비해놓겠습니다.

나는 1996년 6월 17일 오전에 베이징으로 날아갔다. 베이징, 오주호텔에서 최재경을 만났고 그에게 녹색의 초청장을 받았다.

서랍에서 꺼낸 이 초청장이다.

　　　　　　녹색 초청장에 새겨진 북한 문채(文彩) │

방북 승인 없는 평양 방문

눈이 많이 와서
산엣새가 벌로 나려 멕이고
눈구덩이에 토끼가 더러 빠지기도 하면
마을에는 그 무슨 반가운 것이 오는가 보다
　　　　　　　　　　— 백석, 〈국수〉에서

　　17일 오전 베이징에서 최재경을 만나 점심을 함께한 뒤 나는 호텔 방으로 갔다. 최재경은 잠시 다녀오겠다며 내 여권을 가지고 방을 나섰다.

　　오후 세 시, 그는 다시 호텔, 내 방으로 돌아왔다. 그는 재킷 안주머니에서 비자를 꺼내 내게 건네주었다.

　　— 강 선생, 이제 평양에 갈 수 있게 됐시요. 그리고 이거 보시라요.

　　최재경이 다른 주머니에서 티켓을 꺼내 내게 보여 주었다. 고려항공 비행기 티켓이었다. 베이징 발, 평양 착 비행기 표.

　　— 최 사장님, 정말 평양에 가게 되는군요.

　　평양 행 비행기 표를 보니 가슴이 뛰었다.

　　— 기래요. 갑시다, 평양으로……

그날 밤, 나는 최재경과 함께 밤을 보냈다. 평양에 대해 내가 물어보면 최재경은 자세히 답해 주었다.

— 최 사장님, 통일원 방북 증명서 없이 평양에 가더라도 다시 베이징에 올 수 있죠?

— 강 선생님, 걱정 마시라요. 우리는 반드시 함께 베이징에 오게 됩니다. 내가 담보합니다.

— 고맙습니다.

— 강 선생, 저를 믿고 맘 편히 가지라요. 우리는 내일 평양으로 즐겁게 가는 겁니다.

최재경 사장은 언제 사 왔는지, 가방에서 술병을 꺼내 탁자에 올렸다. 작은 사이즈의 죽엽청주였다. 내가 냉동고에서 얼음을 가져다 컵에 넣으니 멋진 위스키 파티가 만들어졌다.

우리는 술을 마시며 이런저런 이야기를 나누었다. 자기의 가족에 대해, 지금 생활에 대해 거리낌 없이 대화를 나눴다. 내가 흥미를 갖고 있는 문학에 대해, 특히 북한 시인에 대해 물으면 그는 잘 알려주었다.

— 최 사장님, 혹시 월북 시인에 대해 알고 계시는 것이 있습니까?

나는 늘 월북한 문학인이 궁금했었다. 중국 동북 3성에 다니면서 조선족의 문학에도 관심을 가지게 되었다. 북한과 가깝기도 해서 월북 문인들에 대해 자세히 알고 싶었다. 해금된 지 십여 년 됐다지만 아직도 우리는 북한 문학에 대해 모르는 것이 많았다. 소개하는 정도지 본격적으로 연구하는 학자는 없어 보였다.

— 어떤 시인 말입네까? 김기림? 정지용? 백석?

─ 아, 알고 계시네요.

─ 주체 문학이 견고하게 자리를 잡아서 북한에서 지금은 잘 배우지 않지만 저는 알고 있습니다. 백석 시인, 높이 쳐주지 않습네까?

─ 그렇습니다. 백석 시인은 우리 현대 문학사에 빼놓을 수 없는 분입니다. 북한 문학이 해금되면서 높이 평가되고 있습니다.

─ 백석을 평안북도 정주 출신이라고 알고 있지요. 남한에서 활동하다가 북으로 올라왔습니다. 혁명 시기에 러시아 번역일도 했고 아이들에게 문학도 가르쳤더랬습니다.

─ 백석 시인은 언제 돌아가셨나요? 연구자들마다 연구 결과를 다르게 내놓아서요.

─ 나도 잘 모릅니다. 1964년쯤 협동농장에서 지병으로 돌아가셨다고 알고 있습니다. ……그 시인 〈국수〉가 유명하잖습네까? 아주 맛깔나게 썼지요.

─ 네…….

어떤 연구자는 백석 시인이 1996년에 타계했다고 밝혔다. 삼수리 관평면에서 사망했다고 했다.

나는 백석 시인의 〈나와 나타샤와 흰 당나귀〉를 좋아한다. 이국적이면서 한국적이다. 그는 평안도 사투리, 우리 민족어를 아주 적절하게 시어로 사용해서 모더니티하면서도 우리 전통의 정서를 잘 표현해냈다.

─ 백석 시인이 언제 사망하셨는지 나도 모릅니다. 국수가 좋지요. 우리 민족 음식 국수를 이렇게 잘 표현한 시는 없지요. ……하룻밤 뽀오얀 흰 김 속에 접시귀 소기름불이 뿌우연 부엌에 산멍에 같은 분틀을 타고

오는 것이다…….

최 사장은 백석 시 〈국수〉도 줄줄 외고 있었다.

나는 최 사장과 많은 이야기를 나누며 밤을 보내다가 새벽녘에야 잠이 들었다.

다음 날 오전 10시, 나는 출국수속을 밟아나갔다. 베이징 공항 출국 로비에 들어서니 가슴이 벅차올랐다.

'아, 정말 평양에 가는구나!'

내 입에서 절로 탄성이 흘러나왔다. 나는 7박 8일 동안 평양에 머물며 꼼꼼히 살펴보고 차곡차곡 머리에 새겨넣으리라 마음먹었다.

나는 두려움 반, 설렘 반의 마음으로 고려항공 여객기 탑승 출구장에서 여권을 제시했다.

— 선생님, 특별하신 분이십네다? 남조선분이 우리 조국 평양에 가시다니요.

내가 출국장 검색대에 사증과 여권을 올려놓으니 김일성 배지를 단 여직원이 사증과 여권을 바라보다 나를 쳐다보며 말했다. 몇 차례 북한 대사관 사증과 나를 번갈아 바라보는 그녀를 보니 다시 긴장됐다.

— 그렇소, 동무. 여기 강 선생님은 아주 특별한 분입니다.

긴장한 나를 풀어주느라 최 사장이 한마디 했다.

— 네 반갑습니다. 평양을 가게 돼 저도 정말 기쁩니다.

나도 한마디 건넸다.

탑승하려는 행렬 중 어떤 무리가 있었는데, 그들은 하나같이 손에 꽃다발을 들고 있었다.

— 모두 꽃다발을 들고 있네요?

나는 최재경을 보고 물었다.

— 해외에 왔다가 조국으로 귀국을 할 때는 평양 만수대언덕 김일성 수령님 동상에 꽃다발을 바쳐야 합니다.

— 네……, 저는 꽃이 없는데, 어쩌죠?

— 걱정 마시라요. 강 선생님 꽃다발은 평양에 가면 이미 준비돼 있습니다.

나는 행렬을 따라가 비행기에 올랐다. 탑승 후 지정된 좌석에 앉으니 가슴이 뛰었다. 이제 호랑이 굴에 들어가는 것이었다. 호랑이 굴이 무덤이 될 수도 있으리라는 생각이 드니 맥박은 더 빠르게 뛰었고, 혈압이 올랐다.

나는 1990년대 초, 남북적십자 회담과 고위급 회담을 통해 사람들이 판문점을 거쳐 북을 가는 것을 보았다. 하지만 나 자신이 그날 군사분계선이 아닌 제3국을 통해 북녘땅에 들어선다는 것은 가히 상상도 못 했던 일이었다. 역사적 순간이었다. 목숨을 걸고 평양행을 택한 이 일은 한국의 근현대사에 남을 특별한 사건이고, 내 삶의 가장 큰 흔적이 되리라 나는 생각했다.

내가 탑승한 고려항공기는 러시아가 만든 일류신 소형비행기였다. 짐을 넣는 선반은 있었지만 여닫는 문이 없었다. 그 때문에 각종 가방, 보따리가 첩첩이 쌓여 그대로 노출돼 있었다. 에어컨 성능도 좋지 않아 비행기가 이륙하기 전 20분간은 찜통이었다. 이륙 후 30분이 지나자 기내식이 나왔는데 빵 2개, 닭고기 조림밥이었다. 정갈하고 내 입맛에 맞는 도시락이었다.

잠시 후 기내 방송을 통해 승무원의 목소리가 들렸다. 목소리가 낭랑했다.

─ 이 비행기는 지금 우리나라 조선 땅에 접어들었습니다.

나는 창밖을 통해 북한 산천을 바라보았다. 옆자리의 최재경은 코를 골고 있었다.

이륙한 지 1시간 20분이 지나자 비행기는 평양 순안비행장에 도착했다.

'아! 실제인가 꿈인가, 정말 평양에 온 것인가?'

나는 속으로 두려움의 감탄사를 뱉어냈다.

트랩에서 내리니 〈평양〉이란 공항 간판이 눈에 번쩍 들어왔다. 그 가운데는 김일성의 대형 초상화 사진이 걸려 있었다. 김일성이 나를 보고 환하게 웃었다.

'강 선생, 반갑소, 어서 오시라요!'

라는 김일성의 걸걸한 음성이 들려오는 것 같았다.

트랩에서 완전히 내리고 평양 땅을 밟으니 나를 반겨주는 사람들이 있었다. 베이징에서 만난 적이 있는 이병식 국장과 그의 부하 이효준 과장이었다.

─ 강 선생님, 오시느라 수고하셨습니다. 강 선생님의 평양 방문을 렬렬히 환영합니다!

이 국장이 악수를 청해왔다. 나는 이병식 국장과 악수를 나눴다.

─ 리 국장님이 애를 많이 써 주시지 않았습네까?

최재경이 이 국장을 칭찬해 주었다.

이효준 과장이 차량이 있는 곳으로 나를 안내해 주었다. 우리는 그를 따라갔다. 세 대의 세단이 트랩 오른쪽에 늘어서 있었다. 모두 벤츠였다. 벤츠 600의 차량 중 한 대에는 번호판에 붉은 별이 박혀 있었다.

— 강 선생님, 이 차는 특별한 분만 모시고 있습니다. 호위총국에서 관리하는 차입니다.

최재경이 말했다.

차를 바라보고 있으니 안에서 사람이 나와 뒷좌석 문을 열어 주었다. 나는 벤츠에 올랐다. 내 옆에는 최재경이, 앞 조수석에는 이병식 국장이 탔다. 승차감이 좋은 차는 별 진동 없이 움직였다.

— 강 선생님, 앞으로 평양에서 일주일 보내시지 않습네까? 잘 살피십시오. 우리 명산, 묘향산에도 가 보시고 말입니다.

이병식이 내 쪽으로 고개를 돌려 말했다.

— 우리 공화국에는 좋은 곳 많습니다. 찬찬히 구경하십시다.

이 국장이 계속 말했다.

— 혹시 강 선생님이 공화국에 온 사실을 알고 있는 사람 있습네까?

이 국장의 목소리가 잠시 느려지며 굵어졌다. 그는 가끔씩 이런 화법을 구사했다. 상대를 부추기다가도 제압하는 화술이었다.

— 아닙니다. 아무도 알지 못합니다. 오로지 이 국장님과 최 사장님만 믿고 왔습니다. 제 가족도 사업차 중국에 간 줄로만 알고 있습니다.

— 그래야지요. 허가증 없이 왔으니까 말입니다.

— 네, 저를 평양에 초청해 주셔서 감사드립니다. 리병식 국장님, 진심

으로 감사합니다.

나는 공손하게 말했다.

― 그렇게 감사 아니 해도 됩니다. 우리는 강 선생님이 통일원에서 방북 증명서를 받지 못하리라는 것을 알고 있었습니다. 그래서 초청장을 드린 것이란 말입니다. 강 선생님은 용기 내서 이곳에 오셨습니다.

― 네, 실은 저도 겁이 좀 납니다. 하지만 저는 우리 민족을 사랑합니다.

― 그렇습니다. 우리는 한민족입니다. 강 선생님을 그래서 모신 것입니다. 우리는 강 선생님과 앞으로 중요한 사업을 하려 합니다.

이병식은 부추기는 톤의 말을 이어갔다.

― 평양에는 어제까지 많은 비가 내렸습니다. 그런데 오늘은 날씨가 너무 좋습니다. 강 선생님이 맑은 햇살을 가지고 오신 듯하단 말입니다.

― 그렇습니까, 바로 제가 밝은 해를 가지고 온 모양입니다. 하하하!

이병식과 최재경, 그리고 내가 탄 차량은 앞 벤츠를 따라갔다. 어느새 공항을 벗어나 평양 시내로 접어들고 있었다.

평양 부근 농지가 보였다. 논에는 늦은 모내기를 하고 있었다. 논두렁 주변에 <김매기 전투장>이란 팻말이 세워져 있었다. <당과 수령에 맹세한 것을 실천하자!>, <영광스러운 조선로동당 만세!>, <우리식대로 살아가자!>, <위대한 수령 김일성 동지는 영원히 우리와 함께하신다!> 라는 구호가 북한 글씨체로 현수막에 박혀 있었다.

글씨들은 강하게 소리치고 있다.

<당이 결심하면 우리는 한다!>, <인민의 당 중앙위원회를 목숨으로 사수하자!>, <경애하는 영도자 김정일 장군 만세!>, <위대한 수령 김일

성 동지 만세!> 등등의 문장도 여기저기 팻말로 세워져 있었다.

평양은 서울처럼 붐비지는 않았지만, 차도에 차가 드문드문 운행하고 있었고, 인도에는 사람들이 어디론가 걸어가고 있었다. 차림새는 대부분 군복이었다. 그들은 대개 회색 아니면 국방색의 배낭을 메고 있었다.

1970년대 우리나라의 모습이 떠올랐다. 당시의 도시 풍경이 꼭 이랬다. 60, 70년대 서울과 부산, 대전, 대구의 풍경이었다.

우리가 탄 벤츠는 만수대언덕 김일성 동상 앞에서 정차했다. 비행기에서 보았던 승객들이 참배하고 있었다. 그들은 베이징에서부터 들고 온 꽃다발을 동상 앞에 바쳤다. 꽃다발이 쌓였다. 나도 만수대에서 근무하는 안내 여인으로부터 꽃다발을 받고 헌화했다. 김일성 동상을 보고, 고개를 숙였다. 최재경도 함께 참배했다.

참배를 마치고 벤츠에 오르니, 차는 다시 시내를 향해 달렸다. 이병식이 내 쪽으로 고개를 돌리고 말했다.

— 우리는 지금 서재골 초대소로 가고 있습니다. 강 선생님을 평양 특급 호텔인 고려호텔에 묵게 할 생각이었습니다. 그런데, 장군님께서 특별히 지시하셨습니다. 초대소로 모시라고 말입니다.

— …….

나는, 초대소가 어디인지, 어떤 시설인지 궁금해졌다. 호텔이 아니라면 어떤 기관일텐데……. 갑자기 두려움이 몰려왔다.

— 위대하신 장군님의 은덕으로 호텔보다 좋은 곳으로 모시게 됐단 말입니다. 부총리급 이상 되시는 분들만 모시는 정부 초대소입니다.

―아, 감사합니다. 저는 그냥 조촐한 호텔 방이면 만족합니다.

나는 속으로 안도했지만, 한숨이 절로 나왔다. 극진한 환대가 왠지 의심스러웠다.

―서재골 초대소는 아주 조용하고 편안한 휴식처입니다. 모두가 강 선생님 마음에 드실 것입니다.

초대소가 외국의 전직 부총리급 인사들이 머무는 곳이라는 설명에 오히려 나는 부담스러웠다. 뭐가 뭔지 잘 모를 뿐이었다. 북한 중심부, 그리고 중심부의 외국 귀빈 숙소에 내가 가고 있다는 것이 신기했다.

우리가 탄 벤츠는 장중한 대문 앞에 섰다. 대리석 문이었다. 큼지막한 대리석 문이 자동으로 열렸다. 열린 대문 사이로 차가 들어서 깔끔한 아스팔트 위로 부드럽게 전진했다.

과연 귀빈들의 숙소다웠다. 유럽 영화에서나 보던, 재벌 별장으로 가는 듯했다. 저기 앞으로 여러 채의 별장 건물이 보였다. 여러 채 중에서 한 군데로 가는 모양이었다. 둘러보니 집집마다, 풀장도 갖추고 있었다.

우리 차량은 14호라고 표시된 가옥 앞에 멎었다. 미끈하게 2층으로 지어진 서양 건축물이었다.

―여깁니다. 강 선생님, 내리시라요.

나는 차에서 내려 건물을 올려다보았다. 초대소 소장인 듯 40대 남성과 20대 여직원 4명이 건물 앞에 늘어서 있었다. 그들은 최재경과 나를 맞으며 정중히 인사했다.

남성은 우리를 2층으로 이끌었다. 212호실로 내가 안내되고 최재경은 213호실로 안내되었다.

― 여기가 앞으로 1주일 동안 강 선생님께서 쓰실 방입니다. 이 호실은 캄보디아 시아누크가 사용했던 방입니다.

초대소장이 내가 사용할 방을 가리키며 알려주었다.

그의 말은 내가 극진한 대우를 받고 있다는 의미로 들렸다. 나는 궁금해졌다.

'이들이 왜 이렇게 나를 환대하나?'

한편으로는 불안했다. 내가 상상도 못한 일들이 벌어지고 있기 때문이었다. 나는 일국의 부총리급도 아니고, 대기업 회장도 아니며, 국가유공자도 아니었다.

― 강 선생님, 편히 계십시오.

최재경은 그렇게 말하고 자신의 방으로 들어갔다.

나도 방으로 들어가 짐을 풀었다. 어쨌거나 그들의 지시대로 움직이면 되리라 생각했다. 호랑이 굴 속에 들어온 이상 정신을 바짝 차리고 있으면 되었다.

잠시 허리를 펴고 누워 있는데, 노크 소리가 나고 이효준 과장이 들어왔다. 만경대를 참관하자는 것이었다. 내 지식으로, 만경대는 김일성의 생가였다. 책에서 보았던 생가가 떠올랐다. 단아한 초가집이 깨끗하게 관리되고 있었다.

만경대는 초대소에서 가까웠다.

― 현재 우리 조선에 초가집으로 남아 있는 곳은 수령님 생가뿐입니다.

이효준 과장이 말했다.

그는 만경대에서 통일거리로 가 보겠다고 했다. 나는 그의 안내대로 따를 뿐이었다.

평양의 거리는 아까보다는 붐볐다. 시계를 보니 퇴근 시간이었다.

— 강 선생님, 이곳 통일거리를 보십시오. 여기는 위대한 수령님께서 조국 통일을 이룩하기 위해 특별히 만든 새로운 거리입니다.

— 네, 거리가 힘 있어 보입니다.

— 이제 저 통일거리가 꽃처럼 화려하게 빛날 것이란 말입니다. 남조선 사람들이 쉽게 올 수 없는 이곳 평양을 강 선생님은 통일사업을 위해 용단 있게 오셨습니다.

— 그렇습니다. 제가 평양 통일거리에 있으리라고 상상이나 했겠습니까?

— 그러니 편하게 모든 것을 세세히 살펴보십시오. 백문이 불여일견이라고 모든 것을 직접 보셔야 합니다.

그의 말대로 나는 평양 거리를 머리에 새기고 새겨넣었다. 사진 촬영을 못 하게 했기에 나는 보이는 모든 모습을 단단히 기억해 두어야 했다.

평양 시내를 돌아보고 초대소로 귀환한 시간은 저녁 일곱 시였다. 저녁 식사 시간이었다. 최재경과 이효준 그리고 나, 이렇게 세 명이 한 식탁에 앉았다. 초대소 음식은 고급이었다.

팥밥에 신선로와 쇠고기 찜, 돈나물, 취나물, 호박전과 두부지짐 등이 나왔다. 지금까지 내가 먹어본 한식 중에서 가장 맛깔스러웠다. 그런데 술이 문제였다. 이효준이 식사하기 전에 인삼주와 머루주를 내놓았다. 그가 여러 차례 건배를 제의해서 몇 잔을 넘겼다. 인삼과 머루는 상극 음식이었다. 그러잖아도 술을 많이 마시지 못하는 나로서는 탈이 나지 않을 수 없었다.

나는 그날 저녁 화장실을 자주 들락거렸다. 밤에도 잠이 오질 않았다. 복통 때문만은 아니었다. 30평 정도 돼 보이는 큰 방 안에는 고급 옷장, 넓은 침대, TV, 라디오, 전화가 있고 대형냉장고 속에는 과일과 음료수가 가득했다. 평양 여행을 기록해야 했다. 하지만 조심스러웠다. 누군가 감시하고 있는 느낌이 강했다. 침실 안 벽에 부착된 2개의 구멍이 있었는데, 아마도 감시카메라인 듯했다. 나는 화장실 변기에 앉아 도착 첫날의 주요 내용을 메모지에 깨알처럼 기록한 다음, 양말 속에 넣었다.

침실에 누우니 평양에서 고급 음식과 고급 숙소에서 먹고 자는 내가 문득 낯설게 느껴졌다.

꿈인가, 생시인가.

힘찬 구호의 나라, 힘 빠진 공화국의 인민들

보리수 껍질에다
사랑의 말 새겨 넣고
기쁠 때나 슬플 때나
언제나 그곳을 찾았네
나 오늘 이 깊은 밤에도
그곳을 지나지 않을 수 없었네
깜깜한 어둠 속에서도
두 눈을 꼭 감아버렸네
　　　　— 빌헬름 뮐러, 희성, 〈보리수〉 에서

6월 19일 새벽, 눈을 뜨니 5시였다. 꿈이 아니었다. 내 침대 위에는 김일성의 초상화가 여전히 걸려 있었다.

나는 벌떡 일어나 옷차림을 추스르고 방을 나섰다. 옆 방을 쓰고 있는 최재경에게 갔다. 나는 최재경 방을 노크했지만, 답이 없어 산책을 할 겸 밖으로 나갔다.

초대소 문을 나가려는데 안쪽에서 30대 남자가 나를 쫓아왔다.

— 선생님, 어디를 가시려 합니까?

— 산책 좀 하려고요.

— 그럼 잠깐만 기다리시죠. 제가 안내해 드리겠습니다.

그들은 나 혼자 움직이게 놓아두질 않았다. 모든 일정이 시간대 별로 계획된 듯했다. 나는 그들의 지시에 따라야 했다.

나는 그의 설명을 들으면서 초대소 전경을 돌아보았다. 나는 돌아보며 그의 신상에 대해 조심스레 물었다. 그는 아무렇지도 않게 답해 주었다.

— 저는 호위총국 소속입니다. 이곳 서재골 초대소에 파견 나왔습니다.

그는 장민철이라고 자신을 소개했다. 나이는 서른 한 살이라고 한다. 우리나라에 비하면 대통령 경호실 의전 비서였다.

— 저는 이곳 14호 초대소에서 강 선생님을 편안하고 안전하게 모시고 경호를 해야 할 책임이 있습니다. 이곳에 계시는 동안 불편 사항이나 요구가 있으시면 제게 말씀해 주십시오. 정성을 다해 도와 드리겠습니다.

그가 깍듯이, 문장을 읽듯이 말했다.

— 고맙습니다. 이곳 초대소에 대해 좀 더 알고 싶습니다.

— 네. 평양에는 2개의 초대소가 있습니다. 하나는 백화원 초대소로 현직 국가 원수급들이 사용을 합니다. 이곳 서재골초대소는 옛날에는 서재골이라고 불렀습니다. 평양에서 가장 머리가 좋은 인재들이 모여 앉아 글을 읽었다고 해서 서재동(書才洞)이라고도 했습니다. 이곳은 전직 국가 총리, 부총리들이 사용하고 있는 곳입니다. 초대소의 평수는 대지가 500평, 건평은 300평 정도가 됩니다. 초대소에는 3명의 남자와 2명의 여자 등 5명의 접대원 동무들이 상주하고 있고 우리는 모두 호위총국 소속입니다.

장민철은 교과서를 읽듯이 쉬지 않고 설명했다.

— 여기 초대소는 모두가 경애하는 령도자 김정일 장군님의 수표가 있

어야만 오시는 곳이란 말입니다. 저는 강 선생님께서 일 주일간 이곳에서 생활하시기에 강 선생님에 대해서도 잘 알고 있습니다. 장군님의 수표를 받았기에 그렇습니다.

— ……

— 저는 선생님이 우리 공화국 소년궁예술단을 남조선에 초청하기 위해 오신 것으로 알고 있습니다.

나는 놀랐다. 내 평양행의 이유를 그가 알고 있었다.

— 네 그렇습니다. 저는 그동안 러시아, 중국 소년들을 한국에 데려가 공연했습니다. 이제는 이곳 평양의 소년들을 서울에 데려가고 싶습니다.

장민철이 이미 나에 대해 잘 알고 있으리라 생각해서 나는 솔직히 말했다.

— 그런데……, 붉은 별 달린 609 벤츠, 아무나 태워주지 않죠?

나는 궁금해졌다, 내가 어느 정도의 대우를 받고 있는지.

— 선생님이 일주일간 사용하시는 그 차는 이곳 초대소 손님 중에서도 특별손님에게만 제공하는 차량입니다. 그 차는 경애하는 장군님과 당의 특별지시로 나왔습니다. 그 차는 우리 조선의 전국 어느 곳이든 제한을 받지 않고 통과할 수 있습니다. 호위총국 특별차량이란 말입니다.

장민철이 득의 연하게 말했다.

장민철과 산책을 하고 로비로 들어서자 최재경이 보였다. 최재경이 내게 와서 물었다.

— 강 선생님, 평양에서의 첫 밤이 어땠습네까?

— 좋았습니다. 지금 제가 꿈을 꾸는 게 아닌가, 생각됩니다.

최재경이 미소했다. 나도 환하게 웃었다.

우리는 아침 식사를 위해 식당에 갔다. 식탁에 음식이 차려져 있었다. 어제와는 다른 메뉴였다. 꿩고기, 사슴고기를 양식으로 만들어냈다. 맛있었다. 건강해지는 것 같았다. 북한이 먹을 것 없다는 말이 믿기지 않았다.

식사를 마치고 방으로 들어오니 여성 접대원이 들어와 있었다. 그녀는 다림질하고 있었다. 옷은 이미 다렸는지 보이지 않고, 이불을 다리고 있었다. 이불이 반듯하게 다려지는 모습을 보고 나는 철저한 북한 요원의 모습에 감동했다.

최재경이 방문을 빼꼼히 열고 나오라고 해서 나는 카메라와 필기도구를 챙겼다. 하지만 다시 두고 나왔다. 사진을 찍고 문장으로 기록하는 것을 그들은 싫어했다. 나는 모두 머릿속에 담아야 했다.

평양 시내를 전차가 지나고 있었다. 전차 앞에 <인민을 위하여 복무함>이란 구호가 붙어 있었다. 전차 외의 교통수단은 대개 트럭이나 군용차량이었다. 그 차들은 폐차 직전의 모습이었다. 차에는 많은 사람이 콩나물시루처럼 타고 있었다.

평양에는 버드나무가 많았다. 날렵한 가지가 능청능청 늘어져 있었고, 풍성한 잎사귀를 흩날리고 있었다.

— 거리마다 버드나무가 참 많습니다.

내가 최재경에게 말했다.

— 평양을 류경(柳京), 즉 '버드나무가 많은 서울'이라고 하지 않갔소.

우리 조국의 평양은 버드나무의 도시지요.

그런데, 차를 타려고 기다리는 사람들이나 또 길을 걷는 사람들이나 모두가 웃는 사람이 하나도 없었다. 무표정한 얼굴에 몸 전체가 기운 없어 보였다. 삶의 의욕을 포기한 듯한 모습들이었다.

나는 최재경과 고려호텔로 들어갔다. 최재경은 다른 사람들을 만나고 오겠다며 로비 안쪽으로 들어갔다. 호텔 내부를 돌아보았다. 전기가 약한 탓에 매우 어두웠다. 식당, 커피숍 모두가 어두웠다. 1층 쇼핑센터에는 주로 일본과 중국 제품들이 많았다.

팔기 위해 진열한 물건들을 더 환하게 비추려고 온갖 조명을 다 비추는 서울과는 달랐다. 빛을 받지 못한 물건들은 힘이 없어 보였다. 아무리 좋은 물건이라도 질이 낮아 보였다. 어둠 속에서 사람들의 표정도 굳어 있었다.

나는 나를 태우고 운전하는 중인 벤츠의 운전사에게 말을 걸어 보았다. 북한 사정에 대해 조금이라도 알고 싶었다.

— 일주일 동안 저를 위해 수고를 해 주셔서 감사합니다. 강재호라고 합니다. 자, 여기……

나는 운전사에게 중국서 사 온 '홍따산' 담배 한 보루를 주었다. 그가 담배를 받으며 주변을 둘러보았다.

— 저는 조범준입니다.

— 올해 몇 살입니까?

— 서른셋입니다.

— 결혼하셨나요?

— 아들과 딸 하나씩 두 명이 있습니다.

— 차에 붉은 별이 있던데……. 어디서 나온 차입니까?

— 네, 국방위원회 호위총국 차량이어서 붉은 별이 달린 것입니다.

— 조 선생님도 군인입니까?

— 네, 저는 군인입니다.

— 계급은? 한 달에 받는 봉급은 얼마가 됩니까?

— 계급은 밝힐 수가 없고 월급은 200원을 받고 있습니다.

이후로 그와 나의 대화는 중단됐다. 그가 입을 열지 않았다. 그나마 그가 나의 질문에 답을 준 것은 중국산 담배 한 보루의 위력 때문이었다.

오전 일정이 끝나 나는 최재경과 다시 나와 초대소로 돌아왔다. 돌아오니 송민호 국장이 나를 맞았다. 송민호는 조평통 부국장이었다. 북경 오주호텔에서 이병식 국장과 함께했던 인물이었다.

— 강 선생님의 평양 방문을 축하드립니다.

송민호가 말했다. 그의 목소리가 북경 때와는 다르게 무거웠다.

— 네 덕분에 이렇게 평양을 오게 되었습니다. 감사합니다.

— 그런데, 혹시 강 선생님이 이곳에 오신 사실을 아는 사람이 있습니까?

그가 내게 다가왔다.

— 아무도 모릅니다.

— 강 선생은 지금 밀입북자 신분입니다. 다시 서울로 가신 후에도 비밀로 해야 할 겁니다. 부인한테도 말하면 아니 됩니다. 제 말을 명심하란 말입니다.

나는 잠시 혼란스러웠다. 이들은 이미 내가 통일부원의 방북 증명서 없이 평양에 온 것을 알고 있었다. 그런데, 또 강조한다.

— 앞으로도 강 선생님은 우리와 비공식으로 거래해야 합니다. 공식 거래가 되면 남조선 안기부가 선생님을 잡아갈 테니까요. 아니 그렇습네까?

송민호의 어투가 점점 더 강해졌다.

— 앞으로 북남관계는 매우 어려워집니다. 김영삼 때문입니다.

— 네……. 송 선생님, 4자회담은 언제 열리게 됩니까?

나는 그가 정치적 문제를 화제 삼기에 얼른 정치에 관해 물어보았다.

— 4자회담은 전적으로 미국과 남조선의 태도에 달려 있습니다. 우리는 미국과 관계를 좋게 하려고 노력 중입니다. 미국이 우리에게 잘해야 조-미 수교가 가능하겠지요.

— 그럴 것입니다.

나는 조심스럽게 말했다.

— 우리가 미군의 유골을 돌려주지 않습네까? 200만 달러를 받고 있습니다.

— 네, 그런 일이 있다고 알고 있습니다.

— 어서 통일이 돼야겠지요. 그것만이 우리가 잘 되는 길이란 말입니다.

송민호의 위압적인 말투가 나를 자꾸 위축되게 만들었다. 나는 다시금 긴장하지 않을 수 없었다.

지금 돌아보면, 송민호는 내게 압력을 주는 역할을 하는 인물로 생각된다. 최재경은 부드럽지만, 조평통 사람들은 대개 거칠었다. 특히 송민호가 내게 더 강하게 나왔다.

점심 식사 시간이 되어 우리는 식당으로 향했다. 식사하면서 계속 나의 평양 방문의 용기를 칭찬했다. 나는 초청에 감사한다는 말을 되풀이했다. 식탁에는 평양에 대한 자랑, 통일을 위한 노력, 하나의 민족이란 말이 계속 떠돌았다. 그 말들은 겉으론 힘 있어 보였지만, 실속 없는 말들의 되풀이일 뿐이었다.

최재경의 부드러움과 송민호의 거칢이 식사 내내 비빔밥처럼 비벼져 내 귀에 흘러 들어왔다.

오후에는 이효준의 안내로 최재경과 나는 <평양 만경대소년궁전>을 찾았다.

만경대 소년궁은 대형 공연장이었다. 외부 인사가 오면 관람케 하는 극장으로 보였다. 궁전 입구에 들어서니 김일성의 친필 문장이 크게 걸려 있었다.

'어린이들은 우리나라의 보배입니다. 우리 조선은 어린이들의 것입니다. 1985. 4. 15. 김일성.'

평양 시내에서 보이던 여러 구호처럼 대형 글씨가 극장 전면에 붙어 보는 사람을 긴장케 했다. 특히 이 문장은 김일성의 어린이 사랑, 체제 지속과 유지의 뜻이 담겨 있어 보였다.

문을 지나니 우리를 기다리고 있던 강운경 양이 소년궁전을 소개해 주었다.

— 이곳 소년궁전은 위대하신 어버이 수령께서 지어주셨습니다. 이 궁전은 1억 달러가 들어간 소중한 우리의 보물입니다.

내가 그녀의 나이를 물으니 12세라고 했다.

궁전 안에는 크고 작은 방이 수십 개가 있었다. 나는 안내에 따라 각 방을 둘러보았다. 무용, 노래, 웅변, 태권도, 기악, 수예, 서화, 체조, 복싱 등 어린이들이 선생님의 지도 아래 여러 기예를 연습하는 중이었다.

아이들은 모두 열심히 자기 분야를 잘하려고 애쓰고 있었다. 남한에서 보던 아이들 모습과는 또 달랐다. 비쩍 말라 뼈만 앙상하던 아이들이 아니었다. 굶기지 않고 특별히 관리되고 있을 것이다.

하지만, 한국 어린이들과는 다른 느낌이었다. 딱딱하고 기계적이었다. 생기가 돌았지만 지나치게 어른스러웠다. 만들어진 생기였다. 우리 아이들은 얼마나 순수한가.

나는 북한 아이들에게 어쩐지 미안했다. 어른으로서 아이들의 능수능란한 솜씨를 구경만 한다는 것이 조금 민망했다. 아이다운 모습이 더 자연스럽지 않나, 하는 생각도 들었다.

서예 방에 가니, 한 학생이 기다렸다는 듯이 붓글씨를 쓰기 시작했다. 앳된 소녀인데 붓을 잡는 손에 기운이 가득 차 있고, 작은 체구에서 큰 힘이 전해져왔다.

'祖國統一'

이 글씨는 지금 사무실, 내 방에 걸려 있다. 나는 이 글씨를 볼 때마다 평양을 떠올리고 소년궁전을 생각했다. 서예원 학생은 글씨를 일필휘지로 써서 내게 선물했다. 어린아이 글씨치곤 강하고 힘찼다. 글씨를 받으며 나는, 소녀의 글씨대로, 통일이 어서 이뤄지길 빌었다.

나는 준비해간 볼펜 열 다스를 소녀에게 주었다. 소녀가 환하게 웃었다. 아이다운 웃음이었다.

나는 기예 방을 모두 둘러보고 안내받은 좌석에 앉았다. 최재경과 나는 나란히 앉아서 소년 소녀들의 공연을 관람했다.

소년궁전에서 공연을 준비해 둔 모양이었다. 외교 사절이나 방문객이 올 때 보여 주는 프로그램으로 보였다. 한복을 입었다가 양복을 입었다가, 의상을 순식간에 바꾸는 아이들의 모습이 신기했다.

공연 프로그램도 다채로웠다. 우리 민요와 가요, 악기 공연과 사물놀이, 서커스와 같은 묘기를 조화롭게 연출해 보여 주었다. 매우 잘 훈련된 아이들의 모습이었다. 들을 거리, 볼거리가 충분했다. 연습을 얼마나 했으면…… 아이가 아닌 어른의 모습이었다.

'어린이가 보배'라고 쓴 김일성의 글씨가 더욱 눈에 띄는 듯했다. 김일성은 북한식 사회주의 체제가 오래 가기를, 후대에도 전승되기를 기원하는 마음으로 아이들을 키워갔을 것이다. 김정일도 마찬가지일 것이다.

나의 역할은 이들을 주목하고 남한으로 데려가 공연해 주는 것이다. 그래서 북한의 수뇌부가 나를 이리로 데려와 나만의 관람을 위해 공연을 보여 주는 것이었다. 아이들의 공연은 훌륭했다. 아이들뿐 아니라 북한 어른들의 서커스도 아시아 최고라 했다. 세계적으로도 알려진 서커스 팀이 북한에 있었다.

나는 최재경과 소년궁전에서 관람을 마치고 다시 초대소로 돌아왔다.

이병식 국장도 와 있었다. 그는 나를 매서운 눈으로 보았다. 전에 없던 모습이었다. 무언가 하고픈 말이 있다는 듯, 내게 다가오다가 고개를 돌려 최재경과 이야기를 나누었다.

그날 저녁 우리는 만찬을 가졌다. 이병식, 최재경, 이효준, 그리고 나 네 명이 술잔을 앞에 두고 있었다.

이병식 국장이 술잔을 올리며 말했다.

— 당과 인민의 경애하는 령도자 김정일 장군님의 건강과 우리 모두의 건강을 위하여 건배합시다.

이 국장이 만찬을 주재해 나갔다. 모두 그를 향해 기립자세를 취했다.

— 건배!

— 위대한 령도자 김정일 장군님을 위하여!

— 김정일 장군님의 만수무강을 위하여 건배!

술은 인삼 주였고 안주는 사슴고기였다.

— 강 선생님, 남조선 통일원에 김석근이란 국장이 있는데 그분과 친하게 지내는 사이라는 말이 있습니다. 맞습네까? 혹 그분도 강 선생이 평양에 오신 것을 알고 있습네까?

술이 한 순배 돌자, 이 국장이 내게 물어왔다.

— 아닙니다. 모릅니다. 저번에도 말씀드렸듯이 제가 여기 평양에 온 사실은 오로지 저만 알고 있습니다. 그런데, 어떻게 김석근 국장을 아시죠?

내가 의아하다는 듯이 되물었다.

— 우리는 그분, 김석근 국장이 통일원에 있어서 강 선생님에게 방북

승인을 해 줄 것으로 알았습니다. 그런데······.

— 이 국장님, 저는 어제 평양 공항에 내려서 시내로 들어오면서 많은 구호들을 보았습니다. 당과 수령님께 맹세하자는 구호들이 많았습니다. 저도 맹세코 말씀드립니다. 저 혼자서만 판단을 하고 이곳 평양에 왔습니다. 어제도 말씀드린 바 있지만, 오직 최재경 사장과 이 국장님만 믿고 왔습니다. 국장님께서 북남, 남북 사업을 하자고 저에게 말씀하시지 않았습니까?

나는 단호하게 말했다.

— 알겠습니다. 사실 베이징에서 처음 강 선생님을 보았을 때 신뢰가 생겼습니다. 강 선생이 로씨아하고 중국의 문화예술교류에 열정이 많은 것을 보고 우리도 한 번 해보려고 강 선생을 평양으로 초대 한 것이란 말입니다.

— 네, 저도 평양에 온 이유가 그런 줄 알고 있습니다.

— 강 선생, 우리와 앞으로 사업을 하려면 막대한 돈이 들어갑니다. 그 돈을 어떻게 마련하실 작정입네까?

— 물론 자금이 중요합니다. 하지만 전략과 지혜, 기획이 더 중요하다고 봅니다. 제가 알고 있는 분 중에서 이미 평양에 두 번을 다녀간 분이 있는데 그 형님은 미국 시민권자고 3년 전에는 뉴욕에서 남북영화제를 개최 한 분입니다. 그분이 저를 특별히 아껴주고 계십니다.

— 그분 혹 정병조 씨 아닙네까?

— 네, 맞습니다. 어떻게 그분을 아시나요?

— 내레 미국에서 그분을 만난 적이 있습니다. 영화 관계로 말입니다.

— 그 형님은 저와는 아주 각별한 사이입니다. 대북사업에 관심이 많으신 분입니다. 남쪽에 재산도 많은 분입니다. 바로 이런 분들이 저를 도와주고 믿어주고 있습니다. 그리고 이 국장님도 저를 믿고 초청해 주시지 않았습니까.

나는 최대한 조리 있게 설득하려 말을 골라 했다.

이 국장과 나의 대화는 계속됐다. 그날의 대화는 주로 이 국장이 내게 질문하고 내가 답하는 식이었다. 정치에 대한 의견을 묻고 답하기가 계속됐다. 다른 사람들은 말없이 이 국장과 나의 이야기를 듣고만 있었다.

— 지금 북남 간에 중요한 것은 미-일-러-중 4 강국 모두가 북남 통일을 반대하고 있다는 사실입니다. 그러나 우리는 꼭 통일을 이루어내야 합니다. 지금 우리는 1999년까지 통일을 이루기 위해 노력하고 있습니다.

— 저도 그런 줄 알고 있습니다. 열강이 우리의 통일을 원치 않기에 어려운 현실 속에서 어떻게든 우리는 통일로 승리해야 할 것입니다.

— 맞소. 하지만 김영삼 정권이 끝날 때까지 북남 간 대화는 없을 것입니다.

— ······.

— 하지만 의외의 상황도 있을 수 있습니다. 소련이 몰락한 것은 정치 지도력이 강하지 못했기 때문입니다. 중국도 그런 징후를 보이고 있습니다. 중국은 현재 우리보다 의식주 등 경제는 나아지고 있지만, 중앙의 정치 지도력이 부족하고 약하다 보니 부정부패가 만연하고 있습니다. 이런 사실을 강 선생님도 알고 계시리라 봅니다.

— 네, 알고 있습니다. 강대국 사이에서 우리가 어떻게 해야 하는지 연

구하고 연구하는 중입니다.

술자리가 얼추 마무리되고 마지막 건배를 하고 이병식 국장은 초대소를 떠났다. 나는 초대소를 떠나는 이병식 국장에게 한 통의 편지를 주었다. 다른 사람이 보지 않을 때, 슬쩍 편지를 전했다. 그 편지의 내용은 아래와 같다.

존경하는 리병식 국장님!

지난 5월 16일, 베이징에서 만나 뵙고 아름다운 이곳 조선에서 다시 이렇게 국장님을 뵙게 되어 정말 기쁘고 감사한 마음 형언할 수 없습니다. 불초 저를 뜻깊게 통찰하시어 오늘의 이와 같은 만나 주심에 다시 한번 진심으로 감사를 드립니다.

저는 5년간을 러시아와 중국을 상대로 일했습니다. 한-러, 한-중 양국의 친선 및 문화교류 분야에서 나름대로 긍지를 갖고 뛰어왔습니다. 저는 이번 제 인생의 역사적인 조선 방문에서 통일사업의 원대한 야심을 갖고 유서 깊은 평양 땅을 밟았습니다.

서거하신 故 김일성 주석님의 업적이 깃든 이 땅의 어린이들과 문화예술을 깊이 있게 관찰하고 싶습니다. 그리하여 북과 남을 잇는 통일의 일꾼이 되려고 합니다. 베이징에서 말씀드린 조선의 어린이예술단을 남한에 보내 세계 최고인 극치의 예술을 전국에 선보일 때 우리 남한의 동포들은 열렬한 환호와 경탄을 자아낼 것입니다.

그런 역사적이고 뜻깊은 행사를 해보기 위해 저는 오래전부터 준비해왔습니다. 때문에 그 염원이 헛되지 않아 오늘 이렇게 국장님과의 영광된 자리가 이루어진 것입니다. 국장님의 도움으로 예쁘고 아름다운 우리 조선의 꽃봉오리들이 우리 민족의 땅인 판문점을 넘어 서울로 입성할 때 우리 7천만 동포들은 감격과 흥분에 젖어 있을 것입니다.

존경하는 리병식 국장님!

남한의 민간단체들이 연합하여 민간주도로 이런 행사를 뜻깊고 아름답게 통일의 길목에서 화합의 무대를 만들려고 합니다. 정부 당국은 절차만을 도와줄 것입니다. 특히 조선이 고향인 기업가들의 후원, 그리고 염원은 대단합니다.

이 행사를 마치고 나면 그 효과와 영향은 지대할 것이고 또한 조선 측에서 지지하고 도와주신 분들, 특히 리 국장님에게는 큰 보답이 있을 것입니다. 꼭 성사되도록 도와주십시오.

경의를 표하면서 1996. 6. 18. 강재호 드림

이 편지는 서울에서 이병식에게 주려고 이미 써놓은 것이었다. 그들의 호감을 사려고 문장을 다듬고 다듬었다. 내 청춘의 담백함을 담은 편지 글이었다.

관자놀이를 겨냥하는 총구

정글에도 사막에도
새둥지 위에 개나리 위에
내 어린 때의 메아리 위에
나는 네 이름을 쓴다
　　　— 엘뤼아르, 〈자유〉에서

　　평양 체류 3일째인 6월 20일, 날씨가 잔뜩 흐렸다. 최재경이 먼저 일어
나 내 방으로 왔다.
　　— 강 선생님, 산책하십시다.
　　그가 내게 산책을 권했다. 그리고 검지를 입에 댔다. 내게 아무 말 말라
는 지시였다.
　　무슨 일이 있었음이 분명했다. 나는 조용히 그를 따라 초대소 바깥으
로 나갔다. 초대소 건물에서 멀리 떨어진 산책로로 왔을 때, 최재경이 입
을 뗐다.
　　— 강 선생님, 혹시 서울에서 청와대 쪽과 관계 있습네까?
　　— 아니, 무슨 말씀이십니까.
　　— 강 선생님이 평양에 오신 후 어떤 조사가 있었던 모양입니다. 심양

의 영사관에서 보고가 들어왔다고 합니다.

— 무슨 보고?

— 강 선생님이 남한의 특수기관 인사라는 보고입니다. 심양에 있는 한 조교가 제보를 했다고 합니다.

— 그래요? 무슨 제보인지…….

나는 궁금했다. 청와대와 무슨 관련이 있는지, 무슨 일로 그런 이상한 제보까지 들어갔는지 의아했다.

— 지난해 심양설화소년예술단을 한국에 초청하신 일 있지요?

— 그랬습니다.

— 그때 예술단을 청와대 구경시켜준 일이 있지요?

— ……네, 일정에 있었습니다.

— 그때 청와대 앞에서 경찰관들이 강 선생에게 출입증을 요구했더니, 강 선생이 주머니에서 어떤 신분증을 보이니까니 출입구를 활짝 열어 주었다는 것입니다.

— 아, 그 일을 갖고 그러는가 봅니다. 맞습니다. 그런 일이 있었습니다. 그때 제가 보여 준 것은 외무부 산하단체인 사단법인 한민족문화교류협회 사무국장 신분증이었습니다. 제가 미리 청와대 견학을 신청했고, 한국에서는 적극적으로 받아들였던 것입니다.

나는 무슨 특별한 일이 있는 줄 알았다. 내가 국가기관에서 일하고 있는 것으로 비쳤나 보았다.

— 뭔가 오해가 있나 봅니다.

나는 최재경에게 고개를 저으며 말했다.

— 그리고 또…….

최재경은 주변을 둘러보았다. 사람이 없음을 확인하고 말을 계속 이었다.

— 우리 두 사람이 18일에 평양에 도착할 것이라는 제보까지 들어왔답니다. 이런 사실을 누가 미리 알았는지 이상하다고 이병식 국장이 매우 당황했다고 합니다.

그것은 좀 이상하다 싶은 일이었다. 나의 평양행은 최재경과 나만 알고 있는 사실이었는데……. 한국에서 누군가 정보를 흘렸거나 북한에서 나를 떠보기 위한 시험이라는 생각이 들었다.

— 리 국장의 상관인 조평통 부위원장이 선생님을 의심하고 있다고 합니다.

— …….

나는 어떤 말을 할 수 없었다. 내가 우회 공작을 벌이고 있다는 사실은 극비 사항이었다. 어쩌면 비밀스러운 일이 아닐 수도 있었다. 내가 하는 일은 남북 민간 교류의 성격이어서 정치적 이해관계와는 무관했다. 그리고 정치 경제적 실리를 따져서는 안 되는 문화교류 사업이 내 일이었다. 최재경은 나의 침묵을 깼다.

— 리병식 국장 동지는 내가 강 선생을 심양에서 처음 만나보고 평양에 돌아가 소개할 때 흥미가 있었습니다. 그래서 베이징에서 선생님을 만나게 된 것이란 말입니다. 리 국장이 베이징에서 강 선생을 직접 보고는 마음에 들어 김정일 장군님께 선생님을 이야기한 것으로 알고 있습니다.

— 저도 그렇게 알고 있습니다. 저로서는 기회이고 영광입니다.

― 리 국장이 강 선생하고 만남을 가진 일을 장군님께 보고하고 평양 방문을 장군님께서 수락하신 것이지요. 그런데, 이런 보고가 들어와서 아주 난처해하고 있단 말입니다.

― ……그럴 수 있겠습니다. 그러면 앞으로 제가 어떻게 해야 합니까?

― 이 점 잘 접수하고 조심하시라요.

― 네, 알겠습니다.

나는 그제야 어제 이 국장이 내게 보낸 싸늘한 시선의 의미를 알 것 같았다. 나를 의심하고 있었던 것이었다. 나는 이 국장의 신뢰를 저버린 적이 없지만, 그는 제보로 인해 실망했다는 기색이었다. 최재경도 내게 보내는 시선이 예전 같지 않았다.

최재경은 아침 식사도 하지 않고 초대소를 나갔다. 나는 혼자서 아침을 먹었다.

점심때까지 최재경은 돌아오지 않았다. 나는 혼란스러웠다. 마음이 정리가 안 됐다. 나는 심양의 〈설화 소년예술단〉을 한국에 초청했을 당시를 꼼꼼히 회상해 보았다. 한국에 온 스텝 중 조선족이 의심스러웠다. 그녀는 학생들의 악기와 소품을 담당하는 도우미였는데, 내 주변을 늘 맴돌았다. 이야기를 몇 마디 나눠본 정도였다. 북한이 고향이라고 했는데, 내 정보를 조평통에 많이 제보한 사람이 그녀라고 나는 생각했다. 청와대에서도 그녀는 매우 긴장해 있었다.

맞다, 그녀가 분명했다.

그리고……. 현미 누님의 장례식에서 봤던 여인, 나를 미행하는 시선을 보내는 여인이 어쩌면 그녀 같기도 했다. 나는 그럴 리가 없다고 생각하면서도 의심을 계속했다. 그녀가 남한에 올 리가 없었다.

나의 의심은 가지에 가지를 쳐서 계속 뻗어나갔다. 서로 감시하는 체제로 엮여 이뤄진 북한 사회를 경험하였기 때문인지도 몰랐다.

그리고……. 내 목에 겨눠진 총부리……. 평양 체류 사흘째 되던 날, 그날 저녁에 내 방에 들이닥친 북한 군인들을 떠올리면 지금도 모골이 송연해진다.

나는 지난 특수임무 수행자 보상심의 법정에서도 그 일을 강하게 어필했다. 내 생에서 그 일은 절대 잊히지 않을 무섭고 두려운 사건이었다. 지금도 그 순간을 떠올리면 호흡이 가빠지며 온몸이 쪼그라드는 것 같다. 온몸의 털도 바짝 긴장하여 솟구친다.

문 : 원고에게 위험한 일이 있었다는데, 무슨 일입니까?
답 : 네, 평양 체류 3일째 되던 날, 제 목숨이 사라질 뻔한 사건이 있었습니다.
문 : 무슨 일이었는지 상세히 말씀해 주세요.

나는 법정에서 그날의 일을 세세하게, 곧이곧대로 설명해 나갔다.

최재경이 내게 조심하라고 언질을 준 그 날 저녁이었다. 나는 혼자 점심 식사를 마치고 잠시 휴식을 취하고 있었다. 오후 두 시 쯤이었다.

똑, 똑.

노크 소리가 들렸다. 평양 초대소에 와서 처음으로 듣는 노크 소리여서 나는 소리가 나는지도 몰랐다. 최재경 사장이 나를 부르는가······. 최재경 사장은 노크 없이 밖에서 내 이름을 부르고 불쑥 들어왔는데······, 누굴까······.

똑, 똑, 똑.

다시 무거운 노크 소리가 들렸다. 누가 내 방 앞에서 조심스럽게 나를 부르는 소리였다. 나는 벌떡 일어나 문 앞으로 갔다.

— 누구십니까.

문 자물쇠를 열자마자 두 사람이 나를 덮쳤다. 나는 뒤로 움찔, 넘어지고 말았다. 북한 군복을 입은 건장한 청년 둘이었다.

— 이 간나새끼. 똑바로 앉으라우.

뒤로 엉덩방아를 찧고 넘어진 나는 일어나 응접 소파에 앉았다. 북한 군 한 명이 허리춤에 손을 가져다 대고 있었다. 그의 허리춤에는 권총 지갑이 단단히 붙어 있었다.

— 왜, 그러십니까?

나는 갑작스러운 그들의 습격에 어찌할 줄 몰랐다. 당황해하는 내 모습을 보던 다른 북한군이 소리치듯 말했다.

— 종간나 새끼, 여기가 어디라구 골을 굴리네? 방북 증명서 내놓라우!

— 그런 거 없습니다.

— 뭐래? 증명서 없이 평양에 왔다? 이 새끼가 총알맛을 보고 싶어 환장했구만.

—네, 저는 방북 증명서 같은 것 없습니다. 초청장이 있습니다.

—아니, 통일원에서 발행한 거 보여 달라우. 방북 증명서!

북한 군인의 목소리는 점점 거세졌다. 다른 군인은 아예 허리춤에서 권총을 빼 들었다.

—이보라우, 여기가 어디멘지 모르나? 평양이야, 평양!

그랬다. 나는 여기서 쥐도 새도 모르게 죽어도 모래알 같은 흔적도 없을 것이다.

—안 되겠구만. 이 종간나, 뜨건 총맛 좀 봐야 정신이 나겠구만.

그가 권총을 빼 들어 관자놀이를 겨누다가 총구를 내 목에 갖다 댔다. 차가운 총부리가 내 목에 닿으니 온몸에 전율이 일었다. 얼음장 같은 총부리는 내 몸을 급격히 달궜다. 나는 곧 터질 것 같은 화산처럼 뜨거워졌다.

여기서 끝인가, 내 숨은 이대로 마지막인가.

—잠깐만요. 잠깐만 이 서류를 봐주십시오.

나는 소파 곁에 있는 가방에서 스크랩북을 꺼냈다. 그 안에 내 활동을 증명하는 서류와 문건이 있었다.

—야, 무슨 꿍꿍이야? 너 남조선 안기부에서 왔지? 그렇지?

—아닙니다. 나는 안기부에서 오지 않았습니다.

—뭐라고? 이 간나새끼. 개소리 말라우.

나는 그들을 제압할 수 있을까, 하고 잠깐 생각했다. 죽기 살기로 육탄전을 벌인다면……

권총 든 녀석을 먼저 쓰러뜨리고, 놈에게서 총을 빼앗아 다른 녀석이 달려들지 못하도록 제압하고, 방에 몰아넣는다. 그리고 나는 창밖으로 뛰어 냅다 달아난다?

혹은 나도 총을 쏠 수도 있다. 저 권총은 나도 다뤄본 적이 있었다. HK45 7연발 권총으로 보인다. 일단 녀석의 손을 강타하여 권총을 떨구고, 녀석의 얼굴을 머리로 받는다. 녀석이 떨군 권총을 빼앗아 나머지 녀석에게 겨누고, 여차하면 방아쇠를 당긴다. 머리 받친 녀석이 일어나면 녀석의 머리에도 구멍을 낸다. 그리고 나는 창문 밖으로 뛰어나간다. 2층이어도 충분히 뛰어내릴 수 있다.

잠시 후 초대소 경비원들이 쫓아오겠지만 나는 달려 나가 산으로 숨는다. 평양이어서 어디에도 도움을 청할 수 없겠지만, 저들의 손에 죽을 수는 없었다. 저들에게 잡혀 죽느니 차라리 총으로 자결하는 것이 옳았다…….

이런저런 생각이 순식간에 들었다.

— 이 서류가 나를 증명하고 있습니다. 제발 총을 치워 주세요!

나도 악에 받쳐 소리를 높였다.

— 간나새끼가 여기가 어디라고 소릴 질러?

— 최재경 사장님, 이병식 국장님을 불러 주십시오. 그분들이 나를 증언해 주실 겁니다!

— 개소리 말라우. 내레 그 사람들하고 관계없단 말이다! 우린 장군님의 지시에만 따른다.

식은땀이 흘러 관자놀이를 타고 내려가 뚝뚝 떨어지고 있었다. 온몸이 긴장으로 굳어지고 숨구멍 털까지 솟구쳐 올랐다.

— 제발, 여기 이 서류를 봐주십시오.

나는 소리를 죽이고 스크랩북 한 권을 꺼내 그들에게 디밀었다. 거기에는 내가 최근 5년 동안 러시아와 중국을 상대로 활동한 자료들이 있었다. 내가 추진하여 초청한 러시아와 중국 소년예술단의 한국공연 자료, 화보, 포스터, 신문 기사 등이 차곡차곡 스크랩돼 있었다. 한국의 소년들을 러시아와 중국에 데려가 공연했던 자료들도 있었다.

그것이 바로 '나'였다.

특히 국가 간의 교류를 위해 뛰어다닌 나의 모습, 러시아와의 수교 후 초대 주한대사인 올레그소콜로프, 2대 대사인 파노프, 3대 대사인 쿠나제 등과 함께 찍은 내 사진이 있었다.

러시아 대사들과 나란히 하고 찍은 내 얼굴을 본 북한 군인의 표정이 달라지기 시작했다. 그리고 10여 년 동안 김대중 전 대통령과 친분을 쌓아온 사진도 보여 주었다. 그중에서 가장 중요한 사진이 있었다. 러시아 주한 대사–올레그소콜로프와 함께 찍은 사진이었다. 소콜로프는 불교 신자였는데, 그를 모시고 한국의 주요 사찰을 돌아본 적이 있었다.

— 아니, 이 사람 우리 대사 아니오?

— 그렇소. 소콜로프! 우리 공화국 주재 러시아 대사 맞소.

내가 해인사에서 그와 어깨동무하고 찍은 사진을 보던 북한 군인들이 놀라는 모습이었다.

그가 손에서 권총을 거두고 스크랩 북을 접어 옆구리에 끼었다.

— 선생님, 이거이 우리가 좀 가져가겠습니다. 하루만 빌려주십시오.

간나새끼에서 선생님으로 호칭이 바뀌었다. 나는 그제야 긴장이 풀어졌다.

— 그렇게 하시죠. 하지만 꼭 돌려주셔야 합니다. 내겐 귀중한 보물입니다.

그들이 나를 해치지 않으리란 생각이 들었다. 나는 안도하며 소파에 깊이 몸을 기댔다. 절로 한숨이 나왔다.

— 알겠습니다, 선생님.

그들은 아무 일도 없었다는 듯이 절도 있게 뒤돌아 방을 나섰다.

그들이 나서고 얼마 지나지 않아 최재경이 방으로 들어왔다.

— 강 선생님, 역시 대단하십니다.

최재경은 나를 보고 미소했다.

— 아니, 어찌 된 일이죠?

나는 최재경에게 물었다.

— 여기가 서울입네까? 어찌 그런 호통이 나옵네까? 강 선생님, 호연지기 다시 알아봤습니다.

그가 껄껄 웃었다.

— 지옥에 다녀온 기분입니다. 무슨 일인가요?

— 우리 공화국에서 시험해 봤습니다. 강 선생님을 특수기관 요원으로 착각했습니다.

— ······.

나는 어이가 없었다. 나를 테스트한 것이었다. 최재경은 바로 옆방에서 내 방을 엿듣고 있었던 것이었다. 여차하면 큰 사고가 날 뻔한 일이었다. 아니, 내 목숨이 사라질 수 있었다.

— 강 선생님, 아주 많이 잘하셨습니다. 우리 보위부 직원을 다루는 솜씨가……, 확실히 강 선생님, 용기가 대단하십니다.

나는 눈을 감았다. 모든 기운이 순식간에 빠져나가는 듯했다. 다시 눈을 떠 최재경을 바라보았다.

— 강 선생님의 합리적이고 당당한 말씀을 옆방에서 듣고 감탄했습니다. 강 선생님 자료가 큰 효과를 발휘할 것입니다. 그 자료들이 심양 조선 영사관의 보고가 거짓임을 밝혀줄 것입니다. 강 선생님의 지혜를 정말 높이 평가합니다. 그 자료는 내일 아침 장군님께서 직접 보실 것입니다.

최재경의 말대로 스크랩 북을 가져오기를 잘했다고, 나는 자신을 스스로 칭찬했다.

— 네……. 그 자료, 꼭 돌려주십시오.

— 그래야지요. 돌려 드릴 겁니다.

그날 저녁, 이효준도 예고 없이 찾아왔다. 내 신상에 대한 이상한 정보가 돌고 있는 모양이었다.

— 이제 강 선생님은 우리에게 믿음을 주셨습니다. 선생님 역시 우리를 믿고 평양에 오셨습니다. 그렇기에 서로 솔직하고 거짓이 없어야 합니다. 아니 그렇습네까?

이효준의 태도가 자못 결연했다.

— 그렇소. 당연하지요.

나도 강단있게 답했다. 권총 맞아 숨이 끊어질 뻔했던 나는 더 강해진 느낌이었다.

— ……그런데 혹시 중국에서 우리 말고 다른 공화국 사람들을 만난 적 있습네까?

— 없습니다.

그들은 여전히 나를 의심하고 있는 눈치였다. 이효준은 점심때 있었던 권총 위협 일을 아는 듯했다. 그 또한 나를 테스트하고 있는 낌새였다.

— 나는 오로지 최재경 사장 외에는 만난 일이 없습니다.

— 알겠소.

이효준은 그렇게 말하고 방을 나섰다.

북한 요원들은 내게서 특별한 정보를 얻으려고 상부로부터 지시를 받는 듯했다.

당시를 돌아보면 정말 나는 겁이 없었다. 아니, 두렵지 않았다면 거짓말이다. 두려웠다.

북한에서의 모든 시간이 흐르지 않는 것 같았다. 평양은 얼어붙어 있어 보였다. 나는 그 얼음판을 걷는 기분이었다. 모든 시·공간은 나를 위태롭게 했다. 마음은 조마조마하고 몸은 한껏 오그라들어 있었다.

목에 겨누던 총부리의 차가움이 아직 남아 있다. 자칫 한 마디라도 실수하면 내 머리는 날아가 버릴 순간이었다. 평양에서의 개죽음은 아무도 모를 것이다. 가족도 내가 사업차 중국에 간 줄 알고 있었다. 안기부에서는 우회 공작원 하나 없어진 정도일 뿐, 이라는 생각이 들자, 나는 문득 자신이 한없이 초라해 보였다.

해방 후, 월북하여 문학 활동을 펼친 선배 문인들은 어떤 마음이었을까. 소설가들도 월북한 분들이 많았다. 《임꺽정》을 쓴 홍명희는 최고인민회의 부의장까지 올랐다고 한다. 그는 친일했던 이광수를 비판했지만 절친했고 납북된 그를 보살폈다고 한다.

이태준과 박태원도 6·25 때 북한으로 넘어갔다. 이태준은 사상검증에 걸려 숙청당했다고 알고 있다. 그의 소설이 얼마나 서정적이고 단아했는지, 서정이 사회문제가 스며든 예술적인 아름다움을 표현하고 있는데, 북한 문단에서는 그를 몰랐던 것이다. 재능을 미워했을지도 모르겠다. 종군기자 때 쓴 작품들은 사회주의리얼리즘을 도입했던 것으로 보이지만, 역시 그는 서정성 짙은 작품을 썼다. 그 경지를 높이 평가해 주어야 한다.

박태원도 전쟁 때 넘어갔다. 남한 시절에 모더니티하고 실험적인 소설을 발표하던 그는 북한에서 역사장편소설을 쓰면서 변화된 작품 세계를 보인다. 박태원은 이기영, 임화, 한설야처럼 경향주의 문학가는 아니었다. 그런 그가 왜 해방 전후 갑자기 좌익으로 변했고 북한 정권에 투신했는지 연구자들도 모르는 것 같았다. 아내와 자식을 두고 월북할 때, "이태준을 만나러 간다"라고 했단다. 박태원은 대한민국의 영화감독 봉준호의 외할아버지다.

나로서는 조명희 작가가 가장 위대한 월북 소설가로 보인다. 위대하지만 불운했던 조명희, 그는 해방 전에 이미 러시아로 망명해 일본 제국주의를 비판하던 작가였다. 스탈린 대숙청 때, 친일 첩자로 오해받아 총살당하는 불행을 겪었다. 〈낙동강〉, 〈짓밟힌 고려인〉 등의 작품은 러시아 고려인 학교의 교과서에도 실려 있다. 그는 사후에 명예가 회복돼 북쪽과 남쪽에서 모두 기념하고 있다. 충북 진천에 〈포석 조명희 문학관〉이 운영되고 있고 해마다 조명희 연구 학술대회가 열린다.

나는 북한 군인 두 명이 총부리를 들이대는 순간, 포석 조명희처럼 총살되는 상황이 아니었나, 생각이 들었었다. 섬뜩했다.

남북의 문화를 교류하는 일들이 내 목숨보다 소중한가……. 목숨을 내놓으면서까지 일하는 나는 누구인가, 나라가 나를 알아주기나 할까……. 이런 충성이 나 자신에게 어떤 보람이 있는가…….

문득 이 모든 것이 부질없다는 생각이 들었다.

오늘 오후 동두천 취재는 이런 나의 허무함을 덜어주리라 기대한다. 음악과 책, 소설과 노래, 작가와의 만남에서 새로운 기운을 전해 받을 수 있으리라. 특히 동두천 '언덕 위의 하얀 집'이란 별칭으로 불리는 성병관리소 탐방은 우리의 잘못된 근대 의식으로 인한 우리 현대사를 증거하고 있는 곳이어서 의미가 있으리라 생각된다.

그날 저녁, 최재경은 돌아오지 않았다. 이근호라는 요원이 213호실에서 나를 감시하면서 당직을 섰다. 악몽의 시간에서 차츰 안정을 찾은 나는 창밖, 평양의 밤을 멍하니 바라보았다. 가깝게 네온사인이 눈을 찔러왔다. 〈속도전 앞으로〉라는 글씨였다. 네온은 붉게 빛났다. 인민들의 사기를 북돋우려는 구호의 도시가 평양이었다.

　나는 침실에 들어 공포에 떨었던 오후의 시간을 잊어버리려고 잠을 청했다. 하지만 쉽게 잠을 이루지 못했다.

　그렇게 평양에서의 사흘째 밤이 흘러갔다.

밤을 지키는 지령 받은 여성 동무

어느 머언 곳에서
벗이여
네 마음도 나와 함께
따뜻한 손자위를 벌려 보리라
　　― 오장환, 〈구름과 눈물의 노래〉에서

　　다음 날 아침, 최재경이 지난 밤에 들어왔는지 궁금해서 213호실 문을 열어 보았다. 그런데 최재경은 없었고, 이근호가 소파에 앉아 무언가를 기록하는 중이었다. 그는 인기척을 들어 문 쪽으로 고개를 돌리고 나와 눈이 맞았다. 나를 본 이근호는 쓰기를 멈추고, 기록하던 노트를 슬그머니 소파 밑으로 내려놓았다.

　　그가 나에 대한 동향을 기록하는 것 같다는 느낌이 짙었다. 그들은 항상 나와 함께하다가 헤어진 다음에는 그들끼리 모여 회의를 했다. 나는 그런 모습을 몇 차례 본 적이 있었다.

　　― 강 선생님, 식사하시기 전에 산보라도 다녀오시겠습네까?

　　이근호가 나에게 산책을 제의했다. 나는 그러자며 바깥으로 나갔다. 가는 도중, 내 발밑에 전단이 떨어져 있었다. 나는 얼른 그 전단을 주워

주머니에 넣었다. 언젠가 본 적이 있는 전단이었다. 김정일을 희화화한 만화였다.

— 강 선생님, 선생님 가족은 어떻게 되십네까?

— 부모님 모두 생존해 계십니다. 위로 형, 누님이 계시고 밑으로 동생 셋 있습니다. 청주에 대부분 계십니다. 나는 서울에서 아내와 아들 둘과 살고 있습니다.

— 강 선생님은 한 달 봉급이 얼마나 되십네까?

이근호가 한국 서민의 생활 수준을 알고 싶어 하는 모양이었다.

— 천 오백 달러쯤 됩니다.

— 강 선생님은 중국을 상대로 소년예술단 사업에 흥취가 많으신데, 이유가 있습네까?

그가 내 신상과 내 사업을 궁금해하는 이유는 무언가 기록으로 남기려는 듯싶었다. 나는 되도록 담백하게 말했다.

— 지난번 만경대 소년궁전에서 '어린이가 나라의 왕'이라는 김일성 주석님의 글씨를 보았습니다. 저도 어린이들을 중시합니다. 어린 꽃봉오리들의 예술 표현이 정말 아름답지 않습니까. 제가 이 일을 하는 이유입니다.

— 그렇군요. 하지만 강 선생님이 계속 우리와 손을 잡기 위해서는 철저한 비밀이 유지돼야 합니다. 즉 비밀이 성공이란 말입니다. 지금 우리는 미국과 전쟁을 할 수도 있습니다. 조국 통일을 위해서 말입니다. 미군이 남조선에 주둔하고 있는 한 통일은 어렵기 때문입니다.

— 이근호 선생님은 북이 남과 전쟁을 할 수도 있단 말씀이십니까? 미

군이 주둔하고 있는 이유는 바로 평화 유지 때문입니다. 만약 미군이 없다면 조선은 전쟁을 할 수 있습니다.

— 아니, 그렇지 않습니다. 전쟁을 통한 통일은 우리도 원치 않습니다. 지금 우리는 당에서 무엇이든 인민에게 지시하면 인민들은 무조건 따르게 되어 있습니다. 사실 전쟁도 하려면 할 수 있습니다.

— 그것은 안 됩니다. 만약 남북이 전쟁하면 비극입니다. 그런 불행은 없어야 합니다. 남북이 계속 대화를 하고 서로를 위해 연구를 한다면 멋진 통일방안이 나온다고 봅니다. 저는 바로 그런 일을 해보고 싶어 이곳 평양에 온 것입니다.

나는 솔직하게 내 생각을 털어놓았다. 이근호는 고개를 깊이 끄덕였다. 자신도 동의하고 있는 의미였다.

산책을 마치고 돌아오자 리효준이 식당에서 나를 기다리고 있었다. 리효준은 초대소 안 다른 방에서 잠을 자는 듯했다. 항상 같은 복장이었다.

식사를 마친 후, 나는 이근호의 안내로 비가 내리는 평양 곳곳을 돌아보았다.

천리마거리 — 통일거리 — 대동강변 — 통일전선 탑 — 혁명열사 능 — 애국열사 능 — 고구려성터를 차례로 둘러보았다.

그리고 혁명박물관에 도착했다.

나는 박물관에 입장하기 위해 줄을 서고 있는 시민들을 보았다. 서른 명 정도가 있어 보이는데 그들 옆을 지나가자 악취가 코를 찔렀다. 입은 옷들도 매우 남루했다. 비가 내리는데 우산도 없이 서 있었다. 여성들의 경우에는 브래지어도 하지를 않아 몸에 붙는 옷으로 상체가 그대로 도드라져 보였다. 유방이 고스란히 보이는 듯한 민망한 모습이었다. 그녀들은 아무렇지도 않다는 표정이었다. 모두가 그러니 부끄러운 일도 아니라는 모습이었다.

— 이 선생님, 여성들이 브래지어를 많이 안 했던 것 같은데요.

내가 이근호에게 물으니,

— 젖싸개 말입네까? 여기선 젖가리개가 매우 귀합니다. 보통 사람들은 찰 수가 없지요.

하고 답했다.

나는 혁명박물관을 천천히 둘러보았다. 김일성의 항일 투쟁 업적을 세세하게 묘사하는 그림들과 서적이 즐비했다. 박물관의 마지막 코스인 '영생관'에 입장하니 김일성의 생전 목소리가 들려왔다.

— 앞으로 동무들은 시멘트 생산을 늘려야 되겠다우. 비료도 더 만들어야지. 내레 카터에게도 말했잖아. 우리를 무시하지 말라구, 제지하지 말라구 말이야. 우리가 언제는 제지받고 살았나? 유엔에서 우리를 아무리 제지한다 해도 우리는 우리 식대로 살아 가는 기야. 알겠음?

김일성의 걸걸하고 높은 음성이 영생관 안을 울리고 있었다.

나는 평양박물관 관람을 마치고 능라도 5.1경기장을 보았다. 이 경기장에는 지붕이 씌워져 있었다. 눈이 와도, 비가 와도 경기하고 경기를 관람할 수 있도록 건축했단다. 하지만 15만개의 의자들은 녹슬어 있었다.

경기장 관리가 전혀 되지 않아 보였다.

사진에서 보던 개선문도 직접 가봤다. 크고 높은 대리석 문이었다. 좀 더 가니 공사 중인 류경호텔이 보였다. 공룡의 뼈 전시처럼 골격만 남아 있어 흉측했다.

— 공사를 중단하는 건물이 많네요?

내가 이근호에게 물었다.

— 우리 공화국에서는 금요일엔 일하지 않습니다. 시설점검의 날, 인민 휴식의 날입니다.

이근호가 별일 아니라는 듯 답했다.

나는 초대소에 돌아와 이근호와 저녁 식사를 했다. 식사를 마치자 이근호는 근무가 끝났는지 조용히 사라졌다.

나는 의전비서 근무 중인 장민철과 로비에서 이야기를 나누었다. 나는 이것저것 알고 싶은 것이 많았다. 북한과 평양의 현실을 기억해 두고 싶은 마음뿐이었다.

— 언제부터 초대소에서 일하셨나요?

— 오 년 됐습니다.

— 힘들지 않아요?

— 일 없습네다.

— 월급이 얼마 됩니까?

— 백 원 정도입니다.

— 생활이 됩니까?

— 됩니다. 부모님, 네 형제, 우리 식구 모두 부족함 없습니다.

— 좋은 자리로 가면 더 봉급이 많지요?

— 고저 우리는 당에서 하라면 하지요. 여기 근무 아무 불만 없습니다.

— 일이 많은 것 같던데요? 힘들겠어요.

— 일 없습니다. 김일성 수령님께서 주최하는 주석궁 만찬 연회에 15회 참여한 경험이 있어 여기 근무하게 됐습니다. 초대소 투숙객들 신변을 책임지고 식사 관계 등을 모두 상부에 보고합니다.

— 그렇군요. 저도 잘 살펴 주셔서 고맙습니다.

— 강 선생님께서는 특별손님입니다. 장군님께서 강 선생님 동향을 모두 알고 계십니다. 장군님께서는 강 선생님 식사 메뉴까지 정해 주십니다. 강 선생님이 타고 다니시는 차량도 장군님께서 특별 배정해 주신 것이란 말입니다.

— 정말 영광입니다.

— 강 선생님께서 우리 통일사업에 힘을 써 주십시오.

— 알겠습니다.

나는 장민철에게 뭔가 선물할 것을 생각해 보았다. 방으로 들어가려는데, 여성 접대원들이 장민철 주위로 몰려들었다.

— 장민철 비서 동무, 축하드립니다.

— 장 동무, 생일 축하합니다.

— 축하합니다.

알고 보니 장민철의 생일이 마침 오늘이었다.

나는 얼떨결에 그들을 따라 식당에 들어갔다. 나는 그들과 함께 맥주 몇 병과 안주가 놓여 있는 테이블로 가서 생일 축하 주를 마셨다.

— 장민철 비서님, 생일 축하드립니다.

나는 주머니에서 지갑을 꺼내 100달러 1장을 그에게 전해 주었다. 그는 극구 마다하다가 내가 억지로 그의 주머니에 찔러주니 씩 웃었다.

— 강 선생님, 내일 묘향산에 가십니다. 저는 저녁부터 도시락 반찬을 준비해야 합니다. 강 선생님 입맛에 맞을 겁니다.

— 고맙습니다.

나는 조촐한 생일 축하연을 마치고 212호실 내 방으로 돌아왔다. 며칠 동안 해온 작업을 위해 화장실에 들어갔다. 나는 작은 메모지에 촘촘히 오늘 하루의 일을 적고 양말 속에 넣었다.

기록을 마치고 침실에 누우니 그제야 피로가 몰려왔다. 잠이 솔솔 내려오고 감은 눈 속에 꿈결이 밀려왔다. 그때, 누군가 내 방문을 두드리는 소리가 났다.

똑, 똑.

나는 번쩍 눈을 떴다. 나는 가만히, 숨도 멈추고 있었다.

똑, 똑, 똑.

작은 노크 소리가 분명히 들려왔다. 또다시 북한 요원이 쳐들어온 것은 아닌지, 보위부에서 감찰 나온 것은 아닌지…….

나는 벌떡 일어나 방문을 향해 천천히 걸어갔다.

— 누구십니까?

똑, 똑.

대답은 없고 다시 작은 노크 소리만 들려왔다.

조심스럽게 문을 여니 복무원 여성이 서 있었다.

— 안녕하십니까. 조장 복무원 신수영입니다.

— 아, 네⋯⋯. 무슨 일인지요?

그녀는 내가 묵는 초대소의 여성 복무원 네 명 중의 조장이었다. 내가 문을 열어 주니 그녀가 성큼 방 안으로 들어왔다.

— 강 선생님, 오늘 제가 지령을 받았습니다.

— 무슨 말씀이신지⋯⋯.

나는 그녀의 입에서 새어 나온 '지령'이라는 말에 깜짝 놀랐다.

— 오늘 밤, 강 선생님을 모시라는 지령입니다. 당의 명령입니다.

나를 모시라는 지령, 나와 밤을 함께 보내라는 말이었다.

— 아닙니다. 그럴 수 없습니다. 돌아가십시오.

나는 단호하게 말하고 돌아섰다. 그녀는 나가지 않는 것 같았다. 다시 그녀 쪽으로 돌아보니 그녀는 그대로 서 있었다.

— 당에서 내린 지시를 거역할 수 없단 말입니다. 아니 됩니다. 나갈 수 없습니다.

그녀도 고집스럽게 말했다. 그렇게 담담히 말하는 그녀는 어떤 표정도 없었다. 그녀의 무표정이 씁쓸했다. 문득 고향의 어릴 때 친구를 생각나게 했다.

— 피곤합니다. 쉬고 싶습니다. 신수영 동무와 함께 할 수 없습니다. 돌아가십시오.

나는 간곡히 말했다. 정말 피곤하기도 했고, 누군가 지켜보고 있으리라는 생각이 강하게 들었기 때문이었다. 나의 허술함을 보여 주고 싶지 않았다.

내가 쳐다보지도 않고 가만히 있자, 그녀는 어쩔 수 없다는 듯이 방을 나섰다. 나는 그녀를 돌려보내고 침실에 누웠다. 달아난 잠은 다시 오지 않고 이런저런 생각이 피어올랐다.

인간을 이성의 동물이라고 한다. 아무리 동물적인 본능을 갖고 태어났어도 인간은 이성으로 동물적인 본능을 누를 수 있다. 성적 본능을 이용하여 정치적으로 유리한 위치에 서려는 방법은 오래전부터 있어왔다. 여성을 본능 욕심의 도구로 사용하는 일은 이제 없어져야 한다.

……신수영. 나는 그녀의 이름을 속으로 불러본다. 그녀가 선물한 수예품도 안성, 나의 박물관에 그대로 있다. 평양 체류 마지막 날, 그녀는 내게 다가와 수예품을 선물했다. 자신의 모습을 수놓은 작품을 액자에 넣어 주었다.

그녀의 모습이라지만 삼십 년 가까운 세월이 흐른 지금, 그녀는 많이 달라져 있을 것이다. 그때는 스물여덟이라고 했던가. 그녀의 얼굴이 가물가물하다.

그날 밤, 평양 서재골 14호 초대소 212호실에서 그녀를 봤을 때, 실은 가슴이 뛰었다. 명령이 아니어도 열혈남아였던 나로서는 그녀와 밤을 함께 했을지 몰랐다. 지금은 뚜렷하지는 않지만, 그녀는 작지만 통통한 몸이었다. 북한 여자답지 않게 희고 매끈하던 얼굴에 눈웃음이 매력적이었다. 희미하게나마 그녀의 목소리도 기억나는데……, 콧소리로 황해도 사투리를 썼다. 앳되면서도 조숙한 느낌의 여성이었다. 피곤하다고 했지만, 그녀와 곁에 있는 것만으로도 피로가 풀릴 것만 같았다. 그렇지만, 나는 이성의 힘으로 그녀를 돌려보냈다.

여성이 무슨 도구인가? 여성은 욕망을 해소하는 물건이 아니었다. 그녀를 돌려보내고 침실에 누워 있을 때, 일제 강점기 때의 우리 정신대 할머니 모습이 떠올랐다.

임신한 한국 소녀들을 위에서 내려다보는 일본군의 모습이 담긴 사진을 본 기억이 있다. 우리 할머니 소녀들은 배가 불러 힘들어하고, 일본 군인은 뭐가 좋은지 웃고 있는 사진이었다.

비약일 수도 있겠지만, 나 또한 신수영 복무원을 그렇게 생각하고 있지 않았던가. 아무렇지 않게 위안부를 찾는 일본 군인과 내가 다를 바가 무엇인가?

그 상황은 최근까지 우리 대한민국에서도 벌어지고 있었다. 평택, 동두천 등지의 미군 기지촌에 있는 우리 접대부 여성들…….

오늘은 동두천 '언덕 위의 하얀 집', '몽키하우스'를 취재하기로 돼 있다. 소설가의 북 콘서트에 가기 전에 그곳을 취재해야 한다. 그곳은 우리의 현대사를 증언하고 있는 장소다. 굴욕적인 우리 민족의 모습을 상징하고 있는 기지촌 성병관리소다.

나는 인터넷으로 동두천 성병관리소를 찾아보았다. 빠른 길 찾기로도 길을 검색해 보고 정보도 읽었다.

'1971년부터 추진된 <기지촌 대책사업-기지촌 정화사업>의 목적으로 1973년 기지촌 성매매 여성들의 성병을 관리하기 위해 세운 기관이 있던 건물이다. 흔히 낙검자 수용소, 몽키하우스, 언덕 위의 하얀 집이라고 불렀다. 1996년 3월에 사업은 폐지되었고, 현재 건물만 폐허로 남아 있다'

그랬다. 박정희 정권 때 미군이 철수하겠다고 할 때, 정부는 미군을 위해 특수업태부로 기관 호칭을 바꾸면서 조직적으로 여성을 착취하고 관리했다. 이른바 양공주라 불리는 그녀들의 육체를 효율적으로 관리해나간 것이다.

한국 여성들이 미군들의 성적 욕구를 해소해 주기 위해 정부가 지정한 장소에서 성매매하고 일주일에 한 번 일반 산부인과에서 위탁한 성병 진료소나 보건소에 가서 검진을 받도록 했다. 이처럼 여성의 몸을 정치적으로 이용하는 일이 최근까지 벌어지고 있었던 것이다.

나는 그럴 수 없었다. 내 욕심을 풀려고, 모르는 여성을 도구로 쓸 수 없었다. 그들에게도 인권이 있다. 자기 몸을 지킬 수 있고, 억지 행위를 거부할 권리가 있다. ……나는 공연히 얼굴이 달아올랐다. 나도 그럴 뻔했다. 나는 세상의 많은 여성이 가여웠다. 북한 여성에게 미안했다.

기묘한 풍경과 향기의 산, 묘향산

내 마음은 낙엽이오
잠깐 그대의 품에 머무르게 하오
이제 바람이 일면 나는 또 나그네 같이 외로이
그대를 떠나리다.
　　　　　— 김동명, 〈내 마음은〉에서

　6월 22일, 평양의 나흘째 아침 해를 맞았다. 나와 최재경, 그리고 이효준은 묘향산을 향해 초대소를 나섰다. 초대소에서 150km 정도의 거리였다. 벤츠 차량은 평양 공항 쪽으로 가다가 우회전을 했다.

　차는 시내를 벗어나면서부터 속도를 내더니 시속 100km를 달리며 그 속도를 유지했다. 평양-묘향산 간 고속도로였다. 아직 미완성의 도로여서 통행할 수 없었지만, 내가 탄 차량은 호위총국에서 나온 벤츠여서 어떤 제지 없이 달려 나갔다.

　나는 매 순간을 기억에 새겨넣었다. 하나도 놓치지 않으려 애썼다. 창밖 풍경을 꼼꼼히 눈에 담았다. 토요일이어서 초등학생으로 보이는 아이들까지 논에서 일을 하고 있었다. 〈김매기 전투장〉이라는 대형 팻말이 곳곳에 세워져 있었다. 다른 논으로 이동하는지 어린이들 30~40명이 대

열을 이루고 움직이는 모습도 보였다.

차는 40분 정도 달리다가 화장실에 들르기 위해 정차했다. 도로 중간 중간 중앙선에 1m 간격으로 잔디를 깔면서 향나무를 심고 있는 군인들이 보였다. 삭발 머리와 앳된 얼굴들⋯⋯; 남한에서라면 한창 뛰어놀거나 게임에 빠져 있을 어린이들이었다.

그들은 모두 너덜너덜한 군복 바지에 찢어진 러닝셔츠 차림이었다. 흰 러닝셔츠는 검은색이었다. 마치 품바 공연을 위해 일부러 걸인 차림으로 나선 각설이 모습이었다. 가마니로 엮은 들것에 돌을 쌓아 옮기는 그들은 힘겨워 보였다. 어린 청소년들이 노동에 동원되고 있는 것이었다. 노예처럼 일하고 있는 모습을 보니 가슴이 아팠다.

내가 알기로는 그나마 이런 노동을 할 수 있는 아이들은 먹을 수 있다고 했다. 먹지 못해 굶어 죽는 아이들도 수두룩하다고 했다. 묘향산까지의 고속도로 건설을 위해 어린 인민군들이 혹사당하고 있는 것이었다. 도로 주변 곳곳에 <당에 맹세한 것을 실천하자!>, <김정일 최고 사령관님께 목숨 바쳐 충성하자!>라는 대형 구호들이 아치형으로 세워져 있었다.

도로 전 구간 중 서너 곳에는 비행기 활주로로도 사용하려는지 넓게 길을 닦고 있었다. 인민군 지휘부인 듯한 움막 부대들이 도로 주변에서 붉은 깃발을 꽂아놓았다. 붉은 깃발은 쉼 없이 펄럭이고 있었다. 나는 모든 풍경을 놓치지 않고 머릿속에 입력했다.

묘향산이 가까워져 오는 듯 푸른 산등성이 보이기 시작했다. 산줄기가 초록 이불을 씌워놓은 듯했다. 청량하고 부드러워 보였다.

　— 강물이 흐르죠? 청천강입니다.

　맑은 물이 도로 곁을 흐르고 있었다. 이효준이 설명해 주었다.

　— 왜 묘향산으로 불리나요?

　내가 물었다.

　— 조선에는 4대 명산이 있습니다. 금강산, 구월산 백두산, 묘향산입니다. 기묘한 풍경에 향기가 난다고 해서 묘향산입니다. 묘향산에는 향나무, 측백나무가 많이 있습니다.

　— 청천강……. 사람들이 청천강에서 뭔가 채취하고 있네요.

　내가 맑은 물을 바라보며 말했다. 사람들이 허리쯤 차오르는 강물 안에서 무언가를 건져 올리고 있었다.

　— 사금을 채집합니다. 사금을 국가에 바치면 식량을 더 얻을 수 있습니다.

　최재경이 말했다.

　— 기암괴석이 많은 산이 묘향산이고 일제 때 금광도 개발돼 있습니다. 맑은 물속에 사금이 있지요.

　사금 채취장에도 붉은 글씨로 구호가 쓰여 있었다. 북한은 구호의 나라다.

　차는 묘향산 입구에 도착해 멈추었다. 나는 차에서 내려 산을 올려다보았다. 웅장한 묘향산이 우리를 안을 듯 반기고 있었다. 입구에 커다란 비석이 보였다. 비석에는 '묘향산'이라 씌어 있었다.

— 위대하신 김일성 수령님의 친필입니다.

이효준이 내게 다가와 말했다. 금방이라도 거수경례를 할 자세다.

입구 오른편에 한옥이 지어져 있었다. 남한의 경주를 연상케 했다.

입구에서 멈추었던 벤츠는 다시 산속을 부드럽게 올라갔다. 계곡이 깊었고 기묘한 암석이 즐비하게 서 있었다.

측백나무가 빽빽한 산속에 갑자기 나타난 듯, 호텔 건물이 보였다. <묘향산 호텔>이라는 상호를 머리에 인 건물이었다. 차는 호텔을 지나 계속 올라갔다.

— 최 사장님, 지금 우리는 어디로 가는 거죠?

나는 묘향산 호텔이 우리의 목적지인 줄로 알고 있었다. 그러나 호텔을 지나치고 있어 최재경에게 물었다.

— 강 선생님, 우리는 잠시 후에 영빈관에 도착합니다. 장군님의 배려로 주석궁 별장 옆 묘향산 영빈관에 강 선생님을 모시게 되었습니다.

이효준이 최재경 대신 답했다.

차가 넓은 도로로 진입하더니 청와대와 비슷한 건물이 드러났다. 이효준이 말하던 영빈관인 듯했다. 건물 앞에서 군인들이 경계 근무를 서고 있었다.

— 장군님의 궁입니다. 주석궁.

최재경이 입을 열었다. 푸른 기와를 머리에 이고 있는 웅장한 건물이었다.

— 저 대형가옥이 바로 위대한 수령님의 별장입니다. 1994년 7월 8일, 이곳에서 김일성 수령님께서는 심장마비로 별세하셨습니다.

이효준이 말하며 고개를 숙였다. 혼자서 묵념이라도 하는 모습이었다.

김일성 별장 건너편에 정차하자 두 명의 보초가 차를 보더니 경례를 하면서 진입 신호를 보냈다.

벤츠가 진입하니 수풀 속에 궁전이 자리하고 있었다. 묘향산 영빈관이었다. '청명 호텔'로도 불리는 곳이다. 심산유곡에 이와 같은 호화로운 궁전이 있다는 것이 신기했다. 권력의 힘을 짐작할 수 있었다. 한 사람의 휴식을 위해 만들었다. 산골 깊숙한 곳에 별장을 짓기가 쉽지 않았을 터였다.

시계를 보니 11시였다. 평양 서재골 초대소를 떠난 지 3시간 만에 영빈관에 도착한 것이었다.

일행은 영빈관 2층, 각자 정해진 방으로 들어갔다. 나는 201호로, 최재경은 202호, 이효준은 203호였다. 로비부터 객실까지 먼지 한 톨이 없었다. 산의 향기와 공기가 호텔 안까지 스며들고 있었다.

나는 방 안의 창을 열었다. 숲이 바로 곁에 있었다. 위를 바라보니 늘씬한 측백나무가 하늘을 찌르고 있었다. 저 멀리 집채만 한 바위에 붉은 글씨가 쓰여 있었다.

'주체'

저 글씨도 김일성 수령이 쓴 것일까.

이 아름다운 산에도 저런 구호가 보이니 역시 북한은 공산주의를 표방하고, 공동체의 구호를 외치는 국가임을 새삼 느꼈다.

영빈관 식당에서 묘향산 산채정식으로 오찬을 마치고 일행은 만폭동으로 향했다.

— 강 선생님, 만폭동이라는 이름이 재미있지 않습니까?

— 네, 무슨 의미가 있는 것 같습니다.

— 폭포가 무려 일만 개가 된다고 하여 만폭동이라 불리게 된 겁니다. 묘향산의 또 하나의 절경입니다.

이효준이 말했다. 산에 폭포가 한두 개 정도인데, 만 개가 넘는다니, 정말 묘향산은 신묘한 산이라 할 만했다.

묘산향을 처음 접하는 나는 모든 것이 신기하고 신비로웠다. 피톤치드와 맑은 공기를 한껏 취하니 건강해지는 기분이었다. 나는 산과 숲에서 신비로운 힘이 있다는 것을 절감하는 중이었다.

최재경과 이효준, 그리고 나는 사찰을 향해 올라갔다. 천왕문 앞에 한 여성이 서 있었다. 그녀는 우리를 기다리고 있었다는 듯이 일행을 보고 활짝 웃으며 인사한다.

— 반갑습니다. 남쪽에서 오신 선생님을 렬렬히 환영합니다. 저는 해설원 전정숙입니다.

그녀가 특히 내 쪽을 오래 바라보았다.

— 네 반갑습니다. 그런데 제가 남쪽에서 온 것을 어떻게 아셨습니까?

내가 물었다.

— 어제 제가 꿈을 꾸었는데 꿈속에서 본 분과 모습이 똑같습니다. 정말 신기합니다. 반갑습니다.

그녀는 반가운 모습으로 덥석 나의 손을 잡았다. 나는 깜짝 놀랐다. 인사치레가 아니었다. 정말 내 꿈을 꾸었던 모양이었다.

― 꿈속에서도 선생님을 만나 함께 9층 폭포까지 다녀왔습니다.

― 우리 전 동무랑 강 선생님은 어떤 인연이 있어 왔던 모양입니다. 전생에서 혹시 깊은 만남이 있지 않았습네까? 하하하.

최재경이 웃었다.

― 우리는 이곳에서 쉬고 있을 테니 전 동무가 강 선생님께 묘향산 안내를 잘해드리고 내려 오라우.

― 네, 알갔습니다.

전정숙 해설 여성이 성큼성큼 산을 올랐다. 나는 그녀를 따라 올랐다. 그녀는 힘들지 않은 것 같았지만, 나는 조금 다리가 무거웠다.

우리는 9층 폭포까지 오르기로 정했다. 첫 폭포로 불리는 서곡폭포는 자그마했지만, 힘이 있었다. 물줄기가 거셌다. 우리는 서곡폭포를 시작으로 무릉폭포, 은선폭포, 비선폭포 등, 9층 폭포까지 7개의 아름다운 폭포들을 보았다.

장관이었다. 단둘만이 본다는 것이 아까웠다. 특히 비선폭포와 9층 폭포는 그 웅장함에 압도당했다.

― 묘향산은 천하제일 명산입니다. 제가 알기로는 한라산도 명산이라고 하는데 강 선생님은 가 보셨나요?

― 그럼요 나는 여러 번 올라가 보았습니다.

― 저도 통일이 되면 꼭 한라산에 가 볼 겁니다.

― 그래요. 통일이 되면 그때 나하고 꼭 같이 갑시다.

― 선생님, 정말 함께 가는 거죠?

— 그럼요. 함께 가는 겁니다!

전정숙은 26세 처녀라 했다. 고생을 많이 해서 그런가, 이십 대가 아닌 사십 대의 주부로 보였다. 남한에서는 요즘 관리를 잘해 오십 대인데도 삼십 대로 보이는 여성이 많았다.

— 저는 조국의 주요 산은 모두 올랐습니다. 산에서 유격대 훈련도 받았습니다. 우리는 특수 훈련을 산에서 많이 한단 말입니다.

우리는 9층 폭포까지 올라 구경을 마치고 내려왔다. 하산하는 길에 그녀는 내 손을 잡고 남한에 대해 이것저것 물어왔다. 나는 알고 있는 것을 자세히 말해 주었다.

우리는 잠시 휴식하면서 더 많은 이야기를 나누었다. 나는 지갑을 열어 50달러짜리 한 장을 꺼내 그녀에게 주었다.

— 자, 이거 받으세요. 전정숙 동무, 내게 아름다운 묘향산을 안내해 줘서 고맙습니다. 고마움으로 주는 성의이니 받아 주세요.

— 아닙니다. 받으면 안 됩니다.

— 전 동무, 괜찮아요. 여긴 우리 두 사람뿐입니다. 어서 받아요.

마다하는 그녀의 손을 잡아 나는 억지로 50달러를 주었다. 전정숙은 한참 망설이다 내가 재촉을 하자 그녀는 결국 받아서 운동화 속에 집어넣었다.

— 그리고……. 뭐 좀 물어봐도 되겠습니까?

— 어떤…….

— 내가 알기로는 지금 이곳은 고난의 행군 시기라고 하는데……. 사람들이 먹을 게 없어 아사하는 경우가 있다는데, 사실인가요?

— …….

— 정말로 굶어 죽는 사람이 있나요?

나의 질문에 답을 않던 전정숙이 입을 열었다.

— 네 선생님, 사실입니다. 굶어 죽은 인민들을 다시 먹기도 합니다. 먹을 게 너무 없어서요.

— 뭐라구요? 어찌 그럴 수가……?

나는 놀라서 머리털이 쭈뼛해졌다.

— 그렇습니다. 진실입니다. 저는 오늘 선생님께 너무나도 큰돈을 받았습니다. 꿈속에서 본 사람과 강 선생님이 똑같았기에 받은 겁니다.

— 사람이 사람을 어떻게…….

— 사실 지금 우리 공화국은 살아가기 매우 힘듭니다. 굶어 죽는 사람이 많습니다. 길에서도 보입니다. 누워 있으면 죽은 사람입니다. 농촌은 더 심합니다. 아이들이 죽어 나가면 어른들이 그 아이를 삶아 먹습니다.

나는 갑자기 속이 울렁거렸다. 어지럽고 곧 토할 것만 같았다.

— 저도 먹지 못해 이렇게 말랐습니다.

해설원 여성들이 늙어 보이는 이유가 있었다.

— 많이 먹어야, 영양가 있는 음식을 먹어야 할 텐데요.

나는 진심으로 말했다. 그녀가 불쌍했다.

북한 사람들 모두가 불쌍했다.

그녀와 만폭동을 내려오면서 본 모든 폭포는 올라올 때와는 다르게 굉음을 내고 있었다. 비가 온 뒤가 더욱 세차게 물을 쏟아내고 있었던 것이었다.

그녀는 최재경과 이효준이 기다리고 있는 곳에 가까워져 오자 내게 다가와 말했다.

— 선생님을 다시 한번 더 볼 수 있게 되길 희망합니다. 그날을 기다리고 있겠습니다. 꼭 다시 오실 줄로 믿고 있습니다.

그렇게 인사말을 한 후 전정숙 해설원은 곧 사라졌다. 나는 기분이 묘했다. 오랜 만남을 가졌던 사람과 이별하는 느낌이 들었다.

우리 일행은 이어서 천년 사찰로 불리는 '보현사'에 들렀다. 북한의 유명한 절이었다. 묘향산에서 제일 큰 사찰이었다. 고려 현종 때 세워져 임진왜란 때 많은 활약을 한 사찰이다. 서산대사가 임진왜란 때 승병을 일으킨 곳이었다. 삼국사기를 쓴 김부식의 글이 새겨져 있다.

나는 불교 신자다. 우리 가족은 모두 불자다. 반야심경 정도는 외고 있다. 나는 최재경 일행과 대웅전에 들었다. 나는 불전함에 한국 돈 3만 원을 넣고 부처님께 삼배를 올렸다.

— 강 선생님, 우리 스님은 달러를 좋아합니다. 남조선 돈은 쓸 데가 없습니다.

이효준이 웃어 보였다.

— 강 선생님, 다른 절에 또 가시더라도 엎드려서 절은 하지 마십시오.

대웅전에서 나오니 최재경이 조용히 내 귀에 대고 소곤거렸다.

— 왜요?

— 이곳에서는 오직 수령님께만 절을 합니다.

— 아, 알겠습니다.

　사회주의는 종교를 아편으로 본다. 마약이어서 정신을 마취시키고 이성을 마비케 하는 것이 종교라고 치부한다.

　그런데, 북한의 종교는 주체사상이었고, 수령은 신이었다. 우상화의 최고조에 다다른 국가가 북한이었다.

　우리 일행은 보현사 경내에서 서산대사의 존영이 모셔진 사당을 둘러보았다. 그리고 팔만대장경을 친견했다. 나는 대장경 친견을 마치고 기념품 센터에 들어갔다. 기념품 가게에서 차를 한 잔 마시고 있는데, 보현사 여자 해설원이 내게 다가왔다. 그녀는 명승옥이라고 자신을 소개하고는,

　— 남한 선생님! 아까 대웅전에서 부처님께 절을 하셨는데 정말 부처님을 믿으십니까?

　하고 물어왔다.

　— 네, 그렇습니다. 아버님께서 스님이십니다.

　— 정말이세요? 제 아버님도 스님이십니다. 제가 보현사에서 복무를 하고 있는 이유가 불자 집안이기 때문입니다.

　— 아, 그렇군요, 반갑습니다. 우리는 하나입니다. 같은 불자 집안입니다.

　나는 그녀에게 스님이 준 불교 배지 한 개를 건네줬다.

　— 감사합니다. 선생님이 주신 귀한 선물로 잘 간직하겠습니다.

　명승옥이라는 해설원에게서 어떤 기운이 느껴졌다. 한국에서라면 그녀는 큰 무당이 될 수도 있지 않을까, 하는 생각을 했다. 그녀의 얼굴도 무당 같은 인상이었다.

그녀는 내게 보현사 글이 새겨진 목탁 한 개와 염주를 선물했다. 나는 기념품 센터에서 묘향산 폭포가 그려진 조선화 세 점을 구입했다.

그리운 고향, 해설퍼 금빛

넓은 벌 동쪽 끝으로
옛이야기 지즐대는
실개천치 회돌아나가고
얼룩백이 황소가 해설퍼 금빛
게으른 울음을 우는 곳
그곳이 차마 꿈엔들 잊힐리야
　　　　　　─ 정지용, 〈향수〉에서

　　보현사 경내를 돌아 내려오니 폭포수 소리가 상쾌하다. 내 고향에도
이와 비슷한 절이 있다. 속리산 속리사, 친구가 주지로 있는 사찰이다. 법
주사보다 먼저 불사가 이뤄졌지만, 6·25 때 불에 타 전소됐다. 친구가 절
터를 매입했다고 한다. 자그맣게 불사를 시작하고 있는데, 계곡 소리며
숲의 향기며 꼭 이곳 보현사와 비슷한 느낌이다. 어머니가 아프실 때, 함
께 다녀온 생각이 났다. 어머니와 나는 법당하고 산신각에서 정성껏 기
도를 드리고 하산했었다. 어머니께서 연신 고맙다고 말씀하셨다.
　　문득 정지용의 〈향수〉가 떠오른다. '넓은 벌 동쪽 끝으로 옛이야기 지
즐대는 실개천이 휘돌아나가고……'
　　정지용도 월북했다. 충북 옥천에서 태어난 정지용은 우리 현대 시의
주춧돌을 세운 시인이다. 그의 시에 영향을 받지 않은 현대 시인이 없을

정도로 우리 시의 새로운 전통을 세웠다고 할 수 있다. 그는 광복 후 좌익 문인 단체인 조선 문학가 동맹의 아동문학 분과의 위원장이었지만, 우익 단체인 보도연맹에 가입하여 활동했다. 6·25전쟁 때 납북되어 가는 중에 동두천 전투에서 폭격으로 사망했다는 증언이 있고, 평양에서 문학 위원으로 활동하다 숙청되어 탄광에서 힘겹게 지내다 돌아가셨다는 연구도 있다. 북한의 조선대백과사전에 정지용 사망일이 9월 25일로 쓰여 있고, 북한 문인에 대한 해금 조치 이전에 정○○ 시인이라고 표기된 것으로 보아 전쟁 이후 남한에 있던 것은 아니었으리라 본다.

나의 고향 청주도 생생해진다. 어머니 모습도 어른거린다.

어머니······.

우리는 청천강변에서 한 시간 정도 보낸 후 영빈관으로 돌아왔다. 영빈관의 큰 방으로 안내됐다. 그곳은 주빈들의 식당이었다. 테이블 주위로 자개 병풍이 둘러쳐 있었고 식탁에는 산해진미가 푸짐하게 차려져 있었다. 고난의 행군기의 어려운 시기에 이런 음식을 먹는다는 것이 조금 부끄러웠다.

나는 술을 꺼냈다. 베이징에서 가져온 로열 살루트였다. 최재경과 이효준, 그리고 나는 양주를 한 잔씩 하면서 만찬을 즐겼다. 나는 술이 약해서 그들이 따라 주는 두어 잔의 술에 벌써 취기가 돌았다.

우리의 식사 시중을 드는 해설원은 이선미라고 하는 여성이었다. 그녀는 스물두 살로 서재골 초대소 장민철의 애인이었다. 초대소에서 묘향산으로 올 때, 장민철이 내게 여성에게 전해 달라는 편지의 수신자가 이선미였던 것이다. 내가 편지를 전하자 그녀는 편지를 빠르게 훑어본 후 씨익 웃었다.

— 연애편지인가 봅니다?

— 아닙니다. 선생님들을 잘 모시라는 내용입니다. 호호호.

— 강 선생님, 평양 생활과 오늘 묘향산에 오신 기분이 어떻습니까?

이효준이 건배를 제의하면서 나에게 물었다.

— 리효준 선생님께서 특별히 애를 쓰시고 친절히 보살펴주셔서 좋습니다. 편안하고 즐거운 시간 보내고 있습니다.

나는 한 잔 마시고 이효준에게 로열 살루트를 따라 주었다.

— 리 선생님, 묘향산은 정말 아름다운 산입니다. 신묘한 기운이 느껴지는 영산입니다. 그런데 묘향산 곳곳에 많은 구호가 있더군요. 바위에 붉은 글씨로 구호를 써놓았는데, 혹시 외국 관광객들은 이런 모습을 어떻게 보고 있습니까?

나는 취기를 빌어 물었다.

— 바위에 쓴 글씨에 대해 말하는 사람들도 있고 묻지 않는 사람들도 있습니다. 큰 문제 없습니다.

이효준이 내 질문이 좀 당돌하다는 듯이 나를 빤히 쳐다보고 말했다.

— 저는 이번에 평양에 와서 조선이라는 나라에 구호가 필요하고, 이렇게 존재하고 있는 역사를 이해하려고 합니다. 구호는 하나의 혁명을 위한 것인데 지금과 같은 온갖 구호들이 얼마나 더 존재해야 할는지요?

취기를 빈 내 말은 내 솔직한 마음이었다.

— ……

이효준은 아무 말이 없었다. 최재경이 술잔을 만지작거리며 테이블 모서리를 응시했다. 내 말에 귀를 기울이는 듯싶었다. 나는 계속 내 생각을 쏟아냈다.

— 리효준 선생님, 제가 이런 말씀을 드리는 것을 정치적 언동이라고 생각하지 말아 주십시오. 제 생각으로 이런 구호들 없이도 사회주의는 운영이 될 수 있다고 보기에 드리는 말씀입니다.

— 강 선생님의 말씀은 충분히 이해합니다. 이렇게 솔직한 심정과 느낌을 들려주시는 것을 뜻깊게 생각합니다. 우리 사회주의는 역사가 짧다 보니 자본주의 국가들보다 못 사는 것은 사실입니다. 그러나 우리는 나태하지 않게 자기 자신을 통제하며 앞으로 더 싸워나가면서 열심히 자력갱생으로 살려고 모든 인민이 노력하고 있습니다.

이효준이 나를 설득하려는 모습이 언짢지 않았다. 술기운으로라도, 나는 북한의 체제에 대한 북한 관리들의 솔직한 마음을 전해 받고 싶었다.

— 이효준 선생님, 많은 사회주의 국가들이 사회주의를 포기했습니다. 제 생각으로는 오직 이곳 평양 조선만이 사회주의를 고수하고 있는데 그것을 계속 고수해야 할 이유가 있습니까?

— 쓰러진 사회주의 국가들과 우리식 사회주의는 다릅니다. 위대한 수령님께서는 일찍이 주체사상에 의한 우리식 사회주의를 해 오셨기 때문에 다른 사회주의 국가가 다 무너져도 우리는 끄떡없는 겁니다. 사회주의를 포기한 나라들은 모두 거지가 되었지만 우리는 이렇게 건재하고 있는 겁니다.

이효준과 나의 대화를 조용히 듣고만 있던 최재경이 입을 열었다.

— 강 선생님, 이 좋은 산속에 와서 무슨 그런 재미없는 이야기를 하십니까? 자, 우리 술이나 즐겁게 마십시다.

남과 북의 근원적인 이념의 갈등이 서로 적대적 관계로 변했듯이 이러한 정치적인 대화가 자칫 잘못 다툼으로 이어질까 봐 최재경이 우려했던가 보았다.

이효준이 또 말했다.

— 아닙니다. 최 사장 동지, 지금 강 선생님은 아주 소신 있게 말하고 있습니다. 우리에게 우리 사정을 물었을 때 무조건 우리 사회주의가 좋다고만 평가하지 못하게 강 선생님이 아주 재치 넘치게 말씀하시는구만요.

그렇게 말하는 이효준의 얼굴을 보니 그는 그렇게 기분 나쁜 표정은 아니었다.

이효준은 그제야 취기가 도는지, 이선미 해설원을 불러 노래 한 곡을 청했다.

이선미 해설원은 〈여성은 꽃이라네〉와 〈고향의 봄〉 두 곡을 불렀다. 이효준과 최재경도 한 곡씩 불렀다. 나는 〈고향무정〉을 불렀다. 가사를 바꿔 평양을 뜻하는 노래를 불렀다. 평양을 고향으로 은유하는 가사가 마음에 들었는지, 거기 있는 사람들이 웃으며 손뼉을 쳐 주었다.

측백나무가 춤을 추고, 폭포가 노래했다. 묘향산의 밤은 그렇게 흥취로 넘실거렸다.

눈을 뜨니 새벽 네 시였다. 날이 밝아오고 있었다. 검은 하늘 동쪽이 청

푸르게 변하고 있었다. 영빈관으로 흘러들어 오는 계곡의 물소리는 더욱 청량했다. 자연은 이렇게 아름답다. 아름다움은 자연다운 것이었다. 가장 아름답지 않은 것은 인간의 추한 문명, 그 중에서 욕망의 이데올로기였다.

나는 밖으로 나왔다. 이효준이 영빈관 경내를 거닐고 있었다.

— 강 선생님, 묘향산에 영험한 약수터가 있으니 물 마시러 갑시다.

— 어제저녁 술에 취해 실례한 것 같습니다. 언짢으셨다면 이해해 주시기 바랍니다.

— 일없습니다. 강 선생님은 술이 약하신 모양입니다.

이효준은 영빈관 경내를 천천히 앞서 걸었다.

— 강 선생님, 제 자식으로 아들 둘이 있습니다. 모두 강합니다. 강 선생님은 자녀가 어떻게 되십네까?

— 저도 아들 둘이 있습니다. 공부는 웬만큼 합니다.

나는 이효준을 따르며 말했다.

그가 내게 갖는 관심은 사회주의 체제, 주체사상 등이 아니었다. 현실 문제였다. 당장의 생활 문제였다. 가족의 화목과 건강, 아이들의 미래, 기회 균등한 사회 같은 소소한 것이었다. 그도 나처럼 이데올로기를 좋아하지 않는 것 같았다.

우리는 약수터에서 물을 마셨다. 나는 약수터 아래로 내려가 기념으로 돌을 주웠다.

영빈관으로 돌아온 우리는 곧장 식당으로 안내됐다. 아침 식사 메뉴는 조선 명탯국이었다. 시원했다. 해장으로는 최고의 요리였다. 지난 저녁때

마신 숙취가 말끔히 가셔왔다.

식사 후 잠시 휴식을 취한 다음, 김일성 별장으로 향했다. 김일성 별장 부근에 있는 '국제친선전람관'을 들어서는 순간, 나는 그 장엄함에 놀랐다. 산속 깊이 그러한 건물이 세워졌다는 사실이 믿기지 않았다.

'국제친선전람관'은 1978년에 완공되면서 공개되고 있다. 2800평방미터의 건평에 대리석으로 세운 6층짜리 건물이다. 목재는 일절 없고 대리석으로만 지었다는데, 꼭 목재 질감이 났다. 보기에도 그렇고 촉감도 그렇다.

창문은 없었지만 마치 있는 듯 보였다. 햇빛, 습도, 온도의 조절이 자동 시스템으로 관리된다고 한다.

— 위대한 전람관은 수령님의 지시로 인민들이 지었습니다. 우리 공화국의 자랑입니다.

이효준이 말했다.

— 여기에는 세계 170개국에서 위대한 수령님께 보내온 선물이 전시돼 있습니다. 2만 5천 점 됩니다.

나는 이효준을 따라 전시관을 돌았다. 백여 전시장이 있었다. 모두 돌아보는 데 두 시간이 넘게 걸렸다.

참관을 마치고 6층 건물 옥상에 오르니 묘향산이 떡 하니 앞에 서 있었다. 풍수를 잘 모르지만, 이 자리가 명당임이 틀림없었다. 그런 힘이 느껴지는 공간이었다. 나는 옥상에 있는 기념품 센터에서 금강산 담배 한 보루를 샀다. 이효준에게 선물로 줄 요량이었다.

점심때가 되어 나는 이효준이 안내하는 장소로 따라갔다. 최재경이 정했다는 이효준의 설명이었는데, 특별한 장소였다. 바로 묘향산 비로봉 계곡이었다.

가든 파티장처럼 보이는 야외 식당에 숯불구이 장비가 차려져 있었다. 계곡물 소리가 철철, 청량하게 들리고 햇살이 수풀 사이로 식탁을 내리쏘고 있었다.

— 오늘 점심은 특별합니다. 비로봉 계곡에서의 소고기 숯불구이입니다. 강 선생님 입맛에 맞을지 모르겠습니다.

최재경이 약소한 자리라는 듯이 말했지만, 정말 특별한 오찬 자리였다.

— 감사합니다. 이런 준비를 해주신 모든 분들께 감사할 뿐입니다.

나는 진심으로 감사했다. 고난의 행군기라는 북한의 힘든 시기에 이런 호사를 누린다는 사실이 부끄러우면서도 나를 대접해 주는 북한 측의 배려가 고맙지 않을 수 없었다.

— 위대한 령도자 김정일 장군님께서 지시하셨습니다. 정중히 모시라고 말입니다. 특혜로 생각하십시오.

최재경이 말했다.

— 감사합니다. 잘 먹겠습니다.

자연보호를 외치면서도 야외에서 숯불을 굽고 접대하는 북한의 배려가 놀라우면서도 북한 인민들에게 미안했다. 지금도 굶어 죽어 나가는 인민들이 있을 텐데, 이렇게 소고기를 구워 먹는 내 입이 한심스럽기도 했다.

화려한 오찬을 마치고 자리에서 일어서려는데, 한 여성 해설원이 다가
왔다. 그녀는 어제 만폭동 구층 폭포를 내게 안내했던 전정숙이었다.

— 강 선생님, 제가 선생님께 선물을 드리고 싶습니다. 약소하지만 묘
향산 다녀가신 증표로 드립니다.

전정숙이 그렇게 말하며 손에 들고 있던 것을 내게 전해 주었다. 그녀
가 건네준 것은 돌이었다. 묘향산 돌 세 개.

— 감사합니다.

작은 돌이 단단하고 매끈했다.

— 소박합니다. 강 선생님, 꼭 다시 뵙기를 바랍니다.

전정숙은 돌을 주고 달아나듯 빠르게 자리를 떴다. 부끄러운 모양이었
다.

— 전정숙 동무가 강 선생님을 좋아하는가 봅니다. 특별한 선물을 주
었단 말입니다.

최재경이 말하며 손뼉을 쳤다. 이효준도 따라 박수를 쳤다.

나도 순간 마음이 흔들렸다. 마치 오랜 만남을 가진 애인과 이별하는
듯한 아쉬움의 애틋함이 일었다. 전정숙이 내게 전한 돌멩이는 사랑의
징표처럼 여겨졌다.

점심 식사를 마치자마자 우리는 묘향산을 뒤로하고 평양으로 다시 향
했다. 일 박 이 일 동안의 짧은 묘향산 일정이었지만 나는 소중한 추억을
남겼다.

묘향산을 떠난 우리의 벤츠 차량은 고속도로로 진입하지 못했다. 트럭 한 대가 도로변에 전복되는 사고가 발생한 것이다. 그 차량을 견인하느라 시간이 많이 흘렀다. 우리는 도로에서 세 시간 정도 멈춰 있었다.

아무런 움직임이 없어도 나의 시선은 바빴다. 나는 북한의 모습을 눈여겨보면서 기억에 담아 넣었다. 트럭에 올라탄 북한 사람들, 도로를 횡단하는 어린이들의 행군, 노역에 동원된 인민들의 모습을 꼼꼼히 살펴보았다.

일반 트럭과 군 트럭 모두 많은 인민이 타고 이동하고 있었다. 앉아 있는 사람, 서 있는 사람 대부분 졸고 있었다. 내가 타고 있는 벤츠를 신기하다는 눈으로 보는 사람이 있었는데, 나와 눈이 마주치자 급히 시선을 돌렸다. 그들은 아마도 나를 재외 동포쯤으로 보리라······.

나는 인민들에게 다가가 "사회주의 세상이 살만합니까? 주체사상이 그렇게 좋습니까?" 하고 묻고 싶었다. 그러나 그 물음은 내 마음속에서만 울렸다.

북한 인민들에게 주체사상은 무엇일까. 김일성은 혁명을 통해 사회주의 체제를 구축했다. 그 후, 반체제 인사들은 숙청해나갔고 자신의 왕국을 세워나가며 견고히 했다. 그런 다음 아들에게 권좌를 물려주었다.

주체사상이라는 국가 이념은 아들에게 권력을 이양하는 방법론일 뿐 아닐까. 남한의 약탈적 자본주의 체제를 비판하면서 권력을 옹호하는 논리로 사용하는 것은 아닐까.

문득 《광장》의 이명준이 떠올랐다. 최인훈의 장편소설 《광장》의 주인공 이명준은 남한에서 대학생 시절을 보내다가 월북한다. 6.25 전쟁 후 인민군 포로가 됐다가 제3국으로 향하는 배 안에서 행방불명된다.

이명준은 남한에서 아버지 친구의 딸인 윤애를 사랑하면서 삶의 참맛을 알게 된다. 그러나 경찰서에 불려가 고문을 당한다. 아버지가 이북 대남방송에 나오기 때문이었다. 이념이 사랑을 막고 있다. 이명준이 북한으로 넘어갈 동기가 충분하다. 이데올로기가 사랑보다 강하다면 그것의 실체를 찾아보려는 것이다.

그러나 북한 또한 진실된 삶은 없었다. '인민 위에 내리누르는' 억압의 분위기만 가득하다. 숨이 막힐 것 같을 때, 전쟁이 터진다. 북에서 만난 은혜를 깊게 사랑한다. 이명준은 자신의 존재 이유를 알게 된다. 사랑만이 살아갈 이유다. 그런데, 은혜의 전사 소식을 듣는다. 포로가 된 이명준에게는 삶의 의미가 없어진 것이다. 그는 북한과 남한 모두 비판하는 상황의 자신을 떠올린다. 그는 중립국으로 가는 배를 따라오는 갈매기 두 마리가 은혜와 딸이라는 환상에 빠진다. 이명준이 환상을 좇아 바다에 투신하는 장면으로 《광장》은 끝난다.

나는 청년 시절, 최인훈의 《광장》을 인상 깊게 읽었다. 《광장》은 우리 현대사를 압축해놓은 작품으로 보였다. 주인공 이명준은 일제강점기를 벗어나고 지금까지의 우리 젊은이를 상징하고 있다는 생각이 들었다. 나 또한 마찬가지 아닌가. 이명준에게 억압과 환멸은 이데올로기였듯이 나도 그랬다.

우리가 타고 있는 벤츠가 정차하는 시간이 길어지고, 주변에서 아이들도 몰려왔다. 아이들은 확실히 발육이 부진해 보였다. 입고 있는 옷은 거의 걸레와 다름없었다. 남한의 나이트클럽 무대에 나오는 각설이와 같은 차림이었다.

길 한쪽 편에서는 중고생 차림의 학생들이 행군하고 있었다. 앞에 대형 깃발을 든 학생이 걸었고, 뒤로는 '광복천리길 답사단'이란 큰 현수막을 들고 학생들이 따랐다.

50여 명의 학생이 대오를 정비해서 걷고 있는 모습을 보고 나는 놀랐다. 깡마른 체구가 검게 그을려 있었다. 어깨에 걸머진 배낭에는 '인내, 충성, 혁명, 주체, 맹세'라는 구호들이 붙어 있었다. 전쟁 영화에서 보던, 빨치산 유격대원들의 차림이었다. 아이들의 표정에서 살벌한 분위기가 감돌았다.

나는 다시 《광장》이 생각났다. 전쟁이 막바지에 이른 시기, 이명준은 빨치산처럼 산속 동굴에서 은혜를 만나고 있다. 이명준이 몸을 숨길 수 있는 최적의 장소는 동굴이다. 이명준에게는 동굴이 광장으로 생각됐다. 세상에 나오기 전의 아기집 같은 동굴, 그 속에서 은혜와 사랑을 나눈다. 죽음이 널려 있는 전쟁터, 은혜는 이명준만의 광장이다. 포로가 되기 전, 이명준의 삶에서 최종의 장소는 어쩌면 동굴뿐이었는지 모른다. 그는 동굴에서의 사랑만이 자신의 청춘이었고, 그 장소에서만 유일하게 행복을 얻었다. 그에게 동굴은 세상의 끝이면서 세계의 시작이었을 것이다.

평양으로 향하는 고속도로에 비가 세차게 내렸다. 벤츠는 비를 맞으며 부드럽게 나간다. 비를 맞는 사람들, 인민들은 비를 맞으며 열심히 일하고 있다. 오늘은 일요일임에도 휴식 없이 노역에 시달리는 모습이다. 속도 전이라는 구호 아래 '천 삽 뜨기, 만 삽 뜨기'를 실천하고 있었다.

평양 시내에 접어들자 빗방울이 적어졌다. 잠시 후 차가 멈추자 비도 멈추었다. 산과 들에는 나물을 캐는 여성들이 보였다. 어제는 보지 못했는데, 그녀들은 논 김매기 작업장에서 삼삼오오 모여앉아 토론하고 있었다. 도로변에서는 어린이들이 꽃을 심고 있는 모습도 보였다.

서재골 초대소에 도착한 시간은 오후 6시 반이었다. 저녁 식사를 위해 식당에 들어서니, 낯선 사람이 나를 미소로 반겨 주었다.

— 강 선생, 반갑습니다. 평양에 오신 강 선생을 진심으로 환영합니다. 리병식 동무로부터 보고 받았습니다. 내레 장철민이외다.

그는 손을 내밀어 악수를 청했다. 나는 그의 이름을 익히 들어 알고 있었다. 그는 북한 조국평화통일위원회 부위원장이었다. 내가 만난 북한의 인사들 중에서 가장 고위직 인물이었다.

— 반갑습니다. 평양에 초청해 주셔서 감사드립니다!

나는 악수를 하며 깍듯이 인사했다.

— 강 선생, 첫인상이 참 좋습니다. 눈이 작은 게 나하고 비슷하구만요. 허,허, 허.

내가 알기로 장철민은 63세였지만 나이를 알 수 없도록 젊어 보였다. 아마 머리를 염색하고 군복을 입고 있어서 그렇게 보인 모양이었다.

— 네, 그렇게 봐주셔서 감사합니다.

— 강 선생이 우리에게 보여주려고 가져온 자료를 봤지요. 내레 꼭 만

나야 할 인물로 판단하지 않았같소? 오늘 강 선생님을 꼭 만나려고 했습니다.

— 장철민 부위원장님, 만나 뵙게 돼서 영광입니다.

— 강 선생, 자료 중에 파란 눈깔들이 나오는 사진이 있던데…… 우리 공화국 주재 러시아 대사관 사람들이더군요. 이번에는 안 되고 다음에 또 오시면 그 사람들을 만나게 해드리겠습니다.

— 네, 감사합니다. 러시아 서기관과 좀 알고 지냅니다. 지금 제가 평양에 온 것을 알면 그는 반갑게 달려올 것입니다.

— 알고 있습니다. 강 선생은 우리 조국을 왕래할 수 있지요. 아무 때고 오셔도 문제 없습니다.

그가 말한 파란 눈의 사나이는 내가 1990년 10월 서울 용산구 한남동에서 만난 러시아대사관 1등서기관인 '세르게이 드보르니코프'였다.

— 그렇게 합시다래. 자, 이제 우리 만남을 축하합시다. 건배합시다.

장철민은 식탁에 놓인 인삼주를 들어 잔에 따랐다. 최재경과 이효준, 이근호와 나도 빈 잔에 술을 채웠다.

— 당과 인민의 위대한 영도자이신 경애하는 김정일 장군님의 건강과 강 선생님의 건강을 위하여 건배!

장철민이 잔을 높이 들고 건배사를 외쳤다.

— 건배!

— 건배!

모두 건배하고 잔을 비웠다.

— 강 선생님, 평양 보신 소감이 어떻습네까? 여정이 짧아 부족했겠지

만 우리는 최대한 반겼다고 봅니다.

장철민이 나를 빤히 바라보았다.

— 아주 좋았습니다. 배려에 감사드립니다.

내가 말했다. 솔직히 나는 감사했다. 평양에 오기 전에 여러 정보를 미리 알아두었고, 머릿속에 평양을 그려보았지만 이렇게까지 나를 환대할 줄을 몰랐다.

— 조평통 국장에게 보고를 받았습니다. 강 선생이 〈만경대소년궁전〉에 가서 '조국통일'이라는 글씨를 받으려고 우정 서울에서 종이를 가져왔다고 말입니다. 그 점이 우리를 감동을 줬단 말입니다. 참으로 재미있고 멋진 분 아닙네까!

장철민이 환하게 웃었다.

— 네, 저는 글과 그림을 수집하는 것을 좋아합니다. 글씨처럼 북과 남, 남북통일은 저의 간절한 소원입니다.

나도 장철민에게 미소했다.

— 강 선생이 가지고 온 사진 자료집은 위원장님도 보셨습니다. 지금은 장군님께서 보고 계실 것입니다. 강 선생님은 장군님의 기억에 남는 인물입니다. 축하드립니다. 강 선생님, 대단한 영광으로 생각해달란 말입니다.

— 네……, 알겠습니다……, 감사합니다.

나는 더듬거렸다. 북한 최고 지도자 김정일이 나를 검토하고 내 업적을 예의주시하고 있다니…….

— 지금 우리 인민들은 남조선 김영삼에게 깊은 앙금이 있습니다. 강

선생도 잘 알겠지만 미국 대통령 카터가 아주 귀중한 북남 간의 정상회담을 연결했는데, 불행하게도 우리 수령님께서 서거하시면서 회담이 불발되었습니다. 그렇다면 김영삼은 도리상 조문단을 보내야 했습니다. 수령님을 생각한다면, 우리 인민을 생각한다면 말입니다.

술기운 때문인지 장철민은 목소리 톤이 조금 높아졌다.

— 하지만 그는 오히려 다른 조문단의 평양방문을 방해하는 행태를 보였습니다. 김영삼이 조문단과 함께 평양에 왔다면 그는 영웅이 되고 북남관계는 매우 좋아졌을 것입니다.

장철민의 어조가 아까와는 완전히 달라져 있었다. 분위기가 차가웠다. 나는 다시 긴장했다.

— 미국 대통령을 역임한 카터도 이곳 평양에 와서 위대하신 우리 수령님을 뵙고 세계의 위인으로 평가를 했단 말입니다. 남조선과의 통일을 위해 위인을 김영삼과 만나게 하려고 한 것입니다. 그때 우리 수령님께서도 카터의 중재 안을 수락하여 1994년 8월 15일 백두산 정상에서 북남회담을 하려고 한 것이란 말입니다. 북남 수뇌회담만 이루어졌으면 북남 간 관계는 상당한 변화가 있었을 거란 말입니다.

— 네, …… 저도 그렇게 생각하지만, 한편으로는…… 우리나라 사정이……, 국민 정서도 고려해 봐야 할 터여서…….

나의 더듬거림이 장철민의 마음에 들지 않았던 모양이다. 그는 더 강하고 빠르게 말을 이어나갔다.

— 지금 조국 통일 전쟁을 한다면 우리가 반드시 이깁니다. 우리는 40개의 핵무기, 포 등이 있습니다. 단 두 시간이면 남조선을 전멸시킬 수 있

습니다. 이런 무기들은 모두 우리 스스로가 만든 겁니다. 그러나 우리는 위대하신 수령님의 유훈을 받들어 절대로 전쟁은 하지 않습니다. 오직 자주적 평화통일을 하는 것이 우리 조선의 뜻이고 우리 조평통의 임무입니다.

냉랭한 분위기는 나를 두렵게 했다. 핵전쟁, 전멸 등의 단어가 무겁게 그의 입에서 튀어나와 나의 가슴을 쳐댔다.

― 리웅평에 이어 리철수가 남조선으로 넘어갔는데 그놈은 아주 죽일 놈입니다. 우리는 남조선에다 그놈을 죽이라고 명령해 놓았습니다. 무조건 그놈만 죽이면 누구든지 렬사 칭호를 주고 훈장도 수여하고 최고의 영웅 대우를 해 줄 겁니다. 그놈이 남조선에서 돈을 받으려고 거짓 정보를 말한 것을 강 선생은 믿고 있습네까?

장철민이 말하는 내용과 어조가 나를 압박하려는 태도라지만 지나치지 않나 싶었다.

― 저는 그 사람에 대하여는 아무것도 모릅니다. 제가 어떻게 알겠습니까?

그가 나를 의심하는 것 같아 나도 조금 강하게 말했다.

― 소년예술단 공연을 성공시키십시오. 강 선생님이 이번 평양방문에서 우리 측에 요구하는 의향서는 다음에 드리겠습니다. 소년예술단 말고 기타사업에 대한 것 말입니다. 그것은 시간과 절차가 필요합니다. 일단 흥미를 느끼고 있습니다. 우리 측 관계분야에 지침을 주었고 연구와 검토를 하게 했습니다. 연구 결과가 나오면, 최고사령관이신 장군님의 수표를 받아 의향서를 전달해 드리겠습니다.

장철민이 다시 부드럽게 말했다. 완전히 다른 사람 같았다.

— 네 부위원장님, 꼭 기다리고 있겠습니다. 말로만은 사업이 진행되기 어렵습니다. 꼭 도와주시기를 바랍니다.

나도 톤을 낮춰 말했다.

— 강 선생님이 분명 알고 계셔야 할 것이 있습니다. 반드시 북남 통일은 이뤄진다는 사실입니다. 하지만 그 통일은 제3국의 힘을 빌려서 이룬다는 생각은 버려야 한단 말입니다. 우리 북남 당사자들만이 풀어야 할 과제입니다. 그런 뜻에서 우리가 강 선생님에게 제안한 북남 간의 통일원 실무자들의 비밀접촉도 통일을 위한 협의로 봐야 합니다. 남쪽 안기부에서 절대 몰라야 한단 말입니다. 청와대도 몰라야 합니다. 단 통일원만 단독으로 알고서 비밀접촉을 갖기로 합시다. 우리는 강 선생님만 믿고 있기에 부탁을 드리는 것입니다.

장철민 부위원장의 통일을 향한 각오와 다짐은 대단했다. 그는 약간 다혈질적인 성격인 듯싶었다.

잠시 침묵이 흐르고, 그가 나에게 신문 하나를 건네주었다.

— 이 신문 좀 보시라요.

— 네.

신문을 받아서 펼치니, 6월 20일 자 중국 〈길림신문〉이었다.

— 강 선생님, 경력이 아주 화려하시더군요. 아주 훌륭한 일을 하고 계십니다. 좋습니다.

최재경, 이효준 등 참석자들과 해설원 여성들이 손뼉을 쳤다.

〈길림신문〉 사회면에 내가 대문짝만하게 실려 있었다. 〈장춘진달래소년예술단〉 공연 관련 내 인터뷰 기사였다. 공연 준비와 성황리 마친 공연, 중국에서의 반응 등등을 대담으로 꾸민 기사였다.

내가 평양에 머무는 중에 기사화된 모양인데, 장철민 부위원장이 그 기사를 본 것이었다.

— 축하드립니다. 강 선생님, 장하십니다.

그들과 헤어지고 내 방에 들어와 나는 여느 때처럼 화장실에서 하루의 일과를 깨알같이 적었다. 내 인터뷰 기사가 실린 길림신문을 북한 땅에서 마주할 수 있었다는 사실에 나는 놀랐다.

내가 금단의 땅에서도 유명인사가 되다니…….

내 생애에 있어 큰 사건으로 기억될 일이었다. 이들은 〈길림신문〉 말고도 〈요령신문〉에 보도된 내 기사를 보았다고 말했다. 역시 신문보도의 위력은 대단했다. 이 기사가 나의 평양방문을 순조롭게 해 주었고, 이 보도가 평양 기행을 무리 없이 할 수 있게 해 주었다.

평양에서 보는 달, 고향과는 다른 달

봄날에 달을 잡으러
밤을 기어 하늘에 올랐더니
반쯤만 얼굴을 내다보면서
꿈이 아니었더라면 어떻게 왔으랴
　　　　　— 주요한, 〈봄달잡이〉

　　평양 체류 7일째를 맞는 6월 24일, 최재경이 나를 초대소 밖으로 데리고 나갔다.

　　— 강 선생님, 어제저녁 장철민 부위원장 동지가 선생님을 찾아온 것은 좋은 징조입니다. 앞으로 일이 잘되리라 봅니다.

　　— 그런 것 같습니다. 최 사장님.

　　— 장철민 동지는 아주 도도하고 오만한 사람입니다. 절대로 자기 아래 사람은 만나주지도 않습니다. 그런 사람이 이곳 초대소로 찾아와 강 선생님과 함께 식사도 하고 술에 취해 기분 좋게 돌아갔습니다. 모두 긍정적으로 보셔도 된단 말입니다.

　　— 모두가 최 사장님 덕분입니다. 감사합니다.

　　— 소득이 있겠습니다.

─ 최 사장님 협조가 아니었다면 불가능했지요.

─ 내일 우리는 평양을 떠납니다. 리효준 동지도 의향서는 이번에 드리지 못한다고 내게 말했습니다.

─ 네…… 그게 좀 아쉽습니다.

─ 심양 조선영사관에서 선생님에 관해 이상한 보고를 하는 바람에 그렇게 됐습니다. 강 선생님을 안기부 관련 첩자로 오해하면서 생긴 일입니다. 한번 지켜보자는 뜻입니다.

─ …… 그런가 봅니다.

─ 하지만 분명 앞으로 사업이 잘되리라 봅니다. 강 선생님, 저를 믿어주십시오.

─ 네 잘 알겠습니다. 최 사장님 믿고 기다리겠습니다.

나는 미소하는 최재경을 오래 바라보았다.

─ 그리고 제가 간곡하게 당부를 드립니다. 앞으로 절대 중국 조교들은 상대하지 마십시오. 모두가 스파이들입니다. 강 선생님의 사업을 방해할 사람들입니다.

─ 네, 명심하겠습니다. 꼭 그들을 조심하겠습니다.

─ 평양에서도 조평통과 보위부는 서로 원수지간입니다. 영사관 직원 모두가 보위부 직원들입니다.

─ 그렇군요. 조교들이 그런 사람들이라는 것을 저도 이번에야 알았습니다.

─ 심양 영사관의 총영사는 소련에서 KGB 공작교육을 받은 정예 첩보원입니다. 그는 현재 중국 동북 3성으로 탈출해온 조선공민 체포의 총

책입니다. 무서운 사람입니다.

최재경은 눈을 가늘게 뜨고 고개를 흔들었다. 북한 사회가 서로가 서로를 감시하는 사회라는 것을 최재경의 말로 확인하는 순간이었다.

최재경이 돌아가고 오전 일정이 시작됐다. 나는 이근호의 안내로 '애국열사능'을 참관했다. 애국열사능은 공항 가는 쪽에 있었는데 열사 343명의 비석이 세워져 있었다. 이준 열사의 아들인 이용을 비롯해 김규식, 조소앙, 조봉암, 유동열 선생 등의 비가 늘어서 있었다. 우리 인생을 치열하게 살아가신, 우리 역사의 증인들이셨다. 엄숙하고 경건해지는 기분이었다.

하룻밤만 자고 나면 평양 땅을 떠나게 된다. 나는 평양을 한 번 더 자세히 보고 싶었다. 그들의 안내가 아닌, 내가 가고픈 데로 가서 실컷 구경하고 싶었다. 실은 내가 보고 싶은 곳은 평양의 뒷골목이었다. 그리고 시장이었다. 말로만 듣던 장마당을 한 번 체험해 보고 싶었다. 사회주의 체제 안에서의 자본주의가 현실로 존재하고 있는지 직접 보고 기억해 두려 했다.

하지만 구경할 수 없었다. 안내원들이 그런 모습을 보여줄 리 만무했고, 나도 분위기상 그들에게 보여달라 하지 못했다.

안내원을 따라 마지막으로 관람한 곳은 '김일성 광장'이었다. 광장을 오가는 여러 북한 인민 중에서 여대생의 모습이 가장 생기 있어 보였다. 흰 저고리에 검정 치마 입은 젊은 여성들이 청초했다.

'대동문'도 구경했다. 대동문은 평양성 내성 중 하나로 가장 건축미가 빼어난 성문이다. 6세기 중엽에 세워졌고, 조선 중기, 선조 때 재건했다. 화강암을 정교하게 사용했고 복판에 무지개 문 길을 냈다. 1, 2층 기둥이 모두 조화롭고 견고하게 세워져 있고 대들보와 잘 물리게 했다. 은은한 단청은 여러 성문중에서 으뜸이라고 한다.

문루에는 '읍호루(挹灝樓)'라는 현판이 붙어 있는데, 읍호는 문루에서 손을 내밀어 대동강의 맑은 물을 떠올린다는 뜻이란다. 우리 성문으로 대표할 만한 작품이라 칭하고 있다. 그럴만했다. 성문치고는 정말 우아했다.

나는 평양 시내로 돌아왔다. '만년약국'이 눈에 띄어 나는 약국으로 들어가 우황청심환 다섯 통을 샀다. 천연사향이 들어 있어 좋은 약이라고, 중국에서도 소문이 난 약이었다. 어머니와 형님께 드리면 좋아하실 것이다. 평양에 다녀왔다는 말은 말고, 평양에서 온 귀한 물건이라며 선물해 드려야겠다고 마음을 먹었다.

점심은 고려호텔 부근에 있는 '청류관'에서 했다. 밖에서 볼 때와는 다르게 실내는 크고 깨끗했다. 나와 최재경이 앉은 식탁에 장철민 부위원장이 찾아왔다. 나와 최재경은 일어나 그를 맞았다.

— 아니, 어떤 일로……?

— 내레 강 선생님 다시 보고 싶어 왔습니다. 엊저녁에 술을 너무 마셔서 좀 취했나 봅니다. 기분 좋게 마셨습니다.

장철민의 높은 음성이 식당을 울렸다.

— 저도 감사했습니다.

나는 반가우면서도 한편으로 또 긴장했다.

— 오늘 강 선생님을 또 만난 것은 사업에 대한 결론을 내기 위해서입니다.

— 네, 부위원장님. 이렇게 오찬까지 마련해 주심을 감사하게 생각합니다. 사업 성공을 위해 전력을 다하겠습니다.

— 그래야지요. 우리도 열심히 돕겠습니다. 강 선생님과 해야 할 사업 말입니다. 그러니까 우리 소년예술단이 남조선에 가서 순회공연을 했을 때 우리에게 돌아오는 수익금은 얼마입니까?

장철민이 단도직입적이라는 의미로 빠르게 물어왔다.

— 이것저것 모두 살펴야 합니다. 정확히 계산해서 리효준 선생님께 서류 전달해 드리겠습니다. 대단히 큰돈이 요구되는 것은 확실합니다.

— 알갔시오. 그리고, 우리 조선 명소를 촬영해서 달력 만들자 하지 않았소? 그 사업에 대한 수익은 또 얼마나 되는지 궁금합니다.

— 그 또한 큰돈이 들어오게 됩니다. 특별한 달력이니까요. 구체적인 것은 아직 정해진 바가 없어 말씀 못 드리지만 많은 수익이 창출됨은 확실합니다.

— 그렇소, 그렇겠지요. 우리 소년예술단이 최고이지요. 우리 조선의 풍광도 세계 최고란 말입니다.

— 네, 맞습니다.

— 우리 공화국의 계획으로는 소년예술단을 포함해서 약 백 명이 남쪽으로 갈 것입니다. 물론 정치색은 띠지 않겠습니다. 강 선생이 그렇게 해 달라지 않았소? 순수 우리 예술만 보여줄 것입니다.

─ 네, 그러길 바랍니다. 정치선전은 제외되는 것이 좋습니다.

─ 그리고, 우리는 판문점을 넘어서 직접 서울로 가려 합니다.

─ 그러면 좋겠습니다. 육로로 가면 의미가 특별해집니다.

─ 우리 조선의 전통 민요와 사물놀이를 선보일 것입니다. 조선 남사당패가 특별하지 않습네까?

─ 네, 정말 최고입니다. 기예도 특출나고요.

장철민과 내 생각이 일치되면서 주고받는 말이 잘 맞아떨어져 나갔다.

─ 이번 사업은 북남 간에 지대한 영향을 주리라 믿고 있습니다. 문화교류로 말입니다.

─ 부위원장님께서 말씀하시는 그것이 제일 중요하다고 저는 생각합니다.

─ 김영삼은 재임 기간 중 우리와 아무런 대화도 없고 또 교류도 없습니다. 강 선생님이 제기하는 사업을 남조선에서는 반대하지 않을 것으로 보고 있습니다. 어쨌든 우리 이렇게 좋은 인연을 맺었으니 앞으로의 문화예술교류 사업에 대하여는 오직 강 선생님에게만 독점적인 추진 권한을 드리게 될 것입니다.

─ 네, 고맙습니다. 열심히 하겠습니다.

장철민은 계속 말을 이어갔다.

─ 그리고, 우리 공화국이 고향인 남조선 인사들 중 우리에게 경제적으로 이바지하겠다면 우리는 언제든지 그들을 공식 초청하겠습니다. 강 선생님이 좋은 사람들을 많이 소개해 주기를 바랍니다.

─ 네 그렇게 하겠습니다.

우리는 식사를 하면서 반주도 했다. 나는 취기가 조금 올라오는데, 그들은 취하지 않는 것 같았다.

식탁에서 많은 이야기가 오갔다. 주로 장철민이 대화를 주도해 나갔다. 북한이 현재 경제개발에 치중하고 있다는 사실도 자세히 이야기했다. 나진-선봉 지역에 이어 평양, 해주, 남포에도 개발 특구를 설치하게 된다는, 아직 공개되지 않은 사실을 말했다.

— 김달현 전 부총리는 요즘 무엇 하고 계십니까?

나는 최근 언론보도에 김달현 부총리 소식이 없어 그가 어찌 됐는지 궁금했었다.

— 김달현 전 부총리는 현재 장군님의 특명을 받고 순천에 있는 연합기업소의 총책 비서로 활동하고 있습니다. 그는 경제발전 연구에서 단연 선두주자입니다.

장철민이 엄지척을 해 보였다.

식탁에서 나눈 대화는 실질적이었다. 실제 업무와 관련된 주요한 정보가 오갔고, 북한의 실태도 정확히 알 수 있었다. 평양에 와서 가장 성과가 높은 자리였다.

오후에는 이근호의 안내로 〈만수대 창작사〉를 방문했다. 〈만수대 창작사〉는 대형 미술작품 제작소다. 1959년에 설립돼 지금도 북한 수뇌부의 특별 관리로 운영되는 미술창작기지다. 대부분 평양미술대 졸업생 4,000명이 작업하고 있다. 13개 집단으로 구성돼 있는데, 그중 조선화 창작단이 가장 중시된다. 다른 집단으로는 목판, 도안, 유화, 수예, 조선 보석화 창작단이 있다.

나는 3층에 있는 금강산 그림 앞에서 오래 머물렀다. 금강산의 힘찬 모습에 압도돼 옴짝달싹할 수 없었다.

나는 평양 체류 기간에 북한에서의 '4대 예술'을 보았다고 나름 정리해 봤다. 첫째는 조각, 둘째는 그림, 셋째는 영화, 넷째는 소년궁전예술단의 기예였다.

만수대 창작사를 돌아보니 북한의 미술작업단이 꼭 군대조직 같다고 느껴졌다. 집단 창작이 그럴 것이었다. 각 분야별로 조선화, 유화, 도자기, 조각, 수예 등 창작실이 있었지만, 그 위에 드리워진 사회주의 이데올로기……. 김일성 부자를 찬양하고 혁명을 고취하고 주체사상을 선전하는 그림과 구호들이었다.

서양화처럼 그리는 작품도 있고 동양화도 있었다. 서양화는 화가 개인의 '꿈'을 그리는 경우가 많았지만, 여기는 개인의 꿈보다 사회에서 필요로 하는 '힘'을 그리고 있었다.

동양화도 중국풍을 북한화했다고 할까, 중국 분위기였다. 웅대하고 활기가 넘치고 있었다. 하지만, 개인의 꿈은 보이지 않는 아쉬움이 남았다. 나는 황병호 화가의 '폭포'를 1,000달러에 구입했다.

나는 만수대 창작사를 나와 평양 시내에 있는 백화점을 구경했다. 이근호가 이끌었다. '낙원 백화점', '서장 백화점', '대성백화점' 세 곳을 보았는데 그중 대성백화점이 가장 컸다.

상품은 모두가 일본과 중국제품들이었다. 밀가루 1포대가 25kg, 외화

환전 22원이었다. 대성백화점에서였다. 내가 잠깐 화장실을 가려고 하는데 아기를 업은 삼십 대 여인이 북한 돈을 주면서 '외화 바꾼 돈 10원을 달라'고 했다. 나는 수중에 있던 25원을 그녀에게 모두 주었다. 그녀는 놀라는 표정을 짓더니 이내 수줍게 웃어 보였다.

초대소로 귀환하기 전에 마지막으로 간 곳은 〈전쟁기념관〉이었다. 기념관은 컸다. 기념관만큼 벽화 또한 컸다. 북한이 자랑하는 해방전투를 그린 벽화가 제일 거대했다. 벽화는 원형 40m로 대형 크기였다. 중앙에서는 13m 거리였지만, 회전식으로 앞의 전투 장면을 보고 있으면 그림이 서서히 돌아가 멀리 10리 밖의 전투 장면이 연출되었다. 실제 전투 상황을 보는 듯했다.

벽화를 보니 정말 북한예술은 압도적이라 할 힘이 있고, 그 힘은 크기에서부터 나온다고 생각됐다. 벽화는 40명의 일류 화가들이 협동하여 창작한 작품이라는 이근호의 설명이 있었다. 사회주의 리얼리즘은 공동 창작도 하나의 기법이라고 했던가.

초대소로 돌아오니 조평통의 이병식 국장이 나를 반겼다. 나는 그와 식당으로 안내됐다. 평양에서의 마지막 만찬이었다.

─ 내일이면 강 선생은 중국을 통해 남조선으로 돌아갑니다. 그러나 강 선생은 우리 공화국에 밀입북했기에 우리는 강 선생님을 돌려보내지 않을 수도 있습니다. 강 선생님, 그렇게 되면 어떻게 하실 겁니까?

이병식 국장이 웃는 듯 우는 듯 인상을 찌푸리며 물었다. 나는 그 말의 의도가 궁금했다.

— 네? 제가 여기서 죽을 수도 있단 말이군요.

이병식 국장의 농담 같은 엄포가 좀 싱겁기도 했다.

— 제가 평양을 못 떠나게 된다면……, 그렇다면, 예쁜 여성 동무 한 분 소개해 주시죠. 그러면 여기서 살겠습니다.

나도 가볍게 농담을 던졌다.

— 하하하, 강 선생님, 그럼 정말 이곳에서 사시겠습네까?

— 네, 그렇게 하겠습니다.

— 하하, 강 선생님 돌아가셔야지요. 돌아가셔서 우리 공화국 일을 협조해 주셔야지요. 강 선생님 이제 이별입니다. 그동안 여러 가지 대접이 소홀했습니다. 강 선생님 평양 체류 초에 약간의 불미스러운 일로 인해 일정에 차질이 있었던 것, 넓게 양해해 주시길 바랍니다.

— 아닙니다, 국장님, 여러모로 살펴 주셔서 감사하게 생각합니다.

— 평양에 놀러 온 게 아니라고 강 선생님이 제게 말했습니다. 사실 남조선 일반인이 방북 허가증 없이 평양에 온다는 것은 기적 같은 일입니다. 강 선생님, 이번에 돌아보지 못한 곳은 다음 기회에 꼭 안내해 드리겠습니다.

— 감사합니다. 이제는 조선도 인민들 경제 문제를 심층 있게 연구해야 할 때가 아닌가 생각해 봅니다.

— 네, 알고 있습니다. 그 일은 경제 분야의 일꾼들이 할 일이고 강 선생님은 우리와 통일에 대하여 의논하면 됩니다.

이병식은 역시 조평통 일꾼이었다.

— 이제 강 선생님의 평양길이 확 뚫려 있습니다. 언제든지 오고 싶을 때 오시면 됩니다. 그러나 비공식으로 와야 됩니다. 비공식으로 왕래를 하다시다가 확정적 시기가 오면 우리가 공식 초청을 할 것입니다. 그때 가서는 이곳에서 보고 듣고 느낀 것을 모두 다 남조선에 전달하십시오.

— 리병식 국장님, 저도 꼭 그렇게 되기를 바랍니다.

— 그리고……. 강 선생님이 기대하고 있는 사업 관련 의향서는 베이징서 다음 만날 때 꼭 전달해 드리겠습니다.

— 네, 알겠습니다. 제가 8월 5일과 6일에 한국 경주YWCA 어린이합창단 60명을 데리고 심양에 옵니다. 그때 국장님 뵙기를 바랍니다.

— 그렇게 합시다. 그리고 이제야 밝히는 것이지만 강 선생님이 평양에 오신 것은 위대한 령도자 김정일 장군님께서 지시로 모신 것입니다. 장군님께서도 강 선생님이 제기한 대북사업에 대하여 매우 흥미를 갖고 계십니다. 그렇게 알고 계시면 됩니다.

— 네 잘 알겠습니다.

그와 헤어지고 난 다음 나는 북한의 경제 사정이 매우 안 좋음을 다시 느꼈다. 우리 민족이 굶어 죽고 있는데, 호의호식하며 관광하는 내가 부끄러웠다. 일을 더 열심히 해야겠다고 다짐해 본다.

평양 체류 7박 8일의 마지막 밤, 나는 잠을 쉬 이루지 못했다. 평양 서재골 초대소 212호실은 더 무거운 어둠이 내려앉아 있었다. 침실에 누워 눈을 감았지만 여러 풍경이 환하게 보였다. 창밖에 달이 떠 있었다. 저 달은 서울에서도 보이겠지, 청주와 부산에서도 보이는 저 달, 집으로 가져

가고 싶은 달…….

다음 날 정말 무사히 평양을 떠날 수 있을까 하는 불안도 있고, 북한의 어려운 사정 속에서 힘겹게 살아가는 인민들에 대한 연민도 있었다.

나는 신경이 날카로워져 잠이 오지 않을 때 시를 읊으면 마음이 가라앉곤 했다. 오늘 밤도 마음을 가라앉혀야 할 것 같았다. 좋아하는 이용악의 〈어둠에 젖어〉를 읊어 본다.

어둠에 젖어

　　　　이용악

마음은 피어
포기포기 어둠에 젖어
이 밤
호올로 타는 촛불을 거느리고
어느 벌판에로 가리
아른거리는 모습마다
검은 머리 향그러이 검은 머리
가슴을 덮고 숨고 마는데
병들어 벗도 없는 고을에
눈은 내리고
멀리서 철길이 운다

나는 이용악의 시를 모두 좋아한다. 〈어둠에 젖어〉가 좋지만 〈오랑캐꽃〉도 좋다. 그의 시에는 함경도 사투리가 곳곳에 배어 있다. 북한 인민의 정서가 녹아 있다. 〈오랑캐꽃〉은 우리 북쪽 민중의 삶을 상징한다. 이용악은 함경북도 태생이다. 경성이 고향이다. 1935년에 〈패배자의 소원〉을 《신인 문학》에 발표하면서 창작 활동을 시작한 것으로 알고 있다. 이용악은 1971년에 세상을 떠났다고 했다. 시인은 일제강점기에 만주 등지로 떠돌며 살아야 했던 민족의 비극적인 현실을 서정적으로 노래했다. 이용악도 북한 시인이어서 오랫동안 우리 문학에서는 취급하지 않았다. 해금되면서 알려지게 되었다. 좋은 시인이었다. 〈어둠에 젖어〉와 〈오랑캐꽃〉이 특히 아름다웠다. 김소월의 〈진달래꽃〉만큼 애절하고 아름다운 시였다. 좋은 시인은 북쪽에 많다.

1996년 6월 25일 새벽, 나는 뜬 눈으로 평양의 아침 해를 맞았다. 평양 체류 마지막 날이었다. 해가 다르지만, 6월 25일이라는 시간이 겹쳐 있었다. 우리의 금수강산 전 국토를 적화통일 시키겠다고 소련과 중국의 승인 아래 남침을 감행한 평양에 내가 있다.

남북 전쟁 발발 후 46년이 지난 그 날에 나는 평양에 있는 것이다. 남쪽 북쪽 수많은 우리 민족이 죽었다. 연합군과 중공군도 수없이 죽어 나갔다. 수많은 가족은 떨어져 생사도 모른 채 살아가고 있다.

하늘은 쾌청했다. 1주일 전 평양에 도착한 그 날의 하늘처럼 맑고 푸르렀다. 나는 최재경과 서재골초대소 경내를 산책했다. 그와의 평양 산보도 이번으로 마지막이라 생각하니 문득 그와 더 친해진 느낌이 들었다.

최재경이 말을 시작해 나는 그쪽으로 고개를 돌렸다.

— 강 선생님, 어제 리효준 동지가 왔더랬습니다. 일 단계로는 우리 조국의 명산을 촬영해 만드는 달력 제작 사업이 좋겠습니다. 그리고 그 다음, 소년예술단 방문사업이 진행되면 되겠고요. 기타 다른 사업들이 차근차근 진행될 것 같습니다.

— 그렇게 알고 있겠습니다.

— 이번에 의향서를 못 가지고 가셔서 서운하게 생각지 말아 주십시오.

— 네.

— 강 선생님께는 분명히 커다란 성과가 있었던 평양방문이셨을 것입니다. 외국 전직 부총리급 대우를 받으시고 일 주일간 체제가 다른 나라에서 지냈다는 것은 분명 강 선생님께는 대단한 사건이란 말입니다. 저도 선생님 때문에 이곳 초대소에서 처음 묵어봤습니다. 역사적인 일입니다.

— 맞습니다. 진심으로 최 사장님을 고맙게 생각하고 있습니다.

— 이번 방문에서 강 선생님은 조평통으로부터 테스트를 당했다고 생각하면 됩니다. 테스트 결과는 100점 만점입니다. 지금 그 사업에 대하여 우리 공화국 내부에서 관계 일꾼들이 검토하고 있습니다.

나는 최재경과 산책을 마치고 돌아와 식당으로 향했다. 평양에서의 마지막 식사가 될 것이었다.

온갖 나물과 굴비구이를 반찬으로 넉넉한 식사를 마치고 식당을 나서니 장민철이 나를 맞았다.

— 강 선생님, 식사 맛있었습네까? 이제 떠나시는군요. 좋은 체류였으리라 봅니다.

장민철은 그렇게 말하며 내게 A4 용지를 내밀었다. 평양 체류 소감을 써 달라고 덧붙였다. 상부의 명령인 듯 보였다. 나는 주머니에서 사인펜을 꺼냈다. 나는 운문의 형식으로 써나갔다.

⟨서재골 초대소와 헤어지며⟩

생에서 가장 큰 선물 평양 초청장
서재골초대소에서의 7박 8일
정갈한 민족 음식을 차려 주고 잠자리를
늘 뽀송하게 만들어 주던 초대소 여러분들

평생 잊지 않으리
이제 나 떠나도 내 마음에 그분들 새겨져
북녘 하늘 볼 때마다 그분들 마음에서 꺼내
진달래꽃, 오랑캐꽃 꽃다운 시 보내 주리라

초대소에서의 맑은 아침이 우리 민족 모두의

아침이 되기를 소망하며

장철민 선생님 더불어 초대소 여러분께 감사하며

1996년 6월 25일 강재호 드림

나는 작성한 소감 시를 장민철에게 건네주었다. 장민철은 한 번 읽어보더니 크게 고개를 끄덕였다.

— 오호, 강 선생님은 타고난 시인이시구만요.

장민철이 마지막 악수 인사를 건넸다. 나는 장민철과 악수 후 초대소 직원들과 차례로 이별의 악수를 했다.

내 방으로 돌아와 짐을 챙기니 어느새 8시, 떠날 시간이었다. 초대소를 나오니 예의 벤츠 차량이 대기하고 있었다. 나는 벤츠에 올랐다. 최재경과 이효준이 차 안에서 나를 기다리고 있었다.

공항에 도착하니 이병식 국장이 나를 환송하러 나와 있었다.

— 강 선생님, 이제 떠나시는구만요. 가을에 오시면 내레 특별히 모시겠습니다. 금강산 꼭 안내해 드리겠습니다.

— 이 국장님 감사합니다. 또 뵙겠습니다.

— 이제 강 선생님의 북한 길을 훤히 뚫렸습니다. 언제고 오시면 됩니다!

— 국장님의 배려에 깊은 감사 올립니다. 평양에서 보낸 일주일은 평생 잊지 못할 겁니다.

이병식은 내게 악수를 청하더니 포옹해왔다. 나도 그를 안았다. 굳은 포옹이었다. 나는 포옹을 풀고 탑승구로 향했다.

9시가 되자 고려항공기가 비행장을 이륙했다.

드디어 순안 비행장을, 평양을, 북한을 떠나는구나……

잔뜩 몰렸던 긴장이 조금씩 풀어져 나갔다.

— 강 선생님, 이제 베이징으로 갑니다. 무사히 북한 땅에서 벗어나고 있단 말입니다.

최재경이 나를 보고 웃었다.

— 최 사장님, 정말 북한을 떠나게 됐습니다.

나는 안도의 숨을 내쉬었다. 최재경도 불안했던 모양이었다. 정식 방북 허가증명이 안 된 나를 평양에 데려다 놓은 그도 체류 내내 걱정스러웠을 것이었다.

최재경과 나는 비행기 안에서 평양 체류 이야기를 나누었다. 짧은 기간에 참 많은 일이 벌어졌던 평양행이었다.

한 시간 정도 날았을까. 최재경과 대화 중에 안내 방송이 들려왔다. 곧 베이징 공항에 도착한다는 방송이었다. 최재경과 나는 안전띠를 매고 바로 앉았다. 창밖으로 북경 공항이 다가오고 있었다.

— 선생님, 안녕하세요, 한국 분이시죠? 반갑습니다.

북경 공항 입국 게이트에서 수속하는 중에 한 여성이 내게 말을 걸어왔다.

— 아, 네…… 누구신지……?

— 뒷좌석에 앉았더랬어요. 한국 말씀을 하셔서요.

― 네, 대한민국 사람입니다.

입국 수속 줄이 길어지고 내 차례가 되려면 십 분 이상 걸릴 것 같았다. 나는 그녀와 이야기를 나누었다. 주로 그녀가 말을 걸어왔다.

― 말씀을 안 들었어도 중국분이 아닌 줄 알았어요. 한국 분들은 뭔가 다르시거든요.

― 네…… 여기 북경에는 무슨 일로?

― 저는 자주 왕래합니다. 연길에서 왔습니다. 우리 민족이지요.

― 아, 연변에 계시는군요.

― 정금단이라고 합니다.

언제 어디서 빼 들었는지 그녀의 손에 명함이 들려 있었다. 그녀는 명함을 내게 건네주었다. 나도 명함을 주었다.

― 연길에 오시면 꼭 연락해 주세요.

그녀의 음성이 친밀감 있게 들려왔다. 불현, 관능적인 이미지가 떠올랐다. 그녀의 굴곡진 몸매 때문인 듯싶었다. 30대 중반으로 보이는 정금단이라는 여인으로부터 나는 급작스러운 욕심이 일었다. 아마도 긴장이 풀어진 탓으로 보였다.

평양 체류 내내 긴장했던 나의 육체는 경직될 만큼 경직돼 있어, 풀어줄 무언가 필요했다. 목숨을 담보한 북한 기행은 내게 성애의 긴장을 요구했다. 인간이라는 종(種)에게 에로스와 타나토스가 같은 성격의 족쇄라는 정신의학자의 말이 맞는 듯싶었다. 정금단이라는 여인은 죽음과 사랑의 경계에서 나를 잡아끌고 있다는 느낌이었다.

― 강 선생님, 조심하십시오. 여기 꽃뱀이 많습니다. 조선족 여인은 특

히 믿지 마세요.

최재경 사장이 내 속내를 들여다본 듯 슬그머니 다가와 말했다.

— 알겠습니다. 최 사장님 말 명심하겠습니다.

나는 초등학생이 선생님께 대답하듯이 말했다.

나는 최재경과 헤어지고 김포행 비행기로 갈아탔다.

한국의 산하가 다가오자 모든 기운이 빠져나가는 것 같았다. 힘겨웠던 평양 여행이었다. 마지막 일이 남아 있었다. 김상원 선배를 만나 그동안의 평양 일정을 보고해야 했다.

나는 김포에서 택시로 인천 올림포스호텔로 향했다. 국가 정보기관의 안가인 호텔의 그 방으로 가야 했다.

김상원 선배가 방에서 나를 기다렸고, 나는 마지막 일정을 마쳤다. 김상원 선배는 내게 평양방문 보고서를 써서 제출하라고 지시했다. 나는 알겠다고 대답하고 곧장 집으로 와 씻지도 않고 침대에 누웠다.

온몸이 노곤해지며 잠이 쏟아졌다.

장춘진달래소년예술단의 리듬과 한국 소설가의 리듬

錦城絲管日紛紛　半入江風半入雲
此曲 應天上有　人間能得幾回聞

금성에 풍류 소리 분분히 흘러
반은 강바람에 또 반은 구름 속에
이 가락 응당 하늘에 있을 것이
인간에 몇번이나 들려 오리까.
　　　　　　　― 두보, 〈贈花卿〉에서

　나는 책상 위, 탁상 달력 앞에 있는 돌멩이를 쥐어본다. 묘향산 편성 암. 사무실에서 생각을 정리할 때 가끔 손에 쥐는 돌멩이다. 묘향산 안내원이 내게 선물한 돌멩이다. 물결무늬가 선명한 세 개의 편성 암 세 개를 그녀가 내게 주었었다. 세 개 중 하나는 사무실에, 하나는 안성의 내 박물관에, 그리고 하나는 집 서재에 있다. 돌멩이를 손에 쥐면 마음이 가라앉았다.

　탁상 달력 위에는 그림 복사본이 있다. 지난 평양 만수대 창작사에서 구입한 황병호 화가의 〈폭포〉다. 폭포 원작은 안성에 있고, 여기 있는 것은 복사해놓은 것이다. 복사본도 힘이 느껴지기 충분하다. 그만큼 잘 그린 작품이다.

　돌멩이와 조국 통일이란 서예 품, 그리고 〈폭포〉 그림을 보고 있노라면 금세 평양으로 돌아간다. 삼십 년이 흘렀어도 어제 같다. 추억을 소환하는 물건들이다. 이 물건들은 내 몸이 없어져도 나를 입증해 줄 것이다. 세월이 흘러 내가 사라져도 이 물건들은 남아 있을 것이고 나를 기억하게 해 줄 것이다.

나는 묘향산 돌멩이를 다시 제자리에 놓았다. 오늘 일정이 머릿속에 정리된다. 점심 식사 전까지 칼럼을 마무리하고, 오후에 동두천으로 가야 한다. 《리듬》 작가의 북 콘서트에 초대받았다. 《리듬》의 북 콘서트에 참가하기 전에 '몽키하우스'도 탐방해 보려 한다.

《리듬》의 소설가는 내가 속한 문학회의 중견 작가로, 음악에 관심이 많고, 그 관심만큼 조예도 깊어 보였다. 동인으로써 취재해야 하는 의무도 있었지만, 그가 갖고 있는 예술과 음악에 대한 솔직하고 진지한 이야기를 듣고 싶었다.

그는 장편소설 《리듬》 머리말에서 '육체가 의식을 인식하는지, 의식이 육체를 인식하는지' 질문을 던진다. 식물인간이 된 원로 작곡가의 두 마디 악곡을 누군가 완성할 수 있는지가 궁금했다고, 그것이 근본 질문이었고, 바로 그 문제가 우리 인간의 마음의 문제를 해결해 주리라 생각했단다. 그리고, 또 하나의 주요 시사점은 '음악에는 국경이 없다, 그러나 음악가에게는 조국이 있다'라는 문제였다.

그가 가진 문제의식을 나는 요즘 많이 생각하는 중이었다. 이 문제는 어쩌면 내가 중요시하는 민족문제와 관련이 깊다고 할 수 있었다. 사람의 마음, 혹은 기억은 육체와 무관하기도, 관계있다고 할 수 있지만, 오래된 기억은 육체를 떠나도 남아 있으리라는 생각이다. 그와 더불어, 같은 체험, 같은 상처, 같은 희망을 품고 있는 가족, 민족은 그 기억을 함께 공유할 수 있다고 생각한다.

나는 회사에서 나와 동두천으로 향한다. 오늘은 차를 직접 운전해서 움직일 생각이다. 대중교통은 이동 경로가 복잡했고, 동두천 소요산의 몽키하우스도 들러야 했다. 나는 스마트폰 지도 앱을 불러와 빠른 길 찾기에 입력해 둔다.

내 SUV 차량은 북부 간선로를 타고 가다 동부간선로로 빠진다. 의정부 쪽으로 방향을 트니 차량이 많아졌다. 스마트폰 내비게이션은 실시간으로 차량 운행이 덜한 길을 안내해 준다. 상계에서 회룡 쪽으로 빠지고 의정부 요금소로 진입한다.

덜 막히는 길이어서 자동차 오디오를 켠다. 음악은 내가 좋아하는 민요다. 민요와 트롯을 혼합한 경음악이다. 나는 요즘 송가인의 노래를 자주 듣는다. 많은 사람이 그녀를 좋아한다. 소리가 맑고 울림이 컸다. 판소리에서 말하는 '쇄옥성', 옥이 구르는, 옥이 깨지는 소리였다. 국악을 전공해서 그런지, 다른 가수들보다 민요와 트롯의 혼합 가요가 자연스럽다. 마음의 거문고를 뜯는다는, 심금(心琴)을 울린다는 말이 그녀에게 꼭 들어맞는다.

지난 '장춘진달래 소년예술단' 활동 때, 한순금, 그 조선족 소녀도 그런 소리를 갖고 있었다. 그 아이를 잘 받쳐주면 어쩌면 송가인보다 더 훌륭한 가수가 될 수 있을 것이다. 좋은 스승 만나 잘 지도해 주고, 활동 잘하도록 이끌어 주면 시대의 가수가 되리라 생각한다. 그녀는 지금 어떻게 지내고 있는지 모르겠다. 진달래 예술단원들 모두 그립다.

내 카오디오에는 '아리랑'이 많다. 강원도 아리랑, 밀양 아리랑, 진도 아리랑 등 민요가 많고, 지금의 가요와 혼용한 아리랑도 있다. 나윤선의 재즈 아리랑도 있다.

봄이 오는 아리랑 고개
제비 오는 아리랑 고개
가는 님은 밉상이요
오는 님은 곱상이라네
아리 아리랑 아리랑 고개는
님 오는 고개
넘어 넘어도
우리 님만은 안 넘어요
달이 뜨는 아리랑 고개
꽃도 뜯는 아리랑 고개
우는 님은 건달이요
웃는 님은 도련님이지
아리 아리랑 아리랑 고개는
도련님 고개
울어 울어도

우리 님만은 안 울어요

송가인이 부르는 〈아리랑 낭랑〉이 차 안에 낭랑하게 울려 퍼진다. 〈아리랑 낭랑〉은 여러 여가수가 불렀지만, 송가인이 제일이다.

1996년 6월, 평양을 다녀온 나는 내 일을 보면서 최재경과 지속적으로 소통했다. 그해 10월에는 중국 길림성의 장춘에 있는 조선족소학교인 '관성조선족소학교' 학생 40명과 선생 10명, 모두 50명을 이끌고 한국에서 공연했다. 내가 명예 단장으로 한 '장춘진달래소년예술단'의 공연에서 백미는 아리랑 합창이었다.

예술단은 진도 아리랑을 변조한 가요를 목청껏 부르며 청중의 떼창을 이끌었다. 청중이 아리랑의 후렴구를 합창할 때, 혼연일체의 모습은 장관이었다. 모두가 아리랑의 선율 속에 파묻혀 온몸을 흔들며, 소리를 높였다. 서로가 서로의 거울이 되어 환한 빛으로 울려 퍼졌다. 노래하는 사람들은 사라지고 아리랑 멜로디만 남아 극장을 휘돌았다.

태초의 우주의 모습이 이러지 않을까, 나는 그런 생각을 오래 했었다.

1997년도 10월에는 흑룡강성 수도인 하얼빈에 소재한 '도리조선족소학교'의 학생과 선생 50명을 〈하얼빈라일락소년예술단〉으로 명명하여 한국에 초청했다. 내가 명예단장을 맡아 가능했던 일이었다. 라일락예술단도 한국 10개 도시를 순회하면서 공연을 펼쳤다.

나는 쉬지 않았다. 아니 쉴 수 없었다. 일이 계속 이어졌다. 나를 찾는 사람이 많았고, 나는 모두 응했다. 할 수 있는껏, 도울 수 있는껏 우리 민족을 도우려 애썼다.

'도리조선족 소학교'의 명예교장을 맡은 일은 소박하지만 애국심의 발로였다. '도리조선족 소학교'는 안중근 의사의 뜻이 담긴 우리 조선족 사학의 시초가 되는 학교였다. 특별했다. 1909년 4월에 동흥학교<東興學校>라는 이름으로 개교하는데, 흑룡강성은 물론 동북 3성에서 우리 민족의 자발적 학교였다. 동흥학교는 교육기관이면서도 반일 애국사상 교육의 진지였다. 몇 인물을 소개하면 탁공규, 김형재, 김성옥이 있다. 탁공규는 나이 36세로 블라디보스토크에서 반일청년회 부회장으로 있다가 하얼빈에서 약국을 열어 학교 건립에 큰 도움을 주었다. 김형재는 월급도 받지 않고 학교에서 숙식하며 조선인들을 불러 모아 애국 사상을 가르쳤다. 김성옥은 러시아에 귀화한 인물이었다. 민족의식이 강해 스스로 약국을 경영하며 학교 건립에 공을 세웠다.

예로부터 우리 민족은 자녀교육을 얼마나 중시해왔던가. '아는 것이 힘이다, 배워야 산다', '지식이 없으면 눈뜬 소경이다', '굶어도 자식 공부는 시켜야 한다'라는 의지가 우리 민족의 뼛속에 자리하고 있었다. 안중근 의사께서도 '황금 백만 냥도 자식 하나 가르침만 못하다'라는 유묵을 남기고 순국하셨다.

안중근 의사는 1909년 10월 26일, 거사를 성공하고 주범으로 체포된다. 동흥학교의 김형재, 탁공규, 김성옥도 공범으로 체포돼 하얼빈주재 일본총영사관 지하실 감방에 갇혔다가 여순 감옥으로 압송된다.

동흥학교는 문을 닫아야 했다. 그 후, 한민회 회장 김성백이 조선인 집을 찾아다니며 설득해 12월 중순에 다시 학교 문을 열게 되었다. 이런 역사를 안고 있기에 나는 동흥학교에 더 큰 관심을 두고 정성을 기울였다.

나는 1997년 10월, 동흥학교 〈라일락소년예술단〉 50명을 한국에 초청, 10개 도시를 순회하며 성공적으로 공연을 마쳤다. 동흥학교 명예교장인 나는 1999년 개교 90주년 행사와 2009년 100주년 행사를 물심양면으로 지원했다.

내 차는 의정부시로 진입하였다. 외곽 순환 도로로 연결해서 가면 동두천까지 빠르게 갈 텐데, 일부러 의정부 도심으로 달리고 싶었다. 의정부 역 앞, 근린공원에 안중근 의사의 동상이 있었다. 지난번 의정부 신세계 백화점을 가던 중, 안중근 동상을 보게 됐다. 중국인 조각가 추이위 작가의 작품이다. 4m 정도의 대형 조각으로 안중근 의사가 하얼빈역에서 이토 히로부미를 저격하기 직전의 긴박한 상황을 표현하고 있다. 제재가 철임에도 바람에 휘날리는 외투 자락, 안주머니에서 권총을 꺼내는 안중근 의사의 굳은 표정이 생생하게 표현돼 있었다.

차가 의정부역에 다다르자 나는 3차로에서 일부러 천천히 달렸다. 마침 횡단보도 신호가 떨어져 안중근 의사의 동상을 차 안에서 가까이 볼수 있었다. 이토 히로부미를 저격하려는 의사의 찰나의 모습이 멈춰져 있었다. 조각품에서 결연한 의지가 뿜어져 나오는 듯했다. 오직 나라의 해방만을 생각했던 안중근 의사, 노예로 살아가지 말라고 온몸으로 가르쳐준 의사, 목숨을 걸고 민족을 사랑했던 진정한 영웅…….

안중근 의사님, 당신의 뜻을 받들어 이어가겠습니다. 우리 민족의 진정한 독립을 위해 힘을 다하겠습니다.

　나는 동상을 바라보며 마음을 다졌다. 신호가 바뀌어 차는 출발해야 했다. 차가 의정부에서 양주로 접어들자 연변에서의 당시 일이 더 생생하게 떠오른다. 〈라일락소년예술단〉 방한 행사 후 여러 사건이 있었다.

　1997년 11월이었다. 예술단을 한국에서 다시 중국으로 보내고, 나는 하얼빈에 잠시 체류하고 있었다. 길림신문에서 전화가 걸려왔다.

　― 안녕하십니까, 저는 길림신문 사장 리준명이라고 합니다. 강 선생님 장하십니다.

　― 아, 네…….

　자신을 길림신문 사장이라고 밝힌 이준명은 나에 대해 잘 알고 있는 듯했다. 한국과 중국에서의 나의 활동에 대해 줄줄이 말하며 연길에서 한번 만나자고 했다.

　그렇게 길림신문 리준명 사장과 만남이 이뤄졌다. 약속 장소인 연길 우전호텔의 아리랑 식당에 가니 그가 먼저 와 있었다.

　― 강 선생님, 안녕하세요. 리준명입니다.

　그가 식탁에서 일어나 나를 반겼다.

　― 아……, 길림신문 사장님, 안녕하십니까.

　그는 내 손을 잡기보다 내 몸을 안았다. 우리는 포옹을 했다.

　― 강 선생님 활약을 잘 보고 있습니다. 우리 길림신문에서도 취재를 했었죠. ……그래서 말입니다. 이번에 우리 신문에서 한국 지국을 설치하려 합니다. 강 선생님께서 지국장을 맡아 주시면 좋겠습니다. 어떠십니

까, 괜찮으시겠죠?

— 아, 네. 제가 자격이 되는지 모르겠지만, 열심히 해보겠습니다.

— 그럼, 됐습니다. 강 선생님이시라면 충분히 됩니다!

그는 이미 준비해온 서류를 식탁에 올려놓았다. 한국 정부의 언론담당 기관에 보낼 제반 문서였다. 중국 신문의 지국장을 맡을 인물로 한국인은 불가능한데, 특별한 경우여서 정부가 승인해야 했다. 한중 문화 교류를 위해서 정부도 승인해 주리라 생각했다. 내 활동이 증명해 주고 있었다.

나는 이런저런 서류에 서명하고 리준명 사장과 만찬을 즐겼다.

— 강 선생님의 우리 민족 사랑에 감명받았습니다. 우리는 하나입니다. 우리 말로 중국에서 발행되는 우리 신문은 민족에게 큰 힘이 됩니다.

— 열심히 돕겠습니다.

— 강 선생님, 그동안에도 수고 많으셨습니다. 우리 조선족 아이들을 한국에 보내시고, 하얼빈 학교에도 큰 도움을 주시고……. 우리 민족이 강 선생님 같은 분 덕택에 하나가 되고 있습니다.

— 생각해 주서서 감사합니다. 앞으로 길림신문을 위해 더 열심히 뛰겠습니다.

그랬다. 명예만이 아니라 중국 교포를 위해 지국장 임무를 충실히 하겠다고 마음먹었다.

그날 리준명 사장과의 술자리는 이차, 삼차로 이어졌다. 꿰 집과 노래방까지, 우리는 여기저기 옮기며 마시고 노래했다. 마시지도 못하는 술이 그날따라 잘 들어갔다. 나는 술에 취하고 노래에 취해 어떻게 내 숙소로 갔는지 기억에 잘 나지 않았다.

밤늦은 시각, 나는 문득 지난번 북경 공항에서 마주쳤던 여인이 떠올랐다. 정금단이라고 했던가……. 지갑에서 그녀가 준 명함을 꺼내 전화를 넣어 보았다. 지난 번, 공항에서부터 강렬한 끌림이 느껴졌던 그녀였다.

전화 대기음이 중국 여가수의 노래였다. '연변에 오시면 꼭 찾아 주세요.' 그녀의 콧소리가 여가수의 노래처럼 귀에 새삼 스며들었다.

술이 서서히 깨어가고 있었다.

─ 여보세요?

─ 정금단 선생님, 접니다. 강재호입니다. 저 기억하시죠?

─ 아, 안녕하세요, 강 선생님. 강 선생님 기억하고 말고요.

우리는 전화로 오랜 시간 대화를 나누었다. 이야기 중에 그녀가 가까운 곳에 있다는 말에 나는 시간 되면 당장 만나자고 했다. 그녀가 좋다고, 집에 오시라고 했다.

그녀는 호텔 근처 아파트에 살고 있었다. 30평 정도의 깔끔한 집이었다. 집에 혼자 있는 모양이었다. 거실에 걸려 있는 가족사진 속의 사람들은 집 안에 그녀 외에는 없어 보였다. 가족사진을 보는 내게 그녀가 혼잣말처럼 중얼거렸다.

─ 가족 모두 뿔뿔이 흩어져 있어요. 한국에 간 남편은 5년째 무소식이고 아이는 외할머니가 살펴 주고 있어요.

그녀는 내 숙취를 풀어주겠다며 꿀물을 타왔다. 그리고는 꿀물 쟁반을 탁자에 놓고, 소파 탁자 밑에 있던 스크랩북을 보여주었다.

그녀가 펼쳐 보인 스크랩북 페이지에 내 사진이 있었다. 그동안 내가 한중 문화 교류로 활동했던 신문 기사를 오려 스크랩한 것이었다. 길림신문, 흑룡강신문에서 나를 취재해 간 보도였다.

나는 그녀의 성의에 감동했다. 한 번 봤던 사람에게 이렇게 관심을 두기는 어려울 것이었다.

— 정금단 선생님, 술 한 잔 대접하고 싶습니다. 연변에서 최고로 잘하는 요릿집에 갑시다.

— 그래 주시겠습네까?

— 네, 최고 술집에 열 번이라도 갑시다!

— 아닙니다. 술집은 다음에 가고, 오늘은 여기서 제가 한 잔 올리겠습니다.

그녀는 그렇게 말하고 일어서서 주방에 갔다.

그녀는 주방에서 인삼주를 내왔다. 나는 다시 술기운이 올랐다. 그녀도 술이 약한지 얼굴이 붉어졌다. 그녀는 아이를 한국이나 일본으로 유학 보내고 싶다고 했다. 그리고 인삼주를 내 잔에 따르며 빈 잔이 자신이라고 했다. 늘 비어 있는 외로운 술잔이라고 우물거렸다.

우리는 오랫동안 만나왔던 연인처럼 금세 허물없는 사이가 됐다. 술기운 때문만은 아니었다. 무슨 질긴 인연의 끈이 희미하게 이어져 오다가 그 밤에 굵고 선명하게 드러나려고 했다.

낯선 장소, 낯선 밤시간이지만 나는 긴장이 풀어진 스스로를 알았다. 연변의 여인이 낯선 남자에게 아무 경계 없이 다가와 있다. 열려 있는 마음들이었다. 남자와 여자가 누구도 없는 닫힌 공간에서 술잔을 나누며 허물없이 이야기를 나눈다.

— 아이를 한국 학교에서 공부시키고 싶어요.

이것이었군.

그녀가 내게 접근하고 나를 집에까지 부른 이유는 아이 때문이었다. 정금단은 내가 자신의 아이를 유학시킬 수 있다고 믿고 있었다. 그녀는 내게 바싹 다가왔다.

— 우리 아이 외국어에 능숙합니다. 중국어, 한국어, 일본어, 영어도 잘 한단 말입니다.

나는 다시 긴장했다. 문득, 이런 '주고받음'이 지금 우리네 삶의 모습이어도 이렇게는 안 된다! 는 상념이 듦과 동시에 나는 그녀와 거리를 두고 심신의 벽을 쌓았다. 나는 그녀에게서 멀찍이 떨어져 앉았다.

— 제가 알아보겠습니다. 한국에 가서 교환학생으로 일단 등록하게 해보겠어요.

내 알음알이로, 아이의 한국 유학은 어렵지 않았다. 우리의 순수한 마음을 속게 하는 현실과, 우리 삶의 연원의 거칢에 나는 갑자기 혐오가 밀려왔다. 가지지 못한 채로 태어나 번쩍거리는 현실에서 살아가기 위해서 이렇게라도 처세하지 않으면 안 되는 여성들의 삶에 연민이 들었다. 여건이 되지 못하는 여성들과 아이들에게도 기회는 주어져야 했다. 그런 기회도 없는 현실과 그를 내 욕망 채우고 주어지게 할 수는 없었다.

그녀가 내게 다가와 내 손 위에 자신의 손을 얹었다. 그녀의 손은 뜨거웠고, 눈빛이 풀려 있었다. 그녀는 나의 삶에 강한 인연으로 들어오려 했다. 잠시 내 욕심만을 생각했던 나는 얼굴이 뜨거웠다. 부끄러웠다.

나는 가야겠다고 말하며 벌떡 일어났다. 그녀도 발갛게 얼굴을 달아오른 얼굴로 나를 멀뚱히 쳐다보았다.

차 안의 내비게이션은 양주 옥정을 지나 동두천에 진입하고 있음을 알렸다. 목적지까지 5km 정도 남아 있다. 차 안에는 나윤선이 아리랑을 노래한다. '……아리랑 아라리요, 아리랑 고개로 넘어간다, 열라는 콩팥은 왜 아니 열고, 아주까리 동백만 여는가, 나를 버리고 가시는 님아…….' 나윤선의 미끄러지는 음색이 아리랑의 새로운 소리로 흘러 다닌다. 절절한 여인의 한이 허무와 즐거움이 혼합된 새로운 감정을 만들어 내고 있었다.

정금단, 그녀와 마음을 나누고 말을 섞고 난 다음 날이었던가. 나는 최재경을 만나러 칭다오 공항으로 달려갔다. 연변 공항 위에서 보는 하늘은 바다처럼 일렁였다. 그녀도 바다처럼 일렁거렸다. 그 바다에 빠져 마음껏 헤엄치면 시원할 수 있었다. 하지만 나는 그러지 않았다. 나는 그녀를 뿌리치고 그녀의 집에서 나왔다.

칭다오 공항에 도착하니 최재경 사장이 나를 맞아 주었다.

— 강 선생님, 르네상스호텔에 예약해 두었습니다.

최재경 사장이 내 칭다오 여행을 마련해 주었다. 숙박경비까지 지출해 놓았단다. 아마도 어떤 제의가 있을 것 같았다.

나는 르네상스호텔에 들어가 짐을 풀고 로비로 내려갔다. 최재경이 식사도 예약해 주었다며 나를 한식당으로 이끌었다.

최재경은 가족까지 내게 소개했다. 한식당에서 아내와 아들이 나를 반겼다. 아이는 12살이라고 했다.

─ 반갑습니다. 아버지께서 강 선생님 말씀 많이 하셨습니다.

최재경 아들은 똘망똘망했다. 커서 무슨 일하고 싶냐고 내가 물으니 아이는 외교관이 되고 싶다고 했다. 최재경은 아들이 영어도 잘하고 피아노도 잘 친다고 했다. 나는 아이에게 피아노를 사주겠다고 약속했다.

─ 강 선생님, 실은 제가 부탁이 있습니다.

식사를 마치고 헤어지려 하는데, 최재경이 나를 슬그머니 끌었다. 아내와 아들은 로비를 빠져나가고 있었다.

─ 무슨 부탁입니까, 제가 힘껏 돕겠습니다.

그것이었다. 최재경이 칭다오 여행을 주선한 이유에는 청탁이 있었다.

─ 우리 어머니 고향이 경상북도 안동입니다. 돌아가시기 전에 한 번만이라도 안동 땅을 밟고 싶어 하십니다. 어떻게, 가능하겠습네까?

최재경의 표정에 예전처럼 여유로움이 없어 보였다. 급하고 간절한 눈빛으로 나를 바라보았다.

─ 최선을 다해 알아보겠습니다. 가능할 겁니다.

나는 중국과 남한의 이런저런 알음알이를 떠올려보았다. 어렵지 않을 것 같았다.

─ 감사합니다.

최재경은 로비에 서 있는 아이에게 걸어갔고 나는 내 방으로 올라갔다.

최재경의 아들은 후에 뛰어난 외교관이 돼 있었다. 나는 그 아이를 최근에 텔레비전에서 볼 수 있었다. 2018년 '싱가포르 북-미 외교회담'에서 최재경 아들이 김정은 곁에서 통역하고 있었다. 트럼프의 말을 즉석에서 번역해 들려주는 아들의 음성이 텔레비전에서 간간이 들려왔다.

　정금단의 아이도 잘 있음을 나는 알고 있다. 아이는 내가 주선한 학교에서 교환학생으로 잘 지내고 있다고, 언제 꼭 찾아뵙겠다고 그녀가 긴 문자를 보내온 게 한 달 전이었다.

동두천 몽키하우스의 울음소리

遠芳侵古道 晴翠接荒城
又送王孫去 滿別情

그윽한 향기 길에 스며들고
옛 성 가에도 푸른 빛 연연하다
너를 또다시 보내고 나면
애끓는 정만 가득 넘쳐흐른다.
　　　　　— 백낙천 〈賦得古原草送別〉에서

　　차는 지행역을 거쳐 소요산으로 들어서고 있다. 날씨가 흐렸다. 맑던 하늘에 구름이 짙게 드리워져 있었다. 좋은 사진이 나올지 모르겠다. 나는 소요산 주차장에 차를 세우고 스마트폰 지도를 다시 검색해 본다. 네이버는 '성병관리소'라는 검색어를 모르고 있었다. 블로그에서 다루고 있는 곳은 '몽키하우스'였다. 블로거가 자세히 설명해 놓고 있어서 그 설명대로 찾아가 본다.

　　소요산 주차장 오른쪽 뒤편으로 상가가 늘어서 있는데, 거기서 '넓은 공간'이라고 쓰인 상가의 문으로 들어가면 뒤로 넓은 터가 나온다. 넓은 터 언덕에 몽키하우스가 자리하고 있다.

　　몽키하우스는 단단한 시멘트 건물이다. 2층인데, 오래전에 폐쇄하고 관리를 하지 않았는지 하얀 칠이 모두 벗겨져 흉물스럽기 그지없다. 소요산의 위용에 이렇게 초라한 건물이 있는지, 사람들은 많이 모르고 있는 듯하다. 그리고 이 건물의 쓰임과 내력도 모르고 있는 것 같다.

박정희 정부 시절, 한때 주한미군이 철수하겠다고 했다. 위기의식을 느낀 박정희 정권은 주한미군의 요구를 즉각 수용한다. 그들의 요구는 미군기지 주변 환경의 정화였다. 박 정권은 미국의 요구를 즉각 수용했다. 기지촌 정화 사업으로 한국 접대 여성의 성병 관리 등이었다. 그래서 생긴 것이 몽키하우스였다.

미군을 상대로 하는 윤락여성에게 2주에 1회 이상 성병검진을 받도록 했다. 검진에서 낙검될 경우 이쪽으로 실려 왔다. 여기서 성병이 완치될 때까지 페니실린을 맞아야 했다. 미군이 제공하는 페니실린은 부작용도 있었는데, 수용된 여성들은 억지로 치료를 받아야 했다. 강제 치료 중에 페니실린 쇼크로 사망한 여성도 있고, 수용소에서 도망치다 중상을 입거나 사망한 여성도 있었다고 한다.

나는 몽키하우스 안을 들여다보았다. 최근에 어디서 다녀갔는지, 밖에서 보는 것과 다르게 안은 청소가 돼 있었다. 이런저런 물건들이 먼지를 뒤집어쓰고 쌓여 있고, 거미줄이 쳐져 있을 줄 알았는데, 말끔했다. 그렇다고 칠을 새로 하거나 도배를 새로 한 것은 아니어서 썰렁하기는 마찬가지였다.

여성들은 이곳에서 교육을 받으며 페니실린을 맞고, 다시 교육을 받고 청소하거나 운동하는 시간을 보냈으리라. 성병이 치유될 때까지 감금 생활은 계속됐을 것이다.

고작 스무 살 정도였을 그녀들의 마음은 어땠을까……. 어차피 이 생활을 하면서 고향에 갈 수도 없었을 테지만, 가족이 더 그리웠을 것이다. 몸이 아프면 가장 먼저 떠오르는 사람이 부모 아니던가. 그녀들은 대부분 사기수에 걸려 기지촌에 왔다고 했다. 돈을 벌게 해 주겠다며 소개받은 포주에게 묶이게 되는 과정이 실로 교묘했다. 포주들은 그녀에게 취직을 시켜주지 않고 생활비를 빌려주면서 몸을 팔아 갚게 했다. 그녀들은 빚을 갚기 위해 결국 몸을 팔지 않을 수 없게 된다. 부모가 중병에 걸려 있어 병원비를 마련해야 했거나, 자매 형제의 학비를 대 주어야 했다. 자신에게 쓸 돈보다, 가족에게 사랑하는 사람에게 써야 할 돈을 벌어야 했던 소녀들이었다.

나는 그녀들이 성병에 걸려 끌려온 몽키하우스 이 층으로 올라갔다. 군대의 내무반처럼 가운데 공간을 두고 양쪽에 마루가 길게 깔려 있었다. 개개인의 침상이 놓여 있으리라는 상상은 여지없이 깨져 버렸다. 짐승우리와 다를 바 없었다. 축사처럼 짜놓은 그 자리에서 항생제를 맞으며 마음 졸이고 지냈을 그녀들을 생각하니 가슴 끝이 아려왔다.

그녀들의 몸을 원하는 남자는 미군이었다. 미군의 달러가 나라 경제에 얼마나 보탬이 될지 모르겠지만, 박정희 정권은 그녀들이 깨끗한 몸으로 미군을 상대하기를 바랐던 것이다. '민간외교관', '나라 경제 살리는 애국자'라는 사탕발림의 표현으로 그녀들을 환락가로 내몰았던 것이다.

어디선가 울음소리가 들리는 것 같았다. 아니, 웃음소리 같기도 했다. 여성들의 목소리였다. 누가 견학 왔나……. 나는 몽키하우스 1층으로 내려갔다.

세 명의 중년 여성이었다. 현장 답사하러 온 듯한 모습이었다. 사진을 찍으며 약하게 탄성을 지르는 여성도 있고, 주저앉아 울음을 삼키고 있는 여성도 있었다. 나를 보자 두 여성은 이 층으로 올라갔고, 한 여성은 바삐 바깥으로 뛰쳐나갔다.

그녀의 뒷모습을 보니 나는 그녀가 아는 사람으로 생각됐다. 이 층으로 올라간 여성 둘은 모르겠지만, 바깥으로 나간 여인은 분명 안면이 있는 여성이었다. 퍼뜩, 현미 누님의 장례식이 생각났다. 거기서도 보았던 듯싶다. 그리고 빈소를 떠나 사무실로 향할 때도 내 뒤를 따라오던 여성이 있었다.

그 응시의 느낌을 몽키하우스에 도착하고서도 강하게 받은 것이었다. 분명 나를 미행하는 여인이 있다. 나는 몽키하우스 바깥으로 뛰어나갔다.

여인은 사라지고 없었다. 건물 주변에는 사람의 흔적이 없었다.

누구일까.

머리털 끝이 간지러운 듯한 궁금증을 떨구고 나는 주차장으로 내려갔다.

《리듬》 북 콘서트가 열리고 있는 '상상심서'에 들어서니 사람들이 제법 많이 모여 있었다. 상상심서는 동두천의 작은 북카페로 내가 속한 문학회의 편집장이 운영하는 책방이다. 소설가의 북 콘서트는 처음이고 작가가 많이 알려지지 않아서 사람들이 참여하지 않을 줄 알았는데, 카페가 발 디딜 틈이 없이 붐볐다.

북 콘서트는 이미 시작되었는가 보았다. 작가가 직접 기타를 치며 노래하고 있었다. 나는 그의 노래를 지난 시낭송회에서 들어본 적이 있었다. 소설가는 대학에 출강하고 있는 교육자이기도 했다. 그는 현대 시에 곡을 붙여 노래하는 음유시인이 되고 싶다고 했다.

소설가가 책의 내용과 관련 있다며 직접 작곡한 노래를 목청껏 불렀다. 두 곡을 노래했다. 그리고 소설 내용에 대해 한참 동안 강연하다가 중간에 멈추고, 조금 전에 불렀던 시를 청중에게 노래해 보라고 시킨다. 즉흥 작곡의 시간이었다.

시 잡지의 편집장이 작가의 두 소절을 이어서 노래하는데 소설가가 불렀던 곡을 악보 없이 똑같이 부른다. 나는 놀랐다. 선율을 모사하는 편집장의 기억력이 대단했다. 소설의 내용에 나타난 상황이 똑같이 재현된 것이었다.

소설가는 이런 공감은 우리 예술가에게 당연히 잠재해 있는 것이라 했다. 장편소설《리듬》의 주제가 그런 예술적 공감이라고 한다.

나아가서 우리의 기억은 우리 몸이 소멸하면 완전히 사라지는 것이 아니라 했다. 누군가에게 옮겨갈 수 있다는 것이다. 이는 인간만의 능력이란다. 인공지능이나 짐승은 할 수 없는, 우리 인류에게 존재하는 무의식적 기억이라고 한다.

소설가는 세계음악과 민속음악에 대해서도 강의했다. 음악은 세계 공통의 언어여서 인류의 모든 사람이 하나의 음악을 들으면 거의 비슷한 감정이 된다는 것이다. 옳은 말이다. 같은 노래를 들으며 모두 같이 울고 웃는 예술 장르가 음악이다.

하지만 음악가에는 조국이 있다는 말처럼 음악은 인류 공통의 감정이면서도 작곡가 자신이 자라온 나라의 정서, 민족의 특성, 자신의 환경에 따른 관례가 창작에 영향을 준다는 것이다.

또한 같은 악보라도 연주자가 자라온 나라에 따라, 민족에 따라 다르게 연주된다는 것이다. 편곡 또한 마찬가지다. 작가가 소설에서 전하는, '음악에는 국경이 없지만, 음악가에게는 조국이 있다'라는 아포리아는 옳다.

하물며 문학은 더할 것이다. 언어를 표현 도구로 삼는 문학은 더욱 민족, 국가의 특수성이 들어갈 수밖에 없다. 그러므로 문학가는 더군다나 자기 나라 언어를 소중히 여기고 늘 갈고 닦아야 할 것이라는 내용의 강연이었다.

나는 소설가의 강연 중에 지난 조선족 예술단의 공연을 떠올렸다.

내가 이끄는 예술단은 국악과 민요를 프로그램의 주된 순서로 잡았다. 관중들도 좋아했다. 힙합과 아이돌의 댄스가 유행하는 한국 대중문화계에서 우리의 악기로 우리의 춤을 선보인 점이 돋보였단다. 많은 언론에서도 아직 우리의 전통음악과 우리 가락이 살아 있음에 감탄했다.

나는 언론과 인터뷰 때마다 무엇보다 중국 땅에서 우리 전통이 맥을 이어가고 있음을 강조했다. 애초에 내가 주목한 것도 이 부분이었다. 우리의 전통음악인 국악은 이제 청소년들에게는 멀리 떨어져 있다. 아이들은 힙합이나 랩 같은 미국의 대중음악에 빠져 있다. 세계화 추세여서 어쩔 수 없지만 기억해야 할 것은 기억하고 유산으로 물려줘야 할 것이다. 민요는 특히 우리의 가락에 우리 민중의 삶이 녹아 있는 노래여서 우리 역사라 해도 과언이 아니다.

우리는 늘 아리랑을 불러왔고 누군가 아리랑을 입에 올리면 금방 따라 했지만, 아이들은 아리랑을 전혀 모른다. 들어본 적이 없기 때문일 것이다.

〈설화소년예술단〉에서의 백미는 아리랑 산조를 변주하여 노래하고 춤을 추었던 장면이었다. 아리랑이 끝나자 청중 모두 감격해서 기립 손뼉을 쳐 주었다.

소설가는 '득음'의 문제도 강조했다. 득음이란 개념의 다른 측면을 이야기했다. 판소리에서 명창이 되기 위한 훈련으로 산속 깊은 곳, 폭포 아래에서 목청을 틔워내는 것을 득음이라고 알고 있지만, 그것이 아니란다. 명창도 득음의 경지, 득음의 상황을 생애에 몇 번 겪어보지 못한다고 했다. 가수가 관객과 일치돼 관객의 입에서 자신의 노래가 들려오는, 자신의 목소리가 관객의 입으로 들리는 그 상황이 득음이라는 것이었다.

그러고 보니, 지난 〈설화예술단〉의 청주예술극장에서의 공연과 〈라일락 소년예술단〉의 인천 공연에서 그러한 경험을 한 것 같았다. 아리랑을 부르며 청중의 아리랑 합창을 유도해내는 가운데, 모두가 하나의 아리랑이 되어 극장이 요동치는 그때의 그 형국은 감동이었다.

모두 목청껏 아리아리 아라리요를 부르며 울음인지 웃음인지 모를 소리를 낼 때, 극장 안은 금방이라도 터져 무너질 것 같은 울렁거림으로 가득했었다. 나는 귀가 먹먹해 왔고, 그 먹먹함은 온몸에 고압의 전기가 흐르는 것처럼 저릿저릿함으로 바뀌어갔다. 《리듬》의 작가가 말하는 득음의 순간을 나는 〈라일락예술단〉의 아리랑 합창으로 경험했던 것이다.

2부 작가와의 대화를 마치고 관계자들과 저녁 식사 후 나는 곧장 퇴근했다.

집에 오니 아내가 산부인과에 다녀온 이야기를 전해 준다. 며느리가 진통이 길어진다고 한다. 의사는 진통 없이 수술을 하라고 권하지만, 며느리가 참고 있다고 한다. 며느리의 고집은 누구도 못 말린다. 악착같이 살아온 며느리의 어린 시절이 그런 고집을 만들었으리라. 산모와 아기 모두 건강하기를…….

어느새 자정이다. 거실에서 쉬면서 텔레비전 자정 뉴스를 보니, 북한의 미사일 발사가 헤드라인으로 뜨고 있다. 올해 들어 여섯 번째이지만, 북한은 앞으로도 계속 쏠 것이다. 그것이 그들의 존재감을 과시하는 유일한 방법이다. 마치 가스통을 짊어지고 사방을 돌며 위협하는 불량소년 같은 이미지로 보였다. 가스 밸브를 열고 라이터를 든 채 자기를 건드리지 말라는 망나니 같은 모습, 가족들은 굶어 죽어가는데도 가스통은 더 화력 좋게 만드는 데 바쁘기만 한 못난 장남의 모습을 연상케 했다. 남쪽의 장남들은 어떤가. 부모에게 받은 유산을 자기에게만 빼돌리려는 자손이 남쪽 장남의 모습이다. 형제·자매보다 자기 처자식만 잘되면 좋다는 식이다. 이익이 없으면 주변 가족도 몰라라 한다.

나는 서재에서 동두천 몽키하우스의 취재와 북 콘서트 기사 초고를 써 놓고 의자를 뒤로 젖혀 쉬었다. 잠이 와서 침실로 들어갔다. 나는 눈을 감자마자 잠 속으로 빠져들어 갔다.

특명, 김일성 시신을 확인하라

삶이여, 네가 기어코
내 원수라면 인사라도 해라.
나는 결코 너에게
해코지하지 않으리라
　　　— 이성복 〈래여애반다라〉에서

　　오늘은 좀 늦게 깨어났다. 신문사 기사를 확인하고 어제 쓴 기사를 정
리해서 올렸다.

　　어젯밤에도 어머니가 꿈에 나타나셨다. 지난주에도 꿈에서 뵈었는데,
오늘도 새벽녘 꿈에 나오셨다. 환갑을 넘기셨어도 밭에 나가셔서 일하시
던 어머니 모습이었다. 건강해 보이셨는데, 표정은 무덤덤했다. 내게 무슨
말을 전하려시는 것 같은데, 나는 외면하고 내 길을 가는 꿈이었다.

　　지난번 꿈에는 아버지와 같이 나오셨더랬다. 아버지도 60대 때의 모습
이셨다. 무표정은 어머니와 같았지만 내게 다가오셔서 귓속말로 뭐라 하
셨는데, 기억이 안 난다. 기분 좋은 말은 아니었던 것만 생각났다.

　　나는 사무실에 가서 온라인으로 일을 처리하면서 오전을 바삐 보냈다.
점심은 고속도로 휴게소에서 간단히 때울 생각이었다. 청주에 갈 생각이

었다. 고향 선산에 가서 아버지 어머니 묘소를 둘러보려는 생각이었다.

가는 길에 안성, 나의 박물관에도 들러야 했다. 거기서 물건을 하나 사무실로 가져와야 했다. 지난주에 유투버가 나를 취재하러 사무실에 왔는데, 보여 줄 중요한 기념물이 사무실에 없었던 것이었다. 일단 취재하고, 영상 촬영은 다음에 하자고 했었다. 기념 물건을 유투브 화면에 보여 줄 필요가 있었다. 하남시 도서관에서도 나의 체험을 채록한다고 방문키로 했다. 그 채록 팀에게도 기념물을 보여줘야 했다.

기념물은 〈수급위임장〉이었다. 이 기념패는 북한에서 처음으로 한국 사람에게 수여한 상패였다. 나는 스마트폰에 사진으로 저장된 북한의 수급위임장을 띄워 확대해 살펴보았다.

〈수급위임장〉

6·15공동선언과 10·4 정신 관철을 위하여 조선민주주의인민공화국 대자연 개조 물길공사에 무상 지원하는 물자(유기질비료, 식량, 묘목, 어구자재, 액화가스 LPG합작 및 기타 등등)들에 대한 수급 권한을 '우리민족농촌살리기운동본부' 사무총장 강재호 선생에게 위임합니다.

조선민주주의 인민공화국 평선에네르기발전회사

주체 97(2008)년 6월 30일

위임장의 앞면에는 이렇게 씌어 있었고, 뒷면에는 인공기가 인쇄돼 있었다.

이 기념물은 북한에서 필요로 하는 물자를 남한이 제공할 때 나를 거치게 한다는 증서였다. 1990년대 당시 나의 민족 사랑 활동이 인정받아 남북 모두 민간 교류의 견인차 역할을 내게 맡기는 분위기였다.

그런데, 2000년 초, 보수 정당이 집권하면서부터는 내게 일을 주지 않으려 했다. 나는 그러려니 했는데, 2008년에 최재경과의 만남 후 북쪽에서 만들어 준 교류회사의 대행 임무를 수행해 달라며 이 기념패가 온 것이었다. 북한이 물자교류를 위임하는 패를 내게 전달하면서 나는 다시 활동하게 되리라 기대했다.

당시 옥수수 5만 톤을 북으로 보내려 했다가 무산된 일이 있었다. 북한의 식량 사정이 극도로 악화돼 옥수수라도 보내려던 것이었다. 그런데 북한에서 우리의 제의를 묵살해 버린 것이었다. 북한에서 우리 정부의 제의를 무시한 배경은 자존감 때문인 줄로 알았지만, 실은 분량이 적어서였다. 그들은 더 많은 식량을 주기를 원했다.

남한에서도 응하기 어려워 결국 문을 닫아버린 것이었다. 남북 관계는 다시 차가워졌다. 마침 최재경이 다시 내게 연락을 해와서 지난번 옥수수를 나를 통해 북으로 올려보내려는 계획을 세웠다. 그 일환으로 설립한 단체가 '우리민족 농촌 살리기 운동 본부'였다. 그리고 나를 사무총장으로 한다는 증패가 바로 이 〈수급위임장〉이었다.

나는 오전 일을 마무리하고 사무실을 빠져나왔다. 차에 올라 청주로 향했다. 평일이어서 차는 막히지 않았다. 하남 톨게이트도 시원하게 빠져나갔다.

이천 휴게소에서 비빔국수를 한 그릇 먹고 커피로 매운 입을 달래고 있었다. 휴게소 식당 끝에 수상한 느낌의 사람이 보였다. 음료 자판기 앞에 서서 음료 메뉴를 보며 고르는 척하다가 내 쪽을 흘끔거렸다. 여성이었다. 선글라스를 끼고 있었지만, 며칠 전부터 내 뒤를 쫓아오던 그 여인임을 나는 직감했다.

그녀는 음료는 빼지 않고 나를 쳐다보다가 내가 고개를 들면 다시 자판기로 시선을 돌렸다. 그러기를 몇 차례 반복했다. 나는 모르는 척 비빔국수를 모두 먹고 자판기로 갔는데, 그녀가 황급히 식당을 나가 화장실로 들어가 버렸다.

누군가가 나를 미행하고 있는 것이다.

내 육감은 틀린 적이 없었다. 누군지 꼭 잡아 밝혀내리라……. 하지만 나는 지금 공작 업무나 첩보 일이 멈춘 상태여서 아무도 관심을 두지 않고 있었다. 차라리 누군가에게 주시를 받는 첩보 업무가 있으면 좋으련만……, 지금은 어떤 기관에서도 나를 부르지 않았다.

어떤 순간이 오면 밝혀지겠지, 하고 생각했다. 나는 결정적인 순간을 기다리자며 휴게소 주차장에서 빠져나갔다.

나는 안성의 내 기념관에 차를 세우고 차 안에서 내리지 않았다. 혹시 누군가 따라왔는지, 쫓고 있는지 기다리려는 것이었다. 한참을 기다려도 뒤따라온 차는 없었다. 나는 차에서 내려 기념관으로 들어섰다.

기념관이라지만, 내 물건을 보관하는 창고였다. 물건이 많아 집이나 사무실에 모두 가져다 놓을 수 없었다. 기념관에는 그동안 해외나 북한에 다니면서 받거나 구입한 물건들이 진열돼 있었다. 각종 증명서, 청와대 출입하면서 남긴 기록들, 북한의 그림과 서예 품 등 남들에게 가볍게 보일지 모르지만 내겐 소중한 것들이었다. 언제 더 큰 집으로 이사하게 되면 다시 진열하리라는 생각이었다.

나는 〈수급위임패〉를 들고 다시 차에 올랐다. 수급위임패와 함께 특수임무유공자증서도 가져왔다. 이 위임장을 받고 한국에 돌아가 상부에 보고했을 때, 모두가 놀라워했었다. 한국의 보물이 될 거라고, 역사의 증거라고, 가보로 간직하라고 부러워했고 자랑스러워했다. 그런데, 지금은 아무도 나를 거들떠보지 않는다.

나는 서운했다. 목숨을 걸고 활동해왔고, 이런 중요한 상패를 받아왔는데 국가에서 나를 외면한다. 누구 하나 기억해 주지 않는다.

나는 청주, 고향의 선산으로 향하며 지난 특수임무 보상위원회 법정을 떠올린다. 북한의 평양으로 들어가 김일성 시신을 보던 내가 겹쳐 어른거린다.

재판장이 내게 물었다.

문 : 원고가 말하는 특별한 명령, 특명은 무엇이었습니까?

답 : 김일성 시신을 확인하라는 것이었습니다. 김일성은 1994년 7월 8일에 죽었습니다. 그전에도 김일성이 죽었다는 보도가 몇 차례 있었지만, 모두 가짜 뉴스였습니다.

문 : 그런 일이 있었죠. 1986년 모 언론에서 '김 주석 사망' 오보를 그대로 사실로 보도했었죠. 그래서 보안당국에서 호되게 비판받은 적 있었

죠.

답 : 그렇습니다. 김영삼 대통령은 한 달 후에 백두산에서 김일성과 만나기로 돼 있었는데, 사망했다는 것이었습니다. 아무도 김일성 사망의 진위 여부를 몰랐습니다.

문 : 그래서 다시 평양에 간 것이로군요.

답 : 네. 두 번째 평양행이었습니다. 이번에는 김일성 시신을 확인하라는 특명을 받고 떠났습니다.

1998년 6월 초였다. 내 핸드폰으로 국제전화 한 통이 걸려온다.

— 강 선생님, 선생님께 초청장을 보내겠습니다. 7월 중에 우리 공화국에서 선생님을 초청할 계획입니다.

— 최 사장님 고맙습니다. 준비하겠습니다.

— 지난번 우리 어머니, 고향에 가시도록 해 준 일, 감사하게 생각하고 있습니다.

최재경은 지난 5월, 내가 그의 어머니와 여동생을 한국 땅을 밟게 해 준 일을 말하는 것이었다. 최재경의 어머니는 고향인 안동을 가보고 제주도를 관광했었다. 내가 부녀를 모시고 한국의 명승지를 돌았다. 나는 지난번 최재경과 중국에서 만났을 때, 그가 내게 해 준 호의를 갚고 약속을 지켰던 것이었다.

— 어머니가 소원을 풀었다며 계속 얘기하십니다.

— 저도 감사합니다. 다른 차원의 이산가족 상봉이어서 특별하다고 생각합니다.

전화를 끊고 나는 김상원에게 보고했다. 김상원은 나를 불렀다.

그는 내게 부하 직원을 인사시켰다.

— 강 국장, 앞으로 강 국장이 협조해 줘야 할 임만재 소령이야. 두 사람이 잘 해봐.

김상원은 다른 업무로 바빴고 앞으로는 임 소령이 내 파트너가 되었다고 했다. 나는 대북 관련 모든 첩보 사항을 임 소령에게 보고해야 했다.

— 강 국장님, 잘 부탁드립니다. 지금 국장님께서 큰일을 하고 계신다고 우리 회사에서 소문이 자자합니다. 이번에 북한을 가시면 꼭 국장님이 알아보시고 오셔야 할 일이 있습니다.

임 소령은 단단해 보였다. 작은 체구이지만 눈이 날카롭고 목소리도 굵직했다.

— 네 잘 부탁드립니다. …… 평양에 가서 제가 알아볼 일이 따로 특별한 게 있습니까?

— 네, 김일성의 시신이 안치된 평양금수산기념궁전을 방문해 보십시오. 거기에 김일성 시신이 있는지 보고 오십시오.

— 네?

김일성 시신을 확인하라는 지시는 뜻밖이었다. 김일성이 살아 있는지 죽었는지 정확히 알 수 없는 북한 상황이고, 설령 죽었더라도 김일성 시신을 확인할 수 있는지, 내가 그럴 만한 자격이 있는지, 내가 그런 위치에 있는지 나는 의아할 뿐이었다.

— 그게 가능할까요?

나는 물었다.

— 네 하실 수 있습니다. 가능합니다. 우리 분석으로는 국장님과 최재경의 친분 정도라면 가능하다는 판단입니다.

— 저로서는 상상도 못 했습니다.

— 강 국장이라면 현실이 됩니다. 강 국장님만이 하실 수 있습니다. 도와주십시오.

임 소령의 표정이 부드러워지고 음성도 한층 누그러졌다.

— 알겠습니다. 해보겠습니다.

— 잘 살펴봐 주십시오. 사진을 찍어오실 수 있으면 좋겠지만 그럴 수는 없을 것 같고, 상세하게 관찰하고 돌아와 주십시오. 이번에는 우리 통일부에서 방북 신청서를 내 줄 것입니다.

— 좋습니다. 방북증이 있으면 그쪽에서도 의심하지 않을 겁니다.

1998년 7월 14일, 나는 베이징 공항 로비에서 최재경을 기다리고 있었다. 최재경이 나를 평양으로 데리고 갈 것이다. 이번이 두 번째 평양행이다. 이번에는 특별한 명령을 수행해야 한다.

김일성 시신 확인.

평양방문 목적이 또 하나 있다. 〈평양 만경대 소년궁전예술단〉 한국초청 건이었다. 그러나 더 큰 목적은 김일성의 시신을 확인하고 보고하는 것이었다.

잠시 후 최재경이 공항 로비에 나타났다.

— 고려항공 입국 절차를 밟아야지요.

최재경이 나를 고려항공 게이트로 안내했다.

― 강 선생님, 정식으로 감사 인사를 드립니다.

― 무슨……:

― 어머니와 여동생을 한국에 데리고 가신 일 말입니다. 폐 많이 끼쳤습니다. 돈도 많이 쓰시게 하고……:

― 천만에요. 아닙니다. 저도 최 사장님 부탁을 이행해서 홀가분하고 보람이 있습니다.

지난번처럼 평양행 비행기 안은 더웠다. 나는 이번에는 평양에 도착하여 김일성 동상에 헌화할 꽃을 준비해 두었다. 꽃다발을 끌어안은 나를 평양시민으로 아는 모양인지 사람들이 쳐다보면서 눈인사를 해왔다.

평양 공항에 도착하자 이병식 국장, 이효준 과장이 입국 게이트에서 나를 환대해 주었다.

― 강 선생님, 평양방문을 렬렬히 환영합니다. 이번이 두 번째 방문이셔서 모든 게 익숙하시죠? 편안해 보이신단 말입니다.

이병식이 미소하며 악수를 청했다.

― 네, 평양이 편안합니다. 아주 좋습니다.

― 중국 길림신문 서울지국장이 되셨단 말입니다? 감축드립니다. 강 선생님 취재 내용을 우리 공화국에서도 보고 있습니다.

나는 1차 방북 때와 똑같이 만수대언덕 김일성 동상에 헌화했다. 평양의 모습은 이 년 전에 비해 달라져 보이지 않았다. 차도에는 트럭이 지나고 있고, 인도에는 저고리와 치마 입은 여성들이 어디론가 바삐 걸어가고 있었다.

만수대언덕에서 내려오자 이병식이 차 있는 곳으로 안내했다. 이번에는 붉은 별이 새겨진 번호판이 아니었다.

— 강 선생님, 이번에 우리가 선생님을 고려호텔로 모시려 했는데, 상부의 지시로 조평통 초대소로 바뀌었습니다.

이병식이 말했다.

— 저는 아무 곳이든 좋습니다. 우리 북남, 남북사업만 잘되면 좋습니다.

나는 그렇게 말하면서 속으로, 김일성 시신을 볼 수 있을지 묻는 시점이 언제가 좋을지 가늠해 보았다.

한 시간가량 달렸을까, 이윽고 차가 멈추었다. 차는 양옥의 건물 앞 주차장에 섰다. 별채의 건물은 숲을 배경으로 단아하게 자리하고 있었다. 초대소였다.

— 강 선생님, 이번 방문은 이곳에서 진행됩니다. 편히 지내십시오.

이효준이 초대소에 대해 간단히 설명했다. 체류 동안 어디 어디를 보는지도 알려 주었다. 지난번과는 달리 유적지와 관광지 중심이었다. 초대소에는 특별히 초대소장은 없었고 공훈요리사 한 명과 청소를 담당하는 여성 한 명 눈에 띄었다.

나는 안내해 준 방에 들어가 짐을 풀었다. 이번에는 카메라를 지니고 다니려 곁에 두었다.

얼마 지나지 않아 식사가 마련됐다며 요리사가 말했다. 나는 식당이라

고 쓰인 곳으로 향했다. 식사 자리에 최재경과 나, 이병식, 이효준이 함께
했다.

— 이 국장님, 이번 방문에 꼭 들러보고 싶은 곳이 있습니다.

식사가 마무리되자 나는 이병식을 보고 말했다. 어차피 물어볼 텐데,
이때가 좋을 듯싶었다.

— 어디 가고 싶으십네까?

— 이번에는 위대하신 김일성 주석님을 한 번 꼭 뵙고자 합니다.

내가 이렇게 말하자 이병식 국장이 눈을 크게 떴다.

— 그건 아니 되는 말씀입니다. 우리 수령님 친견은 아무나 할 수 없습
니다. 남쪽 김대중 대통령을 아무나 만날 수 있습네까?

이 국장이 단호하게 말했다.

— 저는 대통령을 자주 접합니다. 청와대 출입기자로써 말입니다.

내가 이렇게 말하니 그는 더욱 눈을 크게 떴다.

— 우리 수령님 친견은 어렵습니다. 아니 된단 말입니다. 단념하시라요.

그는 기분이 언짢다는 투로 말했다.

아차 싶었다. 대통령 말을 꺼냈다가 공연히 화를 돋웠다. 여기는 북한
평양이라는 사실이 갑자기 솟은 벽이 되어 눈앞에 다가왔다.

특명을 수행할 수 없게 되는가……:

식사 후 모두 떠나고 나도 내 방에 들어왔다. 밤늦은 시각에 최재경이
나를 찾아왔다.

— 강 선생님, 왜 갑자기 우리 수령님을 접견하시려 합네까? 예술단 초

청에 신경 쓰시기도 벅차실 텐데 말입니다.

최재경이 이상하다는 의미로 미소 지었다.

— ……제가 서울에서 김일성 회고록을 읽어보니 이런 글귀가 있었습니다. '인간에게 신념은 대단히 중요하다. 그러나 그 신념을 실천하는 사람은 더욱 대단하고 중요하다'라는 문장입니다. 저의 좌우명입니다.

순간적으로 지난번에 읽었던 글귀가 떠올랐다. 입에서도 막힘없이 술술 나와 나도 놀랐다. 최재경이 이를 드러내고 웃어 보였다.

— 아이고, 강 선생님……. 역시 활달하십니다.

최재경은 내 의도를 알아차린 것 같았다. 남한에서는 김일성 수령이 정말 숨이 끊어졌는지 확인할 길이 없을 것이다, 지난번에도 김일성 사망 오보가 나와 허둥거리지 않았던가, 이번에 강재호를 통해 진위를 알아내려는 수작 아닌가……, 하고 생각하는 것 같았다.

— 금수산 궁전 친견은 아무나 아니 되지만, 내레 한 번 알아보겠습니다. 강 선생님 부탁이니 말입니다.

— 생전에는 사진으로만 뵙던 김일성 주석님이지만, 여기 평양에 계신 주석님을 꼭 한 번 뵙는다면 제 평생의 영광이겠습니다.

— 사실 우리 공화국에서는 여전히 살아계신 것으로 모시고 있습니다. 수령님께서 영생하고 계신다는 말입니다. 그래서 접견이라고 표현하고 있습니다.

최재경이 '접견'이라는 말에 힘을 주었다. 내가 간절한 눈빛으로 그를 바라보니 그가 다시 말했다.

— …… 내레 일을 만들어 보겠습니다.

나는 희망이 보이는 듯해서 마음이 환해졌다. 나는 최재경을 믿어왔다. 그와 함께 중국에서 여러 차례 만난 인연이 아무렇지 않다고 생각해왔다.

그렇지만 무소식이었다. 2차 평양방문은 최종 목적이 김일성 시신을 보는 것인데, 나는 서해 관문에 가거나 백화점 방문 정도로 일정이 흘러가고 있었다.

나는 유람 일정을 소화하면서도 마냥 즐겁지만은 않았다. 시신 확인은 과연 이뤄질 수 있을지, 매 순간 걱정이었다.

일정 중, 서해 관문에 가서 낚시하는 모습은 인상적이었다. 농어를 잡아 즉석 회를 떠서 먹었는데, 맛이 일품이었다.

그리고 단옷날에 먹은 쑥떡 맛도 잊을 수 없었다. 1차 방문 때 해설원이었던 여성이 쑥떡을 가져다줬다. 2년이 지난 후에 본 그녀는 몰라보게 늙고 야위어 있었다. 북한 경제의 어려움을 해설원 여성이 얼굴과 몸으로 표현하고 있었다.

2차 평양방문의 마지막 일정을 앞둔 전날이었다. 그러니까 1998년 7월 21일이었다. 그날 오전 7시, 이효준 과장이 나를 급히 찾았다.

— 강 선생님, 빨리 정장을 갖춰 입고 나오시라요. 공화국 위대한 령도자 김정일 장군님께서 위대한 수령님을 접견하라는 비준을 내렸습니다. 어서 궁전으로 가야 합니다.

그의 말을 듣고 나는 서둘러 양복으로 갈아입고 카메라를 목에 걸었다. 초대소 밖으로 나가니 차량이 한 대 시동을 켠 채 나를 기다리고 있었다. 최재경이 내게 미리 언질을 안 한 이유가 궁금했지만, 곧 궁금증은 없어졌다. 내게 더 충격을 줘서 큰 선물의 효과를 노린 것이었다.

— 강 선생님은 영광이십니다. 남조선 려권을 가지고 우리 위대한 수령님을 접견하시는 사람으로 두 번째입니다.

차에 오르자 이 과장이 운전대를 잡고 말했다.

— 아, 그렇습니까? 정말 영광이군요. 첫 번째는 어떤 분이십니까?

내가 물었다.

— 박용길 선생님이십니다. 문익환 목사님 사모님이십니다.

— 그렇군요. 감사합니다. 정말 감사합니다.

초대소를 나온 차는 얼마 가지 않아 멈추었다. 차에서 내리니 압도적으로 큰 석조건물이 산기슭에 세워져 있었다. 모란봉 앞이었다. 나는 이 건물에 대해 미리 조사해 본 기억을 떠올렸다. 1973년 3월에 착공해서 1977년 4월 15일, 김일성의 65회 생일을 맞아 준공했다.

김일성이 사망하기까지 관저로 사용해서 주석궁이라고도 했다. 처음 준공 당시에는 유럽식 궁전을 모방한 5층 복합 석조건물이었지만, 궁전으로 승격되면서 7층이 됐다. 지금은 그와 함께 중앙 홀 가운데 너비 60m에 달하는 대형 김일성 초상화와 김일성 입상이 세워져 있다. 그리고 궁전 앞에는 김일성과 김정일의 생일을 상징하는 너비 415m, 길이 216m의 콘크리트 광장이 조성됐다. 1996년에는 주민들 관람을 위해 건물 바깥쪽에 긴 복도를 만들고, 1997년에는 김일성 영생탑을 세웠다.

나는 이효준의 안내에 따라 천천히 문 앞으로 걸어갔다.

— 아무것도 가지고 들어갈 수 없습니다.

이효준이 내 목에 걸린 카메라를 가리켰다. 나는 카메라와 만년필을 보관대에 놓고 그를 따랐다.

석문 양쪽으로는 기관총을 옆구리에 찬 군인 두 명이 보초를 서고 있었다. 그들은 곁눈으로 우리를 쏘아보고 있었다. 개미 새끼 한 마리 들어갈 수 없을 정도의 날카로운 기세였다.

이효준이 보초 군인 한 명에게 다가가 서류를 보여주니 문이 열렸다. 문으로 들어서자 에스컬레이터가 움직이고 있었다.

— 암호!

에스컬레이터 앞에서 검은 정장 차림의 선글라스 낀 청년이 암호를 물었다.

— 736!

이효준이 크게 말했다.

— 통과!

에스컬레이터를 타고 이 층으로 올라가니 선글라스 청년이 또 있었다. 그 역시 암호를 물었다.

— 247!

이효준이 답하자 그가 "통과!"를 외쳤다. 에스컬레이터로 한 층 한 층 오를 때마다 선글라스가 암호를 물었고, 이효준은 즉각 즉각 다른 숫자를 대며 답했다.

우리는 이런 식으로 7층까지 올라갔다.

7층 에스컬레이터의 마지막 계단이 넘어가는 순간, 나는 눈 앞에 펼쳐진 광경에 놀라움을 금치 못했다.

바로 앞에 김일성의 시신이 있는 것이었다. 상상했던 유리관이 아니라 그냥 큰 침대에 누워 있는 형국이었다.

— 수령님께 경배!

누워 있는 김일성의 머리맡에 서 있던 여성이 말했다. 여성은 두 명으로 한 명은 나를, 다른 한 명은 이효준을 지켜보고 있었다.

— 서 계시면 아니 됩니다. 위대하신 수령님 곁을 천천히 돌면서 경의를 표하십시오!

멀뚱히 서서 김일성을 내려다보면 안 된다는 것이었다.

— 시계 방향으로 돌면서 발, 오른팔, 머리, 왼팔 곁에서 두 번씩 경례하십시오.

너무 긴장하여 다리가 떨어지지 않았지만, 나는 숨을 깊이 들이마시고 여성 호위 군인이 말하는 대로 시신 곁을 돌았다. 돌면서 허리를 굽혀 두 번씩 절했다. 절하면서 김일성의 모습을 머릿속에 담아두었다. 또렷하게 새겨지도록 눈도 깜박이지 않고 경배하며 바라보았다.

김일성은 살아 있는 것처럼 보였다. 머리 뒤에 커다란 혹이며, 얼굴과 손등의 검버섯이며 모든 것이 살아 있을 때 그 모습 그대로였다. 흰 와이셔츠에 빨간 넥타이, 감색 양복을 입고 누워 있는 모습이 잠들어 있을 뿐이라는 듯했다.

비록 카메라에 담지 못하지만, 눈에 박힐 수 있도록 나는 부릅뜬 눈으로 보고 또 봤다.

본 그대로를 대한민국에 돌아가 보고하면 내 임무 완수였다.

김일성의 시신 접견을 마치고 나는 옆 방으로 안내받았다. 그곳에도 여성 해설원 두 명이 지키고 있었다.

— 여기는 위대한 수령님께서 집무실로 사용한 곳입니다.

김일성의 집무실이었다. 여러 유품과 책, 그리고 기타 물건들이 잘 진열돼 있었다. 이곳도 나는 모든 것을 유심히 보았다.

— 위대한 수령님의 마지막 육성을 들려드리겠습니다.

여성 한 명이 구석으로 가서 어떤 기기를 만지자 김일성의 음성이 허공에 울려 퍼졌다. 생전에 회의 때 녹음해두었던 모양이었다.

— 미국 놈들 까불지 말라고 그래. 동무들……. 똑바로 들으라우. 우리는 우리식대로 가면 된단 말이야. 알갔어? 우리 스스로 자력갱생으로 공화국을 발전시키면 된단 그말이야, 알간?"

— 알갔습니다!

김일성의 크고 굵직한 목소리 뒤에 여러 북한 사투리가 스피커를 밀치고 나왔다. 우리 식으로 말하면 국무회의 중인가 싶었다.

생전의 김일성 음성을 모두 듣고 집무실을 나오자 나는 곧장 다른 방으로 안내받았다. 그곳에도 해설원 여성 두 명이 대기하고 있었다. 그중 한 명이 내게 다가왔다. 그녀의 손에는 큰 방명록이 들려 있었다.

— 선생님께서는 오늘 영광스럽게도 위대하신 우리 수령님을 접견하셨습니다. 그 소감을 이곳에 적어주시기를 바랍니다.

나는 방명록을 받고 소감을 적으려 페이지를 펼쳤다. 그때, 이효준이 테이블 밑으로 나의 발을 살짝 밀었다. 가만히 있으라는 의미였다. 그러니까, 방명록에 소감을 쓰지 말라고 신호를 보낸 것이었다. 나는 눈치를 채고 망설였다. 그러자 머뭇거리는 내게 여성 해설원이 물었다.

— 선생님, 왜 안 쓰십네까?

— 네, 오랫동안 존경하고 흠모해온 수령님을 뵙고 나니 끓어오르는 감격과 흥분으로 무슨 말을 써야 할지 생각나지 않습니다.

— 그렇습니까? 그럼 안 쓰셔도 됩니다.

나와 이효준은 김일성 시신 접견을 마치고 주석궁 밖으로 나왔다.

이효준이 내 곁으로 다가와 작게 말했다.

— 역시 강 선생님, 골이 좋습니다. 아까 만약에 방명록에 접견 소감을 썼으면 강 선생님은 김포공항에서 은팔찌를 차는 겁니다.

— 왜요? 그게 무슨 소립니까?

— 오늘 강 선생님께서 우리 수령님을 접견한 소감을 썼다면 우리 보위부에서 바로 그 소감을 복사해서 남쪽에 전달합니다. 강 선생님이 우리 수령님을 접견한 사실을 알리게 됩니다. 그렇게 되면 강 선생님은 구속되겠지요. 보안법 위반 아닙네까?

— 그래요? 그렇게 되는 겁니까?

나는 짐짓 놀란 표정을 짓고 곧 안도의 숨을 쉬었다.

— 그래서 제가 방명록 작성하실 때 발을 밀었는데 역시 강 선생은 눈치가 빠르십니다. 접견 방명록에 흔적을 남기지 않아 다행입니다.

아무튼 나는 금수산기념궁전을 방문해 직접 김일성 시신을 접했다.

역사를 썼다.

나는 금수산 궁전을 떠나기 전 인증 사진을 위해 카메라를 이효준에게 건냈다. 필름 카메라였는데, 그가 카메라를 받지 않았다.

— 아니 됩니다. 여기 함부로 찍으면 안 됩니다.

이효준이 질색하면서 목소리를 높였다.

— 리 과장님, 아까 제게 영광스런 접견이었다고 말씀하셨잖습니까? 가문의 영광이 되도록 사진 한 장 남겨야 합니다. 도와주십시오.

— 아, 알겠습니다. 딱 한 장만입니다.

이효준은 주석궁을 배경으로 선 내 모습을 카메라에 담았다. 두 컷을 찍어 주었다.

그렇게 나는 대한민국 정부의 '김일성 시신 확인 특별명령'을 완전히 성공적으로 수행했다!

— 과장님, 어떻게 저렇게 김일성 주석님을, 마치 살아있는 사람이 잠자는 듯이 해놓을 수 있습니까?

초대소로 귀환하는 차 안에서 내가 이효준에게 물었다.

— 예, 로씨아에 천만 달러를 주고 작업을 시켰습니다. 유지비도 많이 들어갑니다. 위대하신 수령님은 영생하신다는 의미입니다.

— 근무하는 여성들도 모두 절도 있어 보입니다.

흰 저고리에 검은 치마를 입고 있던 해설사 여성들은 모두 단단한 아름다움을 지니고 있었다.

— 수령님의 비서들입니다. 김일성 대학을 졸업한 미녀 수재들입니다.

두 명씩 삼 교대로 근무합니다. 영광이지요.

　ㅡ아, 네…….

　나는 그녀들의 영광스러움보다 무섭지 않을지, 건강에 해롭지 않을지 걱정이 되었다.

　그렇게 하여 나의 2차 평양방문은 성공적으로 마쳤다. 주석궁에서의 김일성 시신 확인뿐 아니라, 11박 12일 동안 고구려 시조 주몽에 대한 기념 시설까지 둘러보았고, 그의 묘소인 동명왕릉에도 가봤다. 그리고 원래 내 사업인 평양소년궁 예술단, 평양 교예단의 한국 공연을 위한 계획을 북한 관계자들과 협의했다.

　2차 평양발 귀국길은 가벼웠다.

숨이 막히는 고통, 내 청춘의 절벽 끝

수염이 더부룩한 젊은 목수는 과수원 울타리를 손보고 있었다.
하늘에 맹세한 순결에도 몸이 무거워진 사과나무!
그러나 아직 아무도 모른다.
지난봄 잉잉 꿀벌들의 외마디 소리, 당신의 밀사로 다녀간 것을.
— 김상옥, 〈密使〉

차는 청주 요금소를 지나치고 있다. 운전이 점점 힘들어지고 있다. 해마다 시력도 떨어지고 근력이 없어지는 것 같다. 자칫 몸이 어긋나면 결리고 아팠다. 운동 부족이었지만, 운동을 하기 위해 시간을 따로 내기 어렵다. 대중교통을 이용하면서 걷기를 실천해 보지만, 본격 운동은 아니어서 효과가 미미했다. 쉬어야 하는데, 시간은 늘 내 편이 아니었다. 일이 계속 생겼다. 긴장의 연속이 내 시간이었다.

평양에서 김일성 시신을 확인하고 온 나는 곧바로 훈춘으로 달려갔다. 훈춘의 〈백두산소년예술단〉을 한국에 초청하는 일을 진행하기 위해서였다. 앞으로의 평양소년예술단 공연의 전초전 역할을 하는 사업이어서 나는 꼼꼼히 제반 업무를 챙겼다. 명예단장과 명예교장으로서 당연히 내가 해야 할 일이었지만, 나는 두세 배로 열심히 뛰었다.

〈백두산소년예술단〉의 한국 공연이 중국 사회에 큰 이슈가 되면서, 북한에도 알려졌는지, 즉각 최재경으로부터 연락이 왔다.

— 강 선생님, 좋은 소식 있어 알려드립니다. 우리 공화국의 평양 교예단을 서울에 보내게 됐습니다.

최재경은 상부로부터 지시가 떨어졌다고, 내가 정식으로 평양교예단을 초청한다는 문서를 보내라고 했다. 초청 단체는 '계명 기획사'로 작명까지 해놓았단다.

— 계명, 새벽 닭 울음입니다. 어떻습네까? 우리 사업의 번창을 의미합니다.

— 좋습니다. 아주 좋아요. 계명 프로덕션!

— 회사 대표이사를 강 선생님으로 하셔서 초청장을 보내주세요.

— 알겠습니다.

나는 이 사실을 김상원 선배에게 보고하고 제반 서류를 준비했다. 모든 일은 순조롭게 진행됐다. 회사 명의의 초청장과 대한민국의 공식 허가증이 만들어져 북한으로 보내는 데 5일밖에 걸리지 않았다.

그리고, 새천년이 밝았다. 밀레니엄의 시작, 새로운 세기를 맞아 우리 민족의 통일을 염원으로 담은 행사가 있었다. 2000년 6월 3일에서 11일까지 평양교예단의 서울공연이었다. 나는 원로 예능인 김보애 선생과 일정을 맞추고, 프로그램을 조율했다. 북한 예술인과 스텝 100여 명의 규모로 일정 동안 모두 14차례에 걸쳐 공연을 진행할 예정이었다.

나는 교보빌딩에서 기자회견을 하고 북한평양예술단의 서울 잠실체육

관공연을 발표했다. 나는 기자들 앞에서, '6월 15일 남·북 정상회담을 앞두고 남북 간 화해 분위기를 조성하고 예술교류 활성화의 전기를 마련하기 위해 이번 공연을 개최키로 했다'라고 말했다. 평양예술단은 중국 베이징을 경유한 항공편으로 이달 31일 서울에 도착, 환영회와 리허설에 이어 8일간 공연을 가진 뒤 11일 북한으로 되돌아갈 예정임을 밝혔다. 평양교예단의 주 프로그램은 공중 서커스와 동물 서커스, 요술과 수중 무용, 빙상무용인데, 수중과 빙상무용은 설비가 어려워 프로그램에서 제외됐음도 알렸다.

모두 알다시피 평양은 전용 극장인 평양 교예극장이 있고, 평양교예학교도 설립돼 있다. 그동안 수 백회에 달하는 세계 순회공연을 통해 최고 수준의 서커스 기술을 선보여 왔다. 오랫동안 끊어졌던 남북의 소통이 이번 문화 교류로 다시 이어지길 희망하는 차원으로 서울공연을 기획했으니 많은 관심을 두길 바란다고 말하고 질문을 받았다.

나는 기자들의 질문에 응답하고 회견을 마쳤다.

그 후, 큰 언론사와 대기업에서 관심을 가져 나는 현대 아산에 공연 권한을 위임했다.

공연은 대성공이었다. 서울 송파구 송파동 잠실실내체육관의 15000석이 꽉 찼다. 15000여 명의 관객들이 북한의 기예에 감탄하고 환호했다. 한 시간 반 동안의 공연은 빈틈없이 진행됐고 관객은 모두 뜨거운 열기 속에 하나가 됐다. 세계 최고의 서커스단이라는 명성에 걸맞은 공연이었다.

지상 18m 높이에서 고무줄을 이용한 급강하, 급상승을 반복하는 '탄

력비행'으로 시작된 공연은 발재주, 장대재주, 널뛰기 등 우리 전통놀이를 응용한 공연으로 이어졌다. 여성 단원 3명이 공중에서 세 바퀴를 도는 공중곡예 '철봉비행'은 세계 그 어디에서, 누구에게서도 볼 수 없는 장관이었다.

관객은 자주 기립 박수를 보내주었다. 공연이 진행되는 동안 체육관에는 북한 노래가 울려 퍼졌다. '노들강변' '풍년가' 등 신나는 리듬의 전래 민요가 관람객들의 흥을 돋웠다. 공연 마무리에 관중이 일제히 일어나 손뼉을 치면서 '우리의 소원'을 합창했다. 15000명이 일제히 부르는 '우리의 소원'은 방금 남북이 통일되어 하나 된 민족의 모습이었다.

돌아보면 힘들었지만, 행복했던 여정이었다. 우리 조선족에 대한 연민에서부터 시작되어 북한의 잘못된 이데올로기의 확인, 그 체제 속에서 고통받는 우리 민족을 직접 보았고, 남한과의 문화 교류……. 나는 갈라진 민족이 하나가 되는 그날을 염원하며 온 힘을 쏟아부었다. 서울행정법원 재판장의 질문이 또 떠올랐다.

문 : 중국에서 고문당한 일도 있다던데, 사실입니까?
답 : 네, 사실입니다. 공안에게 끌려가 5일 동안 잡혀 있었습니다.
문 : 중국 어디에서 그런 일이 있었나요?
답 : 말하기 곤란하지만……. 세월이 흘렀으니 밝혀도 되리라 봅니다. 중국 장춘입니다. 장춘의 중국 공안에게 납치됐습니다.

중국의 조선족을 위해 불철주야 뛰었고, 그에 대한 보상으로 언론에서 특집으로 다루기도 했지만 정작 중국 당국에서는 나를 달가워하지 않는 것 같았다. 이유를 알 것 같기도 했지만, 아직도 정확히 모르고 있다.

2000년 7월 20일이었다.

나는 용정 취재 건으로 연길에 있었다. 용정 지역의 문학, 우리 민족의 문화에 대해 취재해 달라는 길림신문의 요청이 있었다. 친구 기자의 아파트에 머물며 며칠 동안 용정을 돌아보았다. 오후 네 시 쯤이었다. 취재를 모두 마치고 심양으로 가기 위해 아파트를 나서는데, 누군가가 나를 붙들었다.

— 一块儿去吧!

'같이 좀 가자'라는 중국말이었다.

청년 두 명이었다. 그들에게 양쪽 팔뚝을 잡힌 나는 상체를 움직일 수 없었다. 강한 완력이었다.

— 당신들 뭐 하는 거야?

내가 소리쳤다. 나는 엉겁결에 튀어나온 한국말 대신에 중국어로 다시 물었다. 나는 간단한 중국어는 구사할 수 있었다.

그들은 대답 대신 나를 들다시피 끌어올려 아파트 바깥에 세워둔 차에 실었다. 차는 문을 닫지도 않았는데, 출발했다.

나는 꼼짝없이 두 명의 괴한에게 납치당하는 중이었다.

— 뭣 때문에 이러는 거요?

나는 한국어로, 다시 간단한 중국어로 물었다. 그들은 아무 말도 하지 않았다.

잠시 달리던 차는 어떤 공터에 다다라 멈추었다. 공터에는 '국안(國安)'이라고 쓴 다른 지프가 있었는데, 나는 그 차로 순식간에 옮겨졌다. 그 차에는 또 다른 두 명의 건장한 청년이 있었다. 그들은 내가 앉자마자 내 머리에 두건을 씌웠다. 그리곤 빠르게 쇠고랑을 채웠다.

차가 움직이는 진동이 있었지만, 나는 어디로 가는지 알 수 없었다. 바깥을 볼 수 없다. 청각이 민감해져 소리만 크게 들려왔다. 비가 내리는 듯했다. 차창에 비 부딪히는 소리가 들려오고, 차 바퀴에 물이 쓸리는 소리도 들렸다. 그들의 대화를 들어보고 싶었지만, 그들은 한 마디도 없었다. 차는 비포장도로로 진입했는지, 흔들림이 아까보다 심했다.

차 엔진 소리와 비 맞는 소리가 무슨 괴기영화의 배경음처럼 들려왔다. 나는 소변이 마려웠다.

— 차 좀 세워주시오. 용변이 급하오.

내가 아래를 가리키며 제스처를 취하니 누군가의 목소리가 들렸다.

— 停车!

차가 멈추자 나는 끌리다시피 내려졌다. 두건도 안 벗고, 수갑도 찬 채로 나는 소변을 보았다.

이대로 죽는가. 중국 땅에서 나는 영영 사라지는가.

수만 가지 생각이 들었다. 생각은 곧장 공포만으로 바뀌었다. 그들이 다시 나를 차에 태우고 달렸다.

잠시 후 차의 속도가 줄어드는가 싶더니 차가 정지했다. 두건도 벗겨졌다. 그러나 수갑은 풀어주지 않았다.

어느새 날이 밝아 있었다. 주변을 둘러보니 언젠가 와 본 적이 있는 곳 같았다. 장춘의 한 거리임을 짐작할 수 있었다. 길림신문이 장춘에 있었다. 나는 길림신문 서울지국장을 맡고 있어서 장춘을 여러 번 와 본 적이 있었다. 내 추측이 맞을 것이었다.

차는 골목으로 들어가더니 어느 건물의 주차장으로 진입했다. 폐건물인 듯 보였지만 건물 안은 비교적 깨끗하고 넓었다.

차에서 내려진 나는 공안으로 보이는 중국 청년들에게 끌려갔다. 공터를 지나니 큰 사무실이 있었다. 사무실 안에는 책상과 의자만 덩그러니 놓여 있었다. 한쪽 구석에는 공사판에서 쓰일 법한 해머와 삽, 도끼 같은 도구가 널브러져 있었다.

그들은 나를 의자에 앉히는가 싶더니 배를 강타했다. 덩치 큰 공안이 내게 순식간에 다가왔다. 그의 주먹이 먼저 내 명치를 때리고 그의 발이 나중에 내 옆구리를 찔렀다. 옆구리 통증보다 숨이 막히는 고통이 컸다. 나는 똑바로 서 있을 수 없었다. 나는 의자를 부여안고 나동그라졌다. 갑자기 캄캄해졌다. 온 세상이 어둠뿐이었다.

그들은 의자를 뺏어 세우더니 나를 앉혔다.

— 你这家伙 坐好!

한 중국 청년이 나에게 뭐라고 소리쳤다. 아마도 욕하는 것 같았다.

— 知道为什么来这里吧?

그가 다시 물었다. 내가 알아듣지 못하는지 알자, 뒤쪽으로 소리쳐 사람을 불렀다. 다른 청년이 들어왔다. 조선족이었다.

― 知道为什么来这里吧?

― 여기 왜 왔는지 아나?

나는 고개를 절레절레 흔들었다. 몰랐다. 내가 왜 갑자기 여기에 끌려와서 구타를 당하는지 나는 전혀 몰랐다. 통증으로 깜깜했던 세상이 점점 붉어지더니 하얗게 변해갔다.

― 여기는 길림성 안전국이요.

통역이 중국 공안의 말을 옮기기 시작했다.

― 지금부터 당신을 조사하겠소. 당신이 앉은 그 자리에 한국의 장관, 사장, 목사 등 수많은 사람이 앉았소. 지금부터 조서를 쓰려 합니다. 묻는 대로 사실만 답해 주시오.

― …….

― 거짓말하지 말고 사실대로 말해야 당신은 빨리 이곳에서 나갈 수 있소.

공안은 좀 느긋해진 음성으로 말했다. 안전국은 우리의 안기부와 같은 곳인가 보았다. 그런데, 내가 왜 안전국에 끌려왔는지 도통 감이 오지 않았다.

― 내가 무슨 죄를 지었습니까? 나를 왜 끌고 왔습니까?

― 그런 말 말고 지금부터 묻는 말에만 답하시오.

중국 공안은 책상에서 노트북을 꺼내 모니터를 열었다. 아주 오래된 컴퓨터로 보였다.

― 당신은 왜 중국에서 북조선 사람들과 만나는 거요?

― 저는 대한민국 국민입니다. 대한민국 정부의 승인을 받았습니다. 불

법이 아닙니다.

— 당신은 왜 북조선에 갔습니까?

— 우리 대한민국과 북한의 교류 차원에서 문화사업을 제가 진행합니다. 그 이유뿐입니다. 그것 외에 아무것도 없습니다. 당신들이 그걸 묻는까닭이 뭡니까?

나는 은근히 화가 치밀어 올랐다. 내가 중국에서 무엇을 한들 무슨 상관인가, 그들에게 도움을 줬으면 주었지, 피해를 준 적이 없는 내게 이런푸대접을 하는 게 말이 되는가. 푸대접이 아니라 고문을 하고 있지 않은가.

— 당신은 조선족도 아니고 한국인인데 어째서 길림신문 서울지국장을맡고 있습니까? 무슨 첩보를 얻으려는 게 아닌가요?

나의 강한 어조에 공안의 음성이 약간 누그러졌다.

— 길림신문 지국장을 내가 해 달라고 한 것이 아닙니다. 길림신문사에서 중국에서의 내 활동을 믿고 제게 맡아달라고 했습니다. 한국 정부도나를 지국장으로 승인했습니다. 아무 문제 없습니다.

— 중국에서 북조선 사람들을 지금까지 몇 명 만났습니까? 그들은 누구입니까?

— 그걸 내가 왜 말해야 합니까?

— 중국에서 만난 조선족이나 한족들을 대 보시오.

— ……

내가 말을 않자 그는 다시 톤을 격하게 높였다.

— 북조선에도 다녀간 줄 아는데, 무슨 이유였소?

— 그건 세상이 압니다. 예술단 공연 때문입니다. 당신들도 잘 알지 않소?

— 알고 있지만, 당신 스스로 자세히 말해 보시오.

— 당신들이 내 일을 다 안다고 하면 굳이 내가 말할 이유가 뭡니까? 내가 중국에서 한 일은 칭찬받을 일밖에 없소. 죄가 있다면 응당한 벌을 받아야지요.

이렇게 말하자 나는 더 화가 났다. 나는 물러서지 않았다. 내 말은 진실이었다. 나는 중국 사회에서 칭송받고 있었다.

— 만일 내가 하나라도 범죄를 저질렀다면 중국 법에 따라 처벌을 달게 받겠소. 내게 무슨 죄가 있소?

내가 이렇게 말하자 그들은 서로 눈빛을 교환하며 일어서서 뒤쪽 문으로 들어갔다.

풀려나는가.

아니었다. 심문은 잠시 쉬웠다가 다시 시작됐다.

안전국 공안들은 같은 내용으로 계속 내게 질문했고 나를 괴롭혔다. 나는 같은 대답을 되풀이했다. 5박 6일 동안 같은 질문과 같은 대답이 반복됐다. 나는 지쳤다.

6일 동안 그들이 내게 준 음식은 빵 다섯 개와 물 한 병이었다. 하루에 빵 한 개, 그리고 물 한 모금뿐이었다. 그것도 수갑을 찬 채로 먹어야 했다. 수갑을 찬 채로 소변도 보았다. 그동안 대변은 보지 않았다. 나오지도 않았다.

배고픔은 참을 수 있었지만 잠은 참을 수 없었다. 한잠만 자고 나면 개운할 것 같았다. 잠이 쏟아져 고개를 떨구면 타격이 왔다. 그들의 몽둥이가 몸을 가격했다. 그래도 잠이 왔다. 내가 눈을 감으면 그들은 뒤통수를 후려쳤다.

— 지독한 놈.

내 입에서 이제는 다른 정보를 얻을 수 없다고 판단했는지 공안이 내게 종이를 건넸다.

— 여기다 사인하쇼.

그는 내게 서명을 요구하며 수갑을 풀어주었다. 내용을 읽어보니 여기서의 심문과 조사 건을 절대 바깥에서 말하지 말라는 것이었다. 그들은 잃어버린 줄 알았던 내 트렁크도 주었다.

나는 사인했다. 어서 빨리 여기서 벗어나고 싶었다.

그렇게 해서 나는 6일 동안 피폐해질 대로 피폐해진 몸을 끌로 바깥으로 나왔다. 인근 사우나에 가서 몸무게를 재 보니 5kg이 줄어 있었다. 나는 장춘 땅이 싫어졌다. 중국에서의 모든 일을 끊고 싶었다.

문 : 왜, 그런 일을 알리지 않았나요?

답 : 한국에 돌아와서 기자회견을 열려고 했습니다. 하지만 한-중 간 외교 마찰이 있으리라 생각되어 그만두었습니다. 우리 정치 문제까지 확산되리라 우려했습니다.

심양을 거쳐 귀국한 나는 곧바로 중국 인민일보 쉬바오캉 지국장을 만났다. 그는 중국 매체의 간사였다. 중국 언론에 종사하는 사람들은 그의 지시를 따라야 했다.

— 지국장님, 내일 프레스센터에서 기자회견을 하겠습니다.

쉬바오캉 지국장에게 달려들 듯 말했다.

— 웬 말이오, 강 국장? 기자회견을 연다니, 무슨 일이 있었소?

— 제가 이번에 중국 길림성 안전국에 이유 없이 체포됐습니다. 그들에게 끌려가 5박 6일간 감금됐었습니다. 조사받고 고문도 당했습니다. 이 사실을 알려야겠습니다.

나는 분이 안 풀린다는 듯한 어조로 쏘아붙였다.

— 알겠습니다. 무슨 이유로 감금을 당했는지는 모르지만 앞으로 중국에 가지 않으려면 기자회견을 하시오. 만약 당신이 그런 폭로성 내용으로 기자회견을 하게 되면 당신은 영원히 중국에 못 갑니다.

쉬바오캉이 단호하게 말했다. 그는 한국인이 아니었다. 중국 사람이었다. 나는 고민했다. 결과, 기자회견을 하지 않기로 했다. 한국과 중국의 외교 문제로 비화시키고 싶지 않았다.

장춘에서의 심문 사건 전에 있었던 어떤 일이 생각난다. 그해 6월 15일 오후, 나는 연길에 도착해 있었다. 길림신문 정치사회부장이 내게 긴급히 만나자고 했던 것이다. 부장의 친척 부부가 북한에서 탈출했는데, 내 도움이 필요하다고 했다. 탈북 부부가 한 달 전부터 연길 교외에 은신 중인데, 한국으로 들어갈 수 있는 방안을 내게서 찾고 있었고, 나는 이리저리 계획하고 연결 중이었다.

내가 만났던 북한 부부는 특이했다. 여기서 특이하다는 것은 부부의 나이 차이가 컸고, 남한행에 대한 태도가 아내와 남편이 좀 달라 보였다. 남편은 이태석, 북한군 대위 계급으로 40대였고, 부인은 김은숙, 중학교 교사로 30대 초반이었다. 둘은 부부가 아니라 부녀 같아 보였다. 그리고 남편은 남한행에 대한 열의가 그다지 없어 보였고, 부인은 간절해 보였다.

김은숙은 국어 교사였다. 아이들에게 시를 가르치면서 자신도 시를 쓴다고 했다. 나는 반가웠다. 백석, 이용악, 김소월 등 내가 좋아하는 북한 시인들을 말했더니, 그녀는 그 시인들의 시를 내 앞에서 줄줄 읊었다. 그녀와 취미가 같아서 나는 좋았다. 김은숙은 지금 북한은 문학이, 시가 없다고 한다. 구호뿐인 문장이 시라고 했다.

그녀는 아버지의 유언을 꼭 실행해야 한다고 했다. 아버지는 국군포로였단다. 김은숙의 고모와 숙부가 충남 공주에 있다고, 아버지가 꼭 고향으로 가서 만나야 한다고 유언했단다. 김은숙의 탈북과 월남은 숙명이었다. 그녀는 월남 의지로 불타고 있는데 반해, 남편 이태석은 그다지 간절해 보이지 않았다. 그의 나이 때문은 아니라고 생각 들었다. 이태석은 원래 그런 성격으로 보였다.

― 강 국장님, 이번에 연길 가시면 이들 부부를 일단 장춘으로 안전하게 이동시켜놓으세요. 그리고 이태석은 비디오로 영상을 찍어두세요. 그가 군부대 어디 소속이고 또 무슨 일을 했는가 잘 기록해 오세요.

정보사 임 소령에게 그 일을 보고하니 임 소령은 이태석의 신분적인 가치를 인정해서 남한으로 들여오려는 계획이었다. 내가 그 임무를 잘 수행해 낼 수 있다고 생각해서 적극 지시를 내리고 맞을 준비를 하고 있던 것이었다.

내 임무는 북한 부부를 베이징 주재 한국대사관으로 데리고 가는 것이었다. 그러면 한국대사관에서 자연스럽게 일을 처리해 줄 것이었다.

나는 그들이 대사관에 갈 때까지 숨어 있을 장소를 마련해 주었다. 장춘에 있는 친구 집이었다.

— 이태석 씨, 내가 베이징에 가서 일을 보고 다시 오겠습니다. 열흘 뒤에 올 예정입니다. 그때까지 이 집에서 조용히 지내십시오. 우리 정부 사람들과 제가 다시 와서 베이징 한국대사관으로 모시겠습니다.

내가 북한 부부에게 그렇게 말하자 남편이 미소했다. 부인은 내 손을 잡고 감사합니다, 감사합니다, 하고 연신 절을 했다. 나는 남편의 태도가 좀 언짢았다. 북한의 대위라지만 북한 군인 특유의 강인함이 느껴지지 않았다. 대신 부인의 간절함이 이들을 남한에 보내야 한다는 내 마음을 다그쳤다. 그녀는 내게 탈북의 정당성을 강한 눈빛으로 토로하고 있었다. 그들은 영사관에 당연히 가야 했다.

그러나 이태석과 김은숙은 붙잡히고 말았다.

베이징에서 최재경 사장과 조평통 이병식 국장, 이효준 과장과 만난 후 서울에서 활동을 보고하는데, 장춘에서 전화가 왔다. 발신인은 친구였다.

— 네가 데려온 그 북한 부부, 지난밤에 공안이 들이닥쳐 잡아갔다. 나도 조사받고 이제 나오는 길이다.

— 아니, 어떻게 알았지?

— 온종일 창에 커튼을 드리워놓고 있는 걸 수상하게 생각한 옆집에서

신고했대. ……너는 아무 상관 없이 해놓았고, 네 이름을 말하지 않았으니 걱정하지 말아라.

그렇게 탈북 부부의 사건은 끝났다.

청주 가중리 선산에서 무릎을 꿇고

나 하늘로 돌아가리라
노을빛 함께 단둘이서
기슭에서 놀다가 구름 손짓하면은,
나 하늘로 돌아가리라
아름다운 이 세상 소풍 끝내는 날,
가서, 아름다웠더라고 말하리라.
　　　 — 천상병, 〈歸天〉에서

　　차는 청주시청을 지나 고향 동네인 남일면으로 향하고 있다. 벌써 오후 여섯 시를 넘어서고 있다. 이천 휴게소와 안성 박물관에 머물고 청주중앙시장에서 제수 물건을 사느라 시간이 많이 지체됐다.

　　어스름 녘이 내 시야가 제일 흐린 시각이다. 나는 마을회관 부근에 다다라 차를 세웠다. 길가에 잠시 정차하고 운전석을 뒤로 제쳐 허리를 쉬었다. 잘 가지고 왔는지 조수석에 놓인 가방을 열어 내용을 확인해 본다. 〈수급위임장〉과 〈특수임무유공자증〉이 들어 있다. 나는 〈특수임무유공자증〉을 꺼내 읽어본다.

　　〈특수임무유공자증서 강재호〉
　　우리 대한민국의 오늘은 특수임무유공자의 공헌과 희생 위에 이룩된 것이므로 이를 애국정신의 귀감(龜鑑)으로 삼아 항구적으로 기리기 위하여 이 증서를 드립니다.

　2019년 10월 22일 대통령 문재인

　이 표창장을 받았을 때, 나는 그동안의 고생이 헛되지 않았구나, 하는 생각으로 크게 숨이 쉬어졌다. 이 증서를 받자마자 이번처럼 고향 마을에 왔었다. 부모님 산소에 무릎 꿇고 앉아 특수임무유공자로 인정한 국가 문서를 읽어드렸다.

　물질적 보상은 하나도 없었지만, 마음이 가라앉았다. 부모님도 하늘에서 좋아하실 것이었다.

　〈특수임무유공자증서〉는 지난날의 대북첩보활동을 인정받은, 문재인 대통령의 서명이 들어간 보훈처 표창장이었다. 오늘도 산소에 가서 보여드리고 올 예정이다. 〈수급위임장〉도 함께 사무실로 가져가서 나를 인터뷰하겠다는 방송에 응할 계획이다. 하남시에서 국가유공자를 채록하여 출간하는 《기억으로 쓰는 역사》 팀에도 보여 줄 생각이다.

　문재인 대통령은 부산 인권변호사 시절부터 안면이 있었다. 문재인 변호사가 조선족 사건을 무료변호해 주기도 했다. 젊은 시절부터 인권을 위한 변호사로 알려져 있어 나는 그를 신뢰하고 있었다. 그의 덕망은 그가 자주 말하던 '사람이 먼저'라는 뿌리깊은 그의 생각에서부터 발현되고 있음을 나는 잘 알고 있었다. 문 변호사가 조선족 사건의 재판에서 변론을 맡았다.

그 조선족 사건은 내가 취재한 원양어선 사건이었다. 길림신문에서 특별히 취재를 요청해 왔었다.

신문사 대표는 내게 길림신문 한국지국장으로서 특종을 처리해 줄 수 있겠냐고 전화해 왔다.

— 강 국장, 부탁이 있어요. 페스카마호 사건 아시죠? 1996년 6월에 태평양 원양어선 사건 말입니다. 조선족 선원 여섯 명이 선상 반란을 일으켰는데, 사형수가 있습니다. 그를 좀 취재해 주시죠.

신문사 대표는 내가 그 사건을 취재하고 조선족 입장을 잘 대변해 줄 수 있으리라 판단한다고 했다. 나도 페스카마호 사건을 들은 적이 있었다. 조선족 선원들이 선장을 비롯한 선원들 14명의 목숨을 앗은 사건이었다. 한때 조선족 사회에서 한국 원양어선에 대한 악감정이 있어 알아본 적이 있었다.

원양어선에서 고생하는 동포를 짐승 취급하고 있다고 했다. 이번에도 그와 비슷한 일이 벌어진 모양이었다.

페스카마호 사건은 조선족 피해의 상징적인 사건이어서 특별히 취재해 달라고 신문사 사장이 신신당부했다. 나는 처음에는 교도소를 어떻게 취재할 수 있는가, 어렵다고 했지만, 곧 알아보겠다고 했다.

여러 우여곡절 끝에 결국 그 사형수를 취재하고 길림신문에 싣게 되었다.

취재 과정에서 알게 된 사실은 충격이었다. 태평양 바다 한가운데서 조선족 선원 6명이 선상 반란을 일으켰다. 그들은 페스카마호 선장을 비롯한 갑판장, 항해사 등 14명의 목숨을 앗아갔다. 페스카마호가 괌 부근에서 참치를 잡던 중에 사건은 벌어졌다.

선장과 항해사, 갑판장 등은 일이 서툴렀던 조선족들을 수시로 폭행했다. 하루 20시간 노동에 일당은 7천 원에 불과했다. 그들은 조선족에게 욕설도 서슴지 않았고, 항문 성교 등 성폭행, 성 착취도 있었다. 악에 받친 조선족들은 온갖 모욕을 참아오다가 꼼에서 일을 벌인 것이었다. 그들은 인도네시아 해상에서 표류하다 일본 도리시마섬 부근에서 잡혔다.

기자 신분이어도 나는 교도소의 사형수를 취재할 수 없었다. 그래서 법무부 장관의 특별 지시가 있었다고 슬그머니 속이고 취재했다. (후에 법무부 장관에게 나의 잘못을 용서해 달라고 빌었다) 나는 취재한 내용을 기사화해서 길림신문에 보냈다. 기사는 '나 혼자의 희생으로 용서를 빌고 있습니다.'라는 머리기사 아래 신문 1, 2면이 장식됐고, 나의 기사는 조선족 사회에서 회자되고 나는 정의를 실천하는 민족 기자가 됐다.

이 과정에서 나는 문재인 변호사를 만난 것이었다.

나는 그가 조선족을 무료로 변호하고 있다는 사실을 알게 돼 인터뷰했다. 그는 항소심 변호를 해 주었다며, 조선족에 대한 우리의 편견이 잘못돼 있음을 지적했다.

그는 변론의 주 내용을 내게 설명해 주었다. 그의 정치관, 역사관이 압축된 말이었다.

— 우리가 남북 관계에서도 남쪽에서 좀 더 아량을 가지고 대하였다면 남북 관계가 훨씬 호전되지 않았겠냐는 후회를 하곤 합니다. 조선족들과의 관계도 마찬가지일 것입니다. 또한 우리가 중국의 조선족들과 한민족 의식을 나누지 못한다면 어떻게 남북통일이 가능할 것인가라는 의문도

갖게 됩니다.

문재인 변호사는 한국인들이 조선족을 품어주지 못하고 보듬어주지 못하고 아량이 없었기에 그런 사건이 발생했다고 내게 말했었다. 그의 역사관이 잘 반영된 사상이었다. 우리의 과거는 버려야 할 것이 하나도 없다. 지금의 우리는 과거의 잘잘못에서 연유하고 있다. 과거를 꼼꼼히 살펴야 미래가 있다. 문재인 변호사는 그 사실을 잘 알고 있어 보였다.

결국 사형수는 무기징역으로 감형되었다.

나는 운전석을 세워 몸을 다시 일으켰다. 손목시계를 보니 일곱 시였다. 누워 이런저런 상념에 젖었던 잠깐이었다고 생각했는데 한 시간이 훌쩍 지나 있었다.

차는 마을회관을 빠져나와 선산 길목으로 달려 나갔다. 지난해 대종계에서 산등성까지 길을 닦아 놓아 선산 바로 앞까지 차가 갈 수 있었다.

나는 선산 앞에 차를 세우고 차에서 내렸다. 부모님 묘소가 바로 머리 위다. 나는 차에서 돗자리를 가져와 묘소 앞에 깔고 청주 시장에서 사 온 제물을 진설한다.

술잔에 청주를 채우고 절하고, 또 술을 채우고 절하고······. 제물에 올려놓았던 수저를 옮기고 또 절하고 나는 앉았다.

— 어머니, 아버지 불초자식 자주 찾아뵙지 못해 죄송합니다. 앞으로 자주 오겠습니다.

나는 북한에서 받은 <수급위임장>과 한국 대통령으로부터 받은 <특수임무유공자증서>를 제단에 올려놓고 또 절을 했다.

청주 가중리 선산에서 무릎을 꿇고 | 275

부처님을 모시고 대중을 교화했던 아버지가 생각났다. 우리 자식들은 아버지를 닮았는지, 가진 것 없고 어려운 형편에 있는 사람들에게 연민을 가졌다. 내 것 챙기기보다 그들을 도울 수 있는 방법을 찾아 시간과 물질을 투자했다.

나의 북한 인민에 대한 연민과 조선족 동포에 대한 희생심의 발로도 아버지의 유전자를 물려받은 것인지도 모르겠다.

오늘은 서울로 돌아가기 전에 친구 스님을 만나기로 했다. 속리산, 속리사 지주 스님이 친구였다. 오랜만에 그와 만나려 오전에 전화를 넣었었다. 그가 청주 시내에 오겠다고 했다. 마침 장례가 있어 염불하러 가야 한다고 했다.

나는 묘소 앞의 제수를 거두고 친구 스님에게 전화를 걸었다. 친구는 염불 중인지 전화를 받지 않았다. 나는 도착했다고, 청주 교대 앞에서 보자고 문자를 남겼다. 교대 앞 베이커리 카페는 그와 오래전부터 만나오던 약속 장소였다.

친구가 주지로 있는 속리사는 보은군 산외면 신정리 산자락에 있다. 1500년 전에 지은 사찰로 법주사보다 먼저 불사가 이루어져 융성한 발전을 해오던 절이었는데, 6.25 사변 때 소실되었다. 모두 불타버린 절을 친구가 개축해가며 불사를 일으키는 중이었다. 어머니도 그곳에 몇 번 가 보셨다. 흰 눈이 내리는 속리사를 가면서 '참 곱다'라고 말씀하시며 눈 위를 걷는 어머니 모습이 선연하다.

나는 친구와 약속한 청주 교대 앞 제과점 카페에서 아메리카노와 샤브레 과자를 먹으며 친구 스님을 기다린다. 스님은 내가 커피를 다 마시기 전에 빵집 문을 열고 들어선다.

— 강 국장, 오랜만이야.

스님이 합장한다. 나도 합장하고 고개를 숙인다.

— 부모님께 다녀오시나?

스님이 묻는다.

— 그래. 요즘 꿈에 자주 나타나셔서……

— 무탈하시지?

— 그렇다네.

스님과 나는 제과점 카페에서 나와 차에 오른다. 스님은 커피도 마시지 않았다. 그가 곡차나 한잔하자고 해서 나선 걸음이다. 스님이 좋은 데 알고 있단다.

나는 스님이 가리키는 손가락을 따라 운전한다. 교대에서 얼마 지나지 않아 숲이 우거진 비포장도로로 들어선다.

차 한 대 간신히 들어갈 만한 오솔길을 내 차는 꿀렁대며 올라간다. 우리가 도착한 곳은 음식점이었다. 술집도 겸하는 듯싶은 그곳은 슬레이트 지붕도 기울어져 있었고, 담벼락은 한쪽이 완전히 허물어진 흙집이었다.

지붕 위에는 풀도 자라고 꽃도 피어 있었다. 스님 친구와 안에 들어가니 아담한 음식점이었다. 밖에서 볼 때와는 다르게 깔끔하고 널찍했다.

음식점은 닭백숙을 전문으로 하고 있었고, 주인이 빚은 동동주도 팔았다. 서너 개의 탁자 모두 비어 있었다. 누룩 냄새가 배어 있는 공간에는 해금 연주곡이 흐르고 있었다.

내가 백숙을 주문하니 스님 친구는 동동주를 시켰다. 친구와 나는 젊은 시절부터 술잔을 나누고 지내왔다.

— 불사는 잘 돼 가남?

— 거의.

— 불자도 늘고?

— 들락날락.

스님과 나의 짧은 대화가 동동주 잔 사이로 넘나들었다. 동동주는 한 주전자가 비워지고 다시 짧은 대화 사이로 술잔이 오갔다. 이번에는 스님이 묻고 내가 답한다.

— 여전히 중국에 다니나?

— 가끔.

— 남북 이산가족협회 좌장이던데?

— 내 차례.

— 북한에 가남?

— 아니.

— 시는 계속 짓는가?

— 그럼.

친구 스님은 자신도 요즘 시가 좋아졌다며 염불 사이사이 왼단다. 그가 한용운의 〈당신이 아니더면〉을 읊는다.

당신이 아니더면 포시럽고 매끄럽던 얼굴이 왜 주름살이 접혀요. 당신

이 그리웁지만 않다면, 언제까지라도 나는 늙지 아니할 테여요. 맨 첨에
당신에게 안기던 그때대로 있을 테여요.

　그러나 늙고 병들고 죽기까지라도, 당신 때문이라면 나는 싫지 않아요.
나에게 생명을 주던지 죽음을 주던지, 당신의 뜻대로만 하셔요.
　나는 곧 당신이어요.

　— 참 좋다.
　— 자네 최근에 쓴 시도 읽어줘.
나는 최근에 쓰지 못했다. 몇 해 전에 발표했던 시 행이 어른거린다.
〈장춘 열차〉다. 지난해 작가회의 《아름다운 작가》에 발표한 시다.

　　〈장춘열차〉

　　이제 낯설은 역을 지나치면 잠시 내려
　　종일토록 목마른 이정표 그늘 따라 금을 그어놓고
　　우물을 파서 물방울이 스밀 때까지
　　열차를 가로막고 기다리겠습니다

　　너덜너덜 해어진 어둠의 뒷덜미를 낚아채고
　　나온 동굴 입구의 광채에 익숙해지려

눈살에 힘을 주어 빛살과 마주하겠습니다

목적지까지 남은 시간이
낮잠 깬 뒤처럼 막막하더라도
안전한 것이 불안하더라도
철로처럼 솔직하겠습니다
그렇게 하겠습니다…….

그다음 한 연이 생각나지 않는다. 아무리 떠올리려 해도 다음 행이 떠오르지 않는다. 화장실에 다녀오면 까먹었던 게 기억나려나, 나는 일어서서 화장실을 찾아간다.

화장실에 다녀오니 어지럽다. 원래 동동주가 앉은뱅이 술이라고 하더니, 약한 주량에 한 주전자를 다 마셨으니, 그럴 만도 하다. 눈앞이 팽팽돌고, 잠이 쏟아진다. 화장실에 다녀온 사이 끝 테이블에 손님이 앉아 있다. 현기증을 누르고 자세히 보니 여인이 혼자서 술잔을 기울이고 있다. 어디서 본 적이 있는 듯한 여인이다. 술 탓인지, 처음 보는 여인인 듯, 본 적 있는 여인인 듯 혼란스럽다. 시도 생각나지 않고 사람도 헛갈린다.

— 살림방으로 이차!

세 번째 주전자가 비워지자 친구가 외친다. 스님이 벌떡 일어서 테이블 뒤 여닫이 창호 문을 연다. 나는 스님을 따라 일어선다. 여닫이문을 활짝 여니 안에는 이불이 펴져 있었다. 주인이 쓰는 방으로 보였다.

방에는 브라운관 텔레비전이 있었고, 등잔, 거문고, 항아리 등 옛 물건들이 들어차 있었다. 메주까지 말리고 있는 것으로 보아 나이 많은 사람이 쓰는 방으로 보였다.

켜놓은 텔레비전에선 자정 뉴스를 하고 있었다. 벌써 시간이 그렇게 지나 있었다. 친구는 술을 더 시키고 나는 깔아놓은 이불에 꼬꾸라졌다. 도저히 더 이상 마실 수 없었다. 그저 한숨 자고 싶을 뿐이었다. 눈앞이 깜깜했다.

얼마나 잤을까.

누군가 내 위에 오른 무게감이 느껴져 나는 눈을 뜬다. 친구는 없고 웬 여인이 내 가슴 위에 엉덩이를 걸치고 올라와 있다. 여인의 향수 냄새가 코를 후비고 들어온다. 텔레비전은 방송이 끝났는지 채널을 옮겼는지, 먹먹한 채 회색 줄만 화면에 그어지고 있다.

나는 여인을 똑바로 보려고 머리를 들어 올리지만, 고개에 힘이 주어지지 않는다. 더군다나 여인은 긴 머리를 풀어 헤쳐 얼굴이 머리에 가려져 있다. 힘껏 허리를 들어 올리려 했지만, 나는 암바에 걸린 레슬링 선수처럼 옴짝달싹할 수 없다. 지난날 장춘에서의 고문이 떠올랐다. 그때의 그 숨막힘, 그 긴장, 두려움이 생각났다.

내 위에 있는 사람은 누구인가. 정금단 같기도 하고, 한족 조교로도 보인다. 북한의 해설원인가, 주석궁 보초여인인지도 모르겠다.

김은숙과 흡사하다는 느낌이 듦과 함께 쏟아져 내리는 잠에 밀려나는 눈을 감을 수밖에 없었다. 잠이 몸을 휘감아 옴짝달싹 못 하게 한다.

온몸의 흔들림에 나는 잠에서 깼다. 눈을 뜨니 승용차 안이었다. 운전석 옆에 미터기가 돌고 있는 것으로 보아 택시였다. 장거리 택시를 탄 것이었다. 나는 좌석 곁을 둘러보았다. 내 가방이 앉아 있었다. 〈수급위임장〉, 〈특수임무유공자증서〉 등이 모두 가방 안에 들어 있었다. 친구가 택시를 부른 모양이었다. 내 차는 탁송으로 보낼 것이다. 지난번에도 그런 적이 있었다. 아침이 되면 전화해 보리라.

집에 들어와 외출복을 입은 채 나는 소파에 쓰러졌다.

이산가족 교류 촉구 회견, 광화문을 울리는 통곡

기침을 하자
젊은 시인이여 기침을 하자
눈을 바라보며
밤새도록 고인 가슴의 가래라도
마음껏 뱉자
　　　— 김수영, 〈눈〉에서

　　나는 여느 날 보다 일찍 사무실에 출근했다. 오늘은 광화문에 나가야
했다. 출근하자마자 여기저기서 전화가 걸려오기 시작했다. 남북 이산가
족협회 사무국장, 시청 공무원, 주요 신문사, 공익감시 민권 회의, 국민연
대, 협회 회원들……. 나는 전화 오는 대로 오늘 행사를 간단히 설명했고,
통화를 마치면 관련 사항이 담긴 서류를 메일이나 문자로 보냈다.

　　오후에 행사가 예정돼 있다. 광화문에서 기자회견을 열 것이다. '이산가
족 교류를 위한 방북 허가 촉구 기자회견'이었다. 기자회견 후 간단한 사
물놀이 공연도 기획하고 있었다.

　　나는 마지막으로 사물놀이 연주 부분을 확인하고 커피를 마시며 숨을
돌렸다. 지난 1998년 때의 상봉 일이 눈 앞에 펼쳐지며 그때의 흥분이 살
아났다.

1998년 2월 25일이었다. 나는 김대중 정부의 일을 적극적으로 돕고 있었다. 특히 통일부 장관으로부터 받은 이산가족 상봉 업무를 꼼꼼히 수행해 나갔다. 통일부에서 제시한 이산가족 100명의 생사 여부와 소재를 북한의 최재경을 통해 파악했다. 명단 속에는 가수 현미와 소설가 이문열도 있었다.

나는 특히 가수 현미의 동생을 상봉하는 일에 주력했다. MBC에서 이산가족 상봉을 특집으로 기획해 방영할 예정이었다. 방송국에서 현미와 동생의 상봉 과정을 생생하게 촬영해 국민에게 보이겠다는 계획을 갖고 있었다. 나는 방송국에서 의뢰받은 중국 일정을 맡아 치밀하게 준비해 나갔다.

현미의 이산가족인 동생 김길자를 일단 북한에서 중국으로 데려와야 했다. 그 일은 최재경이 맡기로 했다. 그다음 중국 장춘에 온 김길자에게 현미의 비디오 녹화 장면을 보여준다. 서로 생사 확인과 상봉 준비가 되면 현미의 남한 가족이 김길자와의 만남 장소로 날아가는 것이었다. 만남 장소는 장춘의 금룡호텔로 정했다. 그곳과 길림신문이 가까웠다. 나는 일말의 차질 없는 진행을 위해 며칠 밤을 새워 확인하고 또 확인했다.

그해 3월 7일, 나는 장춘공항에서 현미 가족을 맞기 위해 장춘 공항에 도착했다. MBC 촬영 감독도 함께였다. 비행기는 제시간에 도착했다. 현미 가족이 입국 게이트로 두리번거리며 나왔다. 현미와 동생, 오빠 등 다섯 명은 약간 긴장해 있었다.

— 김길자 씨는 모처에서 대기 중입니다. 먼저 지난번에 여러분을 찍은 비디오를 보았을 것입니다. 이제 호텔에 가면 만날 수 있습니다.

나는 그들에게 나를 소개하고 상봉 경위를 간략 설명했다.

우리는 차를 타고 금룡호텔로 향했다.

— 언니야!

— 길자야!

호텔 방에 들어선 현미와 오빠는 동생 김길자 씨를 보자마자 와락 달려들어 끌어안았다. 현미네 가족 여섯 명은 서로 부둥켜안고 꺼이꺼이 울었다. 오십 년 만의 만남이었다.

나는 그들을 보고 울음을 삼키며 카메라 셔터를 눌렀다. MBC 촬영 감독도 비디오카메라를 들고 눈물을 흘렸다. 그는 흔들리는 카메라 영상을 고정하느라 손을 부여잡았다.

그들은 통곡했다. 나도 울었다.

현미 가족은 호텔에서 상봉 방영을 마치고, 내가 마련한 아파트에서 3박 4일 동안 회포를 풀었다. 현미는 내게, "동생이 너무 꾀죄죄해 목욕을 시켰다, 때가 줄줄 나오고 시커먼 구정물이 됐다"라고 했다. 현미는 울면서 웃었다.

현미네 가족은 아파트에서 밤마다 노래와 춤으로 지난 시간을 잊었다. 그네들은 50년 전의 어린아이들이 되어 깔깔대며 놀았다.

— 언니, 오빠 만나서 정말 반갑습니다.

김길자 씨가 언니와 오빠를 끌어안고 북한 가요, 〈반갑습니다〉를 노래했다. 그녀의 목청이 아파트를 흔들었다. 현미 동생 김길자도 현미만큼이나 노래를 잘했다. 그 가족들의 유전자는 끼가 넘쳤다.

현미도 오로지 현재 가족들의 축제로 삶을 다하겠다는 자세였다. 이대로 죽어도 여한이 없다는 듯한 표정이 연일 계속이었다.

그리고, 이별의 시간.

현미 가족은 또 통곡했다. 만날 때와 같은 통곡이었다.

— 언니, 우리 언제 다시 만납네까?

— 길자야 기다려, 잠깐이면 돼.

일주일 있다가 데리러 올게……, 하던 말이 또 나오는가. 그 일주일이 50년이 지나 있었다. 언제 또 그 일주일을 기다릴지 모르는 일이었다.

그리고 이제 다시 25년이 또 지난 것이다. 현미 누님은 지난주에 세상을 떠나셨다. 동생분을 영영 만나지 못하게 되셨다.

김길자 씨의 생사여부는 모른다.

오후 한 시, 나는 사무실에 모인 남북 이산가족협회 회원 몇 명과 사무국장을 데리고 광화문으로 나섰다.

날씨는 좋았다. 미리 와 있는 시민 단체들이 나를 맞았다. 〈공익감시 민권회의〉 의장이신 송운학 대표가 내게 악수를 청해왔다. 나는 손을 맞잡고 인사했다. 유순례 〈한겨레신문발전연대〉 홍보대사와도 악수하고, 이전오 〈친일청산국사복원시민연대〉 대표와도 악수했다.

〈이산가족상봉 민간협의성사 및 국민제안 경연마당 공동개최 관련 연속기자회견〉이라는 현수막을 펼치고 나는 선언문을 낭독했다.

그동안의 이산가족 상봉 현황과 나의 경험, 북측의 의사 등이 내 선언문의 주요 내용이었다. 특히 이번 북측에서 보내온 초청장을 정부에서 반려하는 태도에 대해 아쉬움을 적극적으로 표명했다. 내가 선언문을 낭독하는 사이에 20여 개의 단체 회원들이 속속 동참하기 시작했다.

우리는, 이산가족의 여생이 얼마 남지 않았으니 하루라도 빨리 이산가족 상봉이 이뤄져야 한다는 주장으로 회견을 이어나갔다.

송운학 대표도 한 말씀 해 주셨다. '남북 관계가 차가워진 작금의 상황에서 아무런 정부의 도움 없이 남측 이산가족협회에서 북측으로부터 초청장을 받은 것은 기적 같은 일이다'라고 웅변했다. 대표의 남북 관계 개선에 대한 의견이 여러 측면에서 주장되고, '이산가족의 상봉에 대한 간절한 염원을 이루도록 정부에서 긍정적인 태도를 보여야 한다'라고 역설하며 마쳤다.

그리고 유순례 〈한겨레신문발전연대〉 홍보대사와 이전오 〈친일 청산 국사 복원시민연대〉 대표, 윤영대 〈투기자본감시센터〉 공동대표가 '남북 당국에 공히 또는 각각 드리는 이산가족 상봉 민간협의 성사 등 관련 공개 질의'를 낭독했다

이근철 〈국민연대〉 대표도 '남북협력을 위한 국민제안 경연 마당' 만들어 화합을 다지자는 의견을 제시했다.

우리는 모두 이순신 장군 동상 앞에서 하나가 됐다. 기자회견은 낭독과 연설, 그리고 제안으로 목청을 높였고, 차츰 높아가는 목청은 우렁찬 구호로 이어나갔다. 남북 이산가족협회 회원의 사물놀이패가 서서히 움직이기 시작했다.

— 5년 남은 삶, 이산가족 상봉 앞당겨라!

꽹과리가 구호에 맞춰 소리를 냈다.

— 남측은 민간협의 보장하고, 북측은 신변안전 약속하라!

징도 둔중한 울림을 보냈다.

— 지극정성 마중물 삼아 남북협력 국민제안 경연 열자!

장구가 장단을 끌어 주었다.

우리를 지켜보던 시민들도 구호를 함께 외쳤다. 경찰 기동대원들도 우리를 예의주시했지만, 교보빌딩의 경찰차는 움직이지 않았다.

남북 이산가족협회 회원의 사물놀이가 구호의 리듬을 맞춰 연주됐다. 구호와 어울린 사물놀이의 가락이 광화문 광장에 울려 퍼졌다. 우리는 소리를 더 크게 냈다.

구호는 리듬에 맞춰 세마치장단으로 노랫가락이 되었다. 사물놀이의 가락에 시민들이 덩실덩실 춤을 추기도 했다.

우리의 이산가족 상봉 촉구 회견장은 하나의 사물 놀이마당이 되어 버렸다. 광화문 광장이 놀이 무대였고, 이순신 장군 동상이 무대 장치였다. 남북 이산가족협회 회원들과 여러 단체 회원들은 연기자들이면서 가수와 연주인이었다. 그리고 시민들이 관객이었다. 전투경찰도 하나둘 무대 앞으로 다가오더니 어깨를 들썩이기 시작했다.

우리는 사물놀이 마당에서 하나가 되었다.

나는 장춘 <진달래 예술단>, 동흥학교 <하얼빈소년예술단>을 떠올렸다. 그들의 공연이 꼭 이와 같은 분위기였다. 관객과 하나가 되어 아리랑을 부르던 그 무대와 똑같았다.

사물놀이패 중 꽹과리가 어느새 상모를 돌리기 시작했다. 그의 상모가 무대 중앙을 넘실거렸다. 그는 상모를 돌리며 꽹과리도 치고 발차기도 했다. 징을 치던 회원은 텀블링도 해서 사람들의 갈채를 받았다. 그의 기예에 모두가 환호했다. 지난 평양예술단의 서커스 공연을 다시 보는 것 같았다. 거기서도 남과 북의 사람들이 하나가 됐었다.

사물놀이가 절정에 치닫고 사람들이 흥이 나서 덩실덩실 춤을 추니 이순신 장군도 동상 단 위에서 어깨를 들썩거리셨다.

얼쑤! 좋다!

이순신 장군께서 추임새를 넣는 소리를 나는 분명 들었다.

사물놀이 절정이 끝날 즈음, 이근철 〈국민연대〉 대표가 마이크를 잡더니 〈우리의 소원〉을 노래하기 시작했다. 모두가 그의 노래를 따라 불렀다. 〈우리의 소원〉은 지난 잠실체육회관의 〈평양교예단〉 결말 부분의 곡이었다. 이근철 대표도 그 공연을 본 모양인지, 아니면 갑자기 생각났는지, 〈우리의 소원〉을 부르며 청중에게 합창을 유도했다.

모두가 하나가 됐다. 남북 이산가족 회원, 언론사 기자, 단체, 관객 모두 〈우리의 소원〉을 떼창으로 불렀다. 광화문 광장이 우리의 소원으로 흔들렸다. 그 흔들림 한쪽에서 현미 누님이 등장했다.

현미 누님이 노래를 이끌어갔다. 현미 누님이 장춘에서 동생분을 만나던 풍경이 광화문 광장에 다시금 펼쳐졌다. 김길자 씨와 현미 누님이 서로 부둥켜안고 소리친다.

— 길자야. 미안해, 인제 와서 미안해.

— 언니, 내레 얼마나 보고 싶었는지 아시오?

— 길자야, 알아, 알고말고!

— 언니, 우리 이제 함께 살아야지요?

— 그래, 길자야, 함께 살아야지. 함께 살자꾸나.

현미가 흘린 눈물로 동생 어깨가 젖어갔다. 장춘 호텔 방은 북한에서 온 현미의 동생분과 서울에서 온 현미 남매의 눈물로 출렁거렸다. 그 눈물이 이제 광화문 광장을 적시고 있다.

물은 남북이 갈라져 있지 않았다. 눈물은 남한 사람, 북한 사람, 사람의 눈에서 똑같이 흘러내렸다.

이데올로기 따위는 눈물에 녹아내려라.

오랑캐꽃을 찾다

오라, 오라,
열중할 시간이여.

얼마나 참았나
내 언제까지나 잊었네
공포와 고통도 하늘 높이 날아가 버렸고
불쾌한 갈증이
내 혈관 어둡게 하네.

오라, 오라,
도취할 시간이여.
　　　　—랭보 〈가장 높은 탑의 노래〉에서

　　광화문에서 축제와 같은 기자회견을 마치고 사무실로 돌아와 보니 우
체국 택배가 와 있었다.
　　나는 택배를 뜯어 보았다.
　　책이 한 권 들어 있었다.
　　《오랑캐꽃》
　　이용악 시인의 시집이었다. 보낸 사람은 김은숙이었다.
　　김은숙? 김은숙이 누구지?

김은숙, 아, 그녀였다. 탈북녀.

그녀가 어떻게?

나는 택배 상자에 붙어 있는 발신자 주소를 확인해 보았다. 충남 공주였다.

공주는 그녀의 고모가 살고 있다던, 그녀 아버지의 고향이었다.

그녀가 탈북에 성공했는가?

내 도움으로 거의 대사관에 갈 뻔했는데, 누군가의 밀고로 중국 공안에게 붙잡혔다고 들었다.

그 후 30여 년의 세월이 흘렀다. 북한에서 어떤 처벌을 받는지 모르겠고, 또 어떻게 남한에 오게 됐는지, 정말 의아했다. 남편은 또 어떻게 됐는지도 궁금했다.

내가 그녀에게 이용악의 시를 좋아한다고 했던 것 같았다. 그녀가 잊지 않고 시집을 구해 보내온 것이다. 초판본은 아니더라도 연변에서 오래전에 찍어낸 시집으로 보였다. 종이 질이 거칠었고, 글꼴도 엉성했지만, 귀한 것이었다.

구름이 모여 골짝 골짝을 구름이 흘러
백 년이 몇백 년이 뒤를 이어 흘러갔나.
너는 오랑캐의 피 한 방울 받지 않았건만
오랑캐꽃,
너는 돌가마도 털메투리도 모르는 오랑캐꽃

두 팔로 햇빛을 막아 줄게
울어보렴 목 놓아 울어나 보렴 오랑캐꽃
　　　　ㅡ 이용악, 〈오랑캐꽃〉에서

오랑캐꽃은 제비꽃의 북한 이름이다. 제비꽃은 겨울이 막 지나 새싹이 올라올 무렵 양지바른 무덤가에서 먼저 피어난다. 그때가 춘궁기다. 한반도 북쪽에 살던 여진이나 만주족들은 양식을 얻기 위해 함경도 지방에 쳐들어와 양식을 약탈한다. 그래서 북한에서는 제비꽃을 오랑캐꽃으로 부른다.

그녀가 어떻게 지냈는지, 어떻게 변했는지 많이 궁금하고 안타까웠다. 나는 그동안 연변에 가보지 못했다. 북한과의 교류도 없다.

중국과 문화 교류, 조선족 소년예술단 한국 공연, 북한의 평양방문, 김일성 시신 확인 그리고 이산가족 상봉 업무 등으로 바쁘던 지난 삼십 년의 시간이 어제 같았다.

1998년 김대중 대통령의 '국민의 정부'가 들어서고, 나는 남북 문화 교류에 힘썼다. 21세기에 들어서도 바쁘게 지내면서 정부를 도왔다. 새천년민주당 대표가 북한의 김정일 국방위원장을 만나기 위해 나를 찾았고, 나는 만남을 성사시키기 위해 동분서주했지만 무산되고 말았다.

그 이후에도 남북 수뇌부들의 만남이 있었고, 역할을 했지만, 취재 정도였다. 노무현 정부 이후, 내가 주도한 일은 거의 없었다. 이명박 정부 시절 나를 통해 북한으로 옥수수 보내는 일을 성사할 수 있었지만, 대통령의 재가가 떨어지지 않아 흐지부지되었다.

그 후 나는 나름의 행보를 하고자 이리저리 바쁘게 움직였지만, 독자적으로는 힘들었다. 남한 정부는 나를 이제는 필요로 하지 않는 것 같았다.

그 이후로 나는 북한 활동을 하지 않았다. 하고 싶은 기운도, 열정도 식은 상태였다.

그러나 이산가족 상봉만큼은 꼭 다시 개시해야 한다는 신념은 여전했다. 최근 민간 차원의 이산가족 교류는 서신 교환만 2020년에 4건, 2021년에는 3건, 2022년엔 3건뿐이었다. 악화한 남북 관계와 코로나19 확산 영향으로 민간을 통한 이산가족의 생사 확인이나 서신 교환도 사실상 없어진 상태다.

이산가족 상봉이 이뤄진 궤적을 돌아보면, 최초의 상봉은 군사정권이던 1985년이었다. 고향방문단을 통해 65명이 만났다. 본격적인 상봉은 2000년 남북 정상회담을 계기로 2010년까지 이어졌다. 김대중-노무현 정부로 연결되는 시기다. 이명박 정부 출범 이후로는 천안함 폭침 등으로 남북 관계가 얼어붙었지만, 2009년 추석과 2010년 10월 두 차례에 걸쳐 상봉이 이뤄졌다. 박근혜 정부 때도 2014년 2월, 2015년 10월 두 차례 성사됐다. 문재인 정부 땐 판문점 선언 등을 계기로 2018년 8월 금강산에서 상봉이 이뤄졌다. 그러나 이른바 '하노이 노 딜'이라 하는 북미 정상회담 결렬 이후 현재까지 남북은 경색 국면을 벗어나지 못하고 있다. 윤석열 정부 출범 이후로는 대화조차 없다.

오늘은 일이 많았다. 광화문에서 축제와 같은 기자회견을 마쳐서 피곤

했다. 일찍 퇴근하고 쉬어야겠다.

내일 아침 일찍 현미 누님영결식이 있어서 잠도 일찍 자두는 것이 좋을 것이다. 그리고 오후에는 하남시 미사도서관에 가야 했다. 하남시에서 몇 년 전부터 있어온 호국영웅과 가족들의 구술 채록 사업에 나도 선정돼 책으로 나왔다. 출판기념회와 전시회를 겸한다고 했다. <기억으로 쓰는 역사 전시회>가 한 달 동안 열린단다. 나의 강연 순서도 있었다. 내일을 위해 심신을 달래야 했다.

— 아버지! 아버지 손주가 나왔어요! 엄청 예뻐요!

퇴근하려고 책상을 정리하는 중에 스마트폰으로 아들이 들어왔다.

— 아버지, 어머니 덕분입니다. 감사합니다.

— 야, 아. 잘 됐다. 아기 건강하고? 산모도 괜찮지?

나는 아들의 흥분한 목소리에 호응해 주기라도 하듯 덩달아 높은 음정으로 말했다.

— 네, 그럼요. 아주 건강합니다. 아무 탈 없어요!

— 고맙다. 수고했어. 며느리에게도 고생했다고 전해줘.

전화를 끊자마자 카톡 문자가 들어왔다. 아내였다. 축하한다고, 손녀딸이 생겨 기쁘다고, 감사하다는 글과 어여쁜 아가의 사진이 스마트폰 화면을 가득 채웠다.

고마운 일이다. 며느리가 수고했다. 학교 강의하랴, 집안일 하랴 바쁜 일상이었는데, 정말 고생이 많았다. 이제 아이까지 길러야 하니 더 힘들겠다는 생각이 들었다. 아내와 아들이 많이 도와주리라…….

나는 책상을 정리하고 《오랑캐꽃》 시집을 가방에 넣었다. 그리고는 사무실을 나섰다. 몸이 다시 가벼워진 느낌이었다.

특명

김 일 성 시 신 을 확 인 하 라 !

그 소녀의 하얀 팔이

내 지평선 모두였다.

　　　　　— 자콥, 〈지평선〉

에필로그

영결식 마치고 기억으로 쓰는 역사전으로

아침 아홉 시를 넘으면서 현미 누님의 영결식이 시작됐다. 중앙대학병원 장례식장에 현미 누님의 〈떠날 때는 말없이〉가 울려 퍼졌다. 스피커로 조가가 흘러나오자 영결식장에 모인 사람들이 조금씩 흐느끼다가 울음을 터뜨렸다.

두고두고 못다 한 말
가슴에 새기면서
떠날 때는 말없이
말없이 가오리다

마치 현미 누님이 스피커 뒤에서 노래하는 듯했다. 관에는 현미 누님이 없는 것 같았다. 〈떠날 때는 말없이〉는 현미 누님의 초창기 히트곡이었다. 대중들이 많이 사랑해주어 지금까지도 사람들의 뇌리에 박혀 있는 멜로디와 가사였다. 현미 누님이 데뷔 50주년 기념 앨범에도 다시 수록할 만큼 아꼈던 곡이다.

나도 눈물이 나왔다.

'누님, 이젠 정말 떠나시는가 봅니다. 누님이 못다 하신 말은 무엇인가요.'

가슴에 새긴 못다 한 말을 시원하게 뱉지 못하고 떠나시는 현미 누님이 불쌍했다. 누님의 못다 한 말은 통일일 것이다. 통일돼서 고향에 가보고 싶다는 말일 것이다. 누님이 불쌍하면서 나의 지난 시간들도 생각나 더 슬펐다.

〈떠날 때는 말없이〉가 페이드아웃 되면서 본격 영결식이 시작됐다. 사회를 맡은 이용식 코미디언이 현미 누님의 간략 연보를 읽어나갔다. 사회자 옆에는 스크린이 설치돼 있었고 현미 누님의 가수 시절이 연보에 맞게 편집돼 영상으로 떠오르고 있었다.

현미 누님은 1938년 평안남도 평양, 강동군에서 태어나셨다. 누님은 6.25 전란 때 월남하셔서 대구에서, 부산에서 피난 생활하시다 1957년에 가수로 무대에 서게 된다. 미8군 무대였다. '현시스터즈'가 누님의 가수 생활 시작이었다. 누님은 시원한 가창력과 깔끔한 춤 실력으로 미군들에게 큰 인기를 끌었다.

1962년 '밤안개'로 우리 국민 모두에게도 인기를 얻는다. 작곡가 이봉

조의 노래를 전담하는 가수로 60, 70년대, 우리나라 경제개발 시대의 대스타가 된다. 누님의 짧은 파마머리를 모든 여성이 따라 했고, 짙은 눈화장도 트레이드마크가 된다. 목청이 다른 가수들의 두 배 이상이어서 바다와 같은 소리라는 평가도 받는다. 이후 1990년대까지 누님의 노래는 방송에서 늘 불렸다. 누님은 '영원한 디바'라는 애칭으로 국민의, 특히 실향민의 애환을 달래는 가수였다.

연보 발표가 끝나고, 조사 낭독이 이어졌다. 조사는 이자연 대한가수협회장이 낭독했다.

'수많은 별 중 가장 아름답고 큰 별, 영원히 빛나는 별이 되셔서 못다 한 꿈을 하늘나라에서 꼭 이루시길 바랍니다.'라는 내용이었다.

이어서 추도사 낭독 시간, 후배 가수 박상민과 알리가 공동 낭독했다. 두 사람은 '아무 조건 없이 후배의 미국 공연에 게스트로 서주었던 큰 가수'였다며 누님을 기억했다. 이용식도 사회 중간중간, 누님의 생전에 보여준 큰 사랑을 이야기했다.

이용식은 "현미 선배님 데뷔 70주년 콘서트는 하늘나라에서 송해 선생님이 사회를 보는 천국 콘서트가 되지 않을까?"라고 최근에 돌아가신 송해 이야기도 했다.

추모의 순서가 지나고 식장에 모인 사람들의 헌화가 이어졌다. 조카인 노사연, 한상진이 헌화한 다음, 서수남, 문희옥, 한지일, 양지원, 남일해 등의 중견, 혹은 원로 가수들이 이어서 헌화했다. 나도 헌화를 하고 마지막 작별을 고했다.

누님은 미국으로 가신다고 했다. 원래는 북한 평양으로 가셔서 안장돼야 했지만, 그럴 수 없는 현실이 안타까웠다. 모든 월남인 이산가족분들도 마찬가지일 것이다. 살아서도, 이렇게 죽어서도 가지 못하는 고향이 북한이었다.

그 원을 어찌할까.

나는 관 앞에 세워진 누님의 영정사진을 보고 또 울었다. 누님이 타신 장의차는 중대 병원 장례식장을 빠져나갔다. 나도 천천히 장례식장을 빠져나와 지하 주차장으로 들어섰다. 하남시로 향해야 했다.

—저……, 강 선생님……. 선생님, 안녕하세요.

장례식장 주차장에서 내 차를 찾는데, 나를 누가 불러세웠다. 여인이었다. 지하 주차장이어서 어둠에 익숙지 않아 나는 그녀를 금방 알아보지 못했다.

—누구……시죠?

나는 눈을 크게 떠 그녀를 보았지만, 기억에 없는 얼굴이었다.

—저예요, 김은숙.

—…… 아, 안녕하십니까!

그녀였다. 탈북녀였다. 어둠에 익은 눈으로 좀 더 가까이 다가가 보니, 그제야 생각났다. 장춘에서 남한으로 데리고 오려던 탈북 부부의 여인, 김은숙이었다. 이십여 년이 흘러 얼굴에 주름이 깊어졌지만, 그녀의 이목구비는 여전했다. 넓은 이마에 짙은 눈썹, 쌍꺼풀 없는 작은 눈, 두툼한 콧망울과 광대뼈……. 눈가의 주름도 깊고 기미도 짙었지만, 김은숙, 그녀가 맞았다.

—《오랑캐꽃》을 보내 주셨더군요.

— 이용악 시인을 좋아하신다고 하셨잖아요.

— 고마워요. 그 시집 구하기 어려웠을 텐데요.

— 제가 지금 남한에 있지만, 연길도 다닙니다.

그녀는 내게 좀 더 가까이 왔다. 나는 흠칫, 약간 뒤로 물러섰다. 그동안 누군가가 나를 미행하고 있다는 느낌이었는데, 혹시 김은숙이었을까, 하는 생각이 스치고 지나갔다. 나는 중국의 한족 조교이거나 북한의 밀파 요원이라고 생각하는 중이었다. 그러나 그 사람이 누군지 이제는 알게 돼도 나로서는 별로 신경 쓰지 않으리라 생각했다. 관심 밖이었다. 남북 이산가족 상봉이며 신문사 업무며 내게는 당장 처리해야 일이 산적해 있었다.

— 여기 현미 누님 영결식에 왔었나 봅니다?

— 네, 우리 남편이 현미 동생분과 친척 됩니다. 그러니까 김길자 씨 사촌 조카죠.

— 아, 그렇군요. ……남편분은 어떻게 되셨습니까?

— …….

그녀는 말을 멈추었다. 오랜 침묵이어서 어떤 상처가 있는 듯 보였다. 나는 물어보지 않아도 될 것을 물은 잘못을 없애려고 그녀에게 차라도 한잔하자고 권했다. 그런데, 그 말도 잘못임을 금방 깨달았다. 차 마실 시간이 없었다. 곧장 하남시에 가야 했다. 하남 미사도서관에서 행사가 있음을 깜빡한 것이었다.

— 김은숙 씨, 같이 커피 마시기보다, 혹시 시간 되시면 저하고 하남시에 가시겠습니까? 거기, 국가유공자 행사가 있습니다. 제가 하남 미사도

서관에 빨리 가봐야 합니다. 김은숙 씨도 가면 좋겠습니다. 6.25 전쟁 중에 북한에 다녀온 분도 계십니다.

— 네, 저도 가보고 싶어요.

그녀가 흔쾌히 응했다.

나는 그녀를 조수석에 태우고 차를 운전했다. 북부순환도로를 거쳐 한강을 넘으려는데, 차가 밀렸다. 나는 차 안에서 그녀에게 물었고, 그녀는 답했다. 가끔 그녀가 묻기도 했지만, 내가 더 많이 질문했다.

그녀와 나는 지난 세월에 관해 이야기했다. 그녀가 어떤 시간을 보내왔는지 알아가면서 나는 마음이 더 무거워졌다. 그녀의 세월에 현미 누님의 삶이 겹쳐 어른거렸다.

그녀는 25년 전, 장춘에서 중국 공안에게 잡힌 뒤 북한에서 모진 생활을 겪다가 다시 탈출했다고 한다. 남편은 고문으로 시름시름 앓다가 죽고 자신은 늘 감시당하고 자아비판을 하면서 겨우 연명해나갔다.

그녀는 '토대'가 좋지 않았다. 아버지가 충남 공주 사람이었다. 남한 출신이면 토대 성분이 좋지 않아, 대우를 받지 못했다. 아무리 똑똑해도 대학 교육 이상을 받을 수 없었다. 하층의 일만 했다. 그녀가 중등교사라는 것도 거짓이 반이었단다. 잠시 학교에서 행정 일을 한 것이 전부라고 했다.

그녀는 어디를 가든, 무슨 일을 하든 먼저 보고해야 했다. 툭하면 자아비판, 툭하면 의심받아 보고서를 써야 했다. 일거수일투족을 주변 사람들이 모두 감시했다. 그녀는 철저한 감시 대상이었다.

그녀는 2차 탈북도 발각돼 또 감옥살이하고, 어찌어찌하다가 북한 주재의 상해 식당에서 일하게 되고, 거기서 돈을 많이 모아 조선족 신분증을 만들었다. 그리고 다시 탈북을 시도했다. 그러다가 또 공안에게 체포됐다.

결국 중국 공안을 돈으로 매수해 탈북에 성공하게 된다. 탈북 시도 세 번 만의 결과였다. 지금은 충남 공주 고모네 근처에서 살고 있으며 한국철도에 근무하고, 증평에 있는 한국교통대학에서 박사과정 중이라 했다.

남한에 오려고 여러 차례 목숨을 걸었던 이유는 오로지 아버지의 유언 때문이었다. 국군 포로였던 아버지의 유언, '반드시 고향에서 살아야 한다'라는 아버지의 한 마디가 자신을 지켜 주었다는 것이다.

— 아버지 고향, 공주에 가 있는 것 같은데……. 소원대로 됐네요.

나는 조수석을 향해 말했다.

— 네, 공주 고모님께서 아직 살아 계세요. 슬레이트집, 아직도 연탄 때는 집이에요. 저는 증평에 있어요.

그녀가 한숨 섞인 소리로 말했다.

무슨 사연이 있는 것 같았다. 아마 고모님과 사촌들이 그녀를 크게 반기지 않았던 모양이었다. 당연했다. 아무리 핏줄이라지만 북에서 내려온 그녀를 보살핀다는 것은 쉽지 않은 일일 것이다. 고모네 집도 형편이 어려운 것 같았다. 사촌들의 눈초리도 견뎌내기 힘들었을 것이다.

그녀는 억척같은 생활력으로 증평에 임대아파트도 장만했고, 공부도 이제 끝나간다고 했다. 공부 마치면 학교에서 강의하고프다 했다. 통일돼 직통으로 북한 가는 기차 운행하는 학생들을 배출하겠단다.

— 꼭 그렇게 되기를 바라요. 김은숙 씨는 해낼 겁니다.

막혔던 길이 뚫려 차가 속도를 내기 시작했다.

어느새 차는 하남시에 도착했다. 나는 미사도서관에 주차하고 4층 전시장으로 올라갔다. 행사는 1층 로비에서 진행하고, 4층에 전시관이 있었다. 행사 시작 시간이 남아 있어 4층으로 올라간 것이다.

'기억으로 쓰는 역사 展'

나는 김은숙과 전시장을 천천히 둘러보았다. 용사들 사진이 그들의 업적과 함께 병풍처럼 서 있었다. 모두 나이 드신 분들이었다. 나이가 들었어도 늠름하신 모습이었다. 내 사진도 있었다. 나는 특수임무 유공자여서 따로 군복이나 훈장은 없었다. 나는 내 특명을 완수한 기념의 사진을 제출했고, 그 주석궁 앞의 내 모습 사진과 김대중 연설문 모음집을 내주었다.

그리고 특수임무유공자회 특수복을 입고 사진을 찍었었다. 나는 내 전시 병풍 곁에 서서 나를 오래 바라보았다. 이렇게 나의 모습을 보니 감회가 새로웠다. 그동안의 세월이 빠르게 돌리는 영사기의 영상처럼 흘러갔다.

그녀가 나의 이런 모습을 스마트폰 카메라에 담아 주었다. 나는 내 사진 곁에서 활짝 웃어 보였다.

— 여기, 6.25 참전 용사분들 많으시네요.

— 그래요. 독립투사 유족과 6.25 참전 용사, 월남 참전 용사, 특수임무유공자들의 활동을 책으로도 냈지요.

— 우리 아버지께서도 월북 당하지 않으셨다면 여기에 이름을 올리셨

을 텐데……

그녀가 깊이 숨을 내쉬었다.

— 그러셨을 겁니다.

나는 그녀에게 잠깐 구경하고 있으라 하고, 1층으로 내려갔다. 거기서 출판기념회와 간담회를 진행하기로 돼 있었다.

'기록되지 않은 이야기에 귀를 기울이겠습니다. 호국영웅 및 가족들의 희생과 헌신을 잊지 않겠습니다.'

1층에는 커다란 플래카드가 걸려 있었고, 영웅과 가족들이 자리하고 있었다. 간이 연단에서 한마디씩 인사를 했다. 내 차례가 돼 나는 국가의 특명을 받고 평양에 두 차례 다녀온 이야기를 했다. 김은숙이 책장에 기대어 내가 강연하는 모습을 지켜보고 있었다.

축사와 답사, 모든 영웅의 인사말 다음, 기념촬영으로 간담회가 마쳤음을 알렸다. 나는 채록자와 사진을 찍고 김은숙에게 다가갔다.

— 이제 끝났어요. 어디 가서 차 한잔할까요?

내가 묻자 김은숙이 고개를 끄덕였다.

나는 행사 뒤에 김은숙과 좀 더 시간을 같이 보낼 수 있다면 좋으리라 생각했다. 미사리 조정 경기장 '미사 경정 공원'을 염두에 두었다. 몇 차례 다녀온 적이 있었다. 카누 경기를 보면서 고기를 구워 먹는 음식점이 있었다.

— 시간이 되면 같이 식사하시죠. 대접하고 싶네요. 제가 좋아하는 시인의 귀한 시집도 구해 주셨고…….

나는 그녀에게 조심스럽게 함께 식사하기를 권했다.

— 좋아요. 그렇게 하지요.

그녀가 흔쾌히 답했다.

나는 음식점으로 차를 몰았다. 행사 도서관에서 멀지 않는 곳이었다.

카누 경기 모습이 바라다보이는 숯불 구이점이었다. 그녀에게 멋있는 장소에서 맛있는 음식을 사주고 싶었다. 장춘에서 조금만 일찍 영사관으로 데려다주었으면 쉬웠을 탈북에 실패하고, 후에 세 차례나 강행해서 남한에서 살아온 그녀의 삶이 얼마나 고단했는지 알만한 일이었다. 공연히 미안했다.

검붉게 익어가는 한우 안창살을 바라보며 나는 그녀가 남한에서 잘 지내기를 빌었다. 나보다 더 건강하게 지내기를 바랐다.

음식점은 테라스도 잘 꾸며져 있었다. 식사 후 커피를 마시는 장소인가 보았다. 우리는 커피를 마시러 테라스로 나갔다. 가까운 데는 조정 경기장이 있고 저 너머에 한강 물도 보였다.

해가 지고 있었다. 우리는 커피를 마시며 노을을 바라보았다. 김은숙은 한강을 바라보며 커피를 조금씩 마시고 있었다.

그녀의 커피 잔이 붉게 달아오르는 모습을 바라보니 눈이 뜨거워졌다. 한강을 끓어오르게 하는 것 같은 노을 때문이었다. 노을은 붉음이 더 짙어져 갔다. 눈이 뜨거워지는 듯해서 나는 눈을 감았다. 환영이 보였다.

현실인지도 몰랐다. 현실이 환영이고 환영이 현실이었다.

— 강 선생님, 어서 오시라요.

그녀가 커피 잔을 테이블에 내려놓고 한강 쪽으로 달려간다.

— 어서 오시라요, 평양에 가야 하지 않습네까?

노을빛을 머금은 한강은 붉으락푸르락, 물이 흐칠거린다. 하늘빛과 물빛이 하나가 되어 우리 쪽으로 넘실거린다. 그녀가 어느새 물속으로 풍덩, 빠져든다.

— 내레 가야겠어요. 평양에 다녀오갔시오.

한강 물속을 헤엄치는 그녀는 마치 고향을 찾는 연어처럼 힘차게 물장구를 치고 나간다. 모천회귀(母川回歸)의 모습이다.

나도 풍덩, 물에 빠져든다. 손발을 휘저으며 그녀를 쫓는다. 이 물을 따르면 인천에 다다를 것이다. 인천으로 흘러드는 황해도 연백 강물을 거슬러 오르면 대동강과 맞닿을 것이고 대동강을 따라올라 흐르면 평양에 다다를 것이다.

나는 그녀의 뒤를 쫓아 헤엄쳐나간다. 문득, 이렇게 평양까지 헤엄쳐 갈 수 있을까, 하고 생각하니 힘이 빠진다. 팔과 다리에 쥐가 나는 것 같다. 저릿저릿하다. 몸이 잘 움직여지지 않고 숨이 차오른다.

나는 눈을 번쩍 뜬다.

그녀가 마시던 커피잔을 내려놓고 나를 바라본다. 그녀가 활짝 웃는다. 가지런한 그녀의 이가 희게 빛난다.

들가에 떨어져 나가 앉은 묏기슭의
넓은 바다의 물가 뒤에,
나는 지으리, 나의 집을
　　　— 김소월, 〈나의 집〉에서

엮은이의 말

《특명》, 우리의 근현대사를 스토리텔링 하다

 나는 《아름다운 작가》를 편집하면서 류재복 시인을 알게 됐다. 류 시인은 어머니에 관한 시를 몇 편 발표했는데, 그의 순수한 심상과 진솔한 표현이 내 마음의 거문고를 퉁겼다. 나는 그가 속한 문학회 동인이면서 《아름다운 작가》 편집위원이어서 낭송회나 출판기념회에 참석하고 있는데, 그를 야외 시화전에서 처음 대면하게 됐다.

 류재복 시인은 〈정경시사포커스〉 발행인이다. 오랜 시간 언론에 몸담고 있으면서 우리 사회의 큰 문제를 날카롭게 지적해온 대기자다. 그의 시가 투명한 것은 그의 정론·직필 정신 때문으로 보인다.

 시화전을 마치고 담소를 나누는 중에 나는 그의 시보다 그의 삶에 더 끌리게 됐다. 그때 내 심금을, 그의 삶의 편린들이 울렸다. 한 겹 두 겹 쌓이던 나뭇잎 같은 그의 삶은 모닥불 시 향연에서 큰 장작으로 타오르기 시작했다. 그의 서사는 손에 땀을 쥐게 하고 온몸에 전율을 느끼게 했다.

실화 장편 소설 《특명》의 주요 내용을, 나는 그 불꽃 향연에서 류재복 대기자한테서 직접 들었다. 러시아와 중국을 오가며 공연 사업을 이뤄가던 젊은 시절, 그 업적을 계기로 북한으로부터 초청받아 평양을 방문했던 중년 시절, 김일성 시신을 확인하고 평양교예단(써커스단)을 서울로 초빙해 남북 문화 교류에 앞장섰던 장년 시절, 남북 이산가족협회 부회장과 회장을 맡아 우리 민족과 이산가족을 위해 헌신하는 지금에 이르기까지, 류재복 대기자의 인생 서사를 나는 장작불이 만들어내는 영상에 선연하게 그려나갔다.

장작불이 활활 타올라 불기운이 서서히 식어가자 류재복 시인의 서사는 내 마음에 화석으로 자리를 잡았다.

그 후, 이 년하고 두 계절이 지난 다음, 그는 내게 글을 보내왔다. 영화화를 위한 초고인데, 읽어봐 달라는 메시지와 함께였다. 소설을 써오고 서사 이론에 익숙한 나의 견해를 묻는 것이었다. 나는 원고를 집중해서 읽고 조언을 적어 답장을 보냈다. 메일을 확인한 류재복 대기자는 내게 전화를 걸어 소설책을 출간해야겠다며 도움을 청했다. 지난날, 모골이 송연할 정도의 그의 서사는 소설 문장으로 써나가는 나의 손에 다시금 땀을 솟게 했다. 그렇게 두 계절 동안 집필해서 탈고한 작품이 실화 장편 소설 《특명》이다. 류재복 대기자의 삶이 종이에 화석이나 탁본처럼 책으로 나왔어도, 문장마다 단어마다 지난 모닥불 시 향연에서의 불길이 일렁이고 있다.

《특명》에서 보이듯, 류재복 대기자는 비범한 인생을 살아왔다. 파란곡절, 격랑, 그 자체였다. 그는 보통 사람으로서는 겪어보지 못 할 일을 여러 번 경험해왔다. 일반인이 할 수 없는 일을 해나갔다. 허허벌판에 큰 빌딩을 세우는 건축가라면 알맞은 비유일까? 돌아오지도 못할 우주선에 탄 비행사라면 맞을까?

그를 혁신적 모험가라 간명하게 표현해도 될 것이다. 언뜻 무모해 보이는 그의 실행력의 원천은 어디일까. 원고를 써나가며 곰곰이 생각해 본 결과, 나는 그에게 특별한 민족애, 가족애가 있다고 생각하게 됐다. 그의 멈춤 없는 불도저 같은 힘은 바로 민족애에 있었던 것이다.

그는 우리 민족의 전통을 이어가려 애썼다. 특히 우리 청소년들이 우리 문화를 기억하도록 노력해왔다. 재외교포들에 대한 연민과 교포 2,3세에 대한 애정이 그 열정을 받치고 있었다.

1995년부터 시작된 소년예술단의 한국방문 공연은 지금까지 네 차례나 이어졌다. 〈중국심양설화소년예술단〉, 〈장춘진달래소년예술단〉, 〈중국하얼빈라일락소년예술단〉, 〈훈춘백두산소년예술단〉, 〈평양교예단〉의 한국 공연이 그것이다. 모두 류재복 대기자가 기획하고 진행한 사업이다.

그는 우리가 우물 안 개구리가 되지 않도록 노력해왔다. 그의 실제 체험은 우리의 근현대사의 굴곡을 압축해놓은 것과 마찬가지였다. 구한말, 세계의 빠른 변화에 발맞추기보다 나라 안의 정쟁으로 우리의 국운은 풍전등화와 같이 돼 버렸고, 결국 일본 제국주의의 실현 발판이 돼 36년 동안을 일본의 노예로 살아갔다. 일본은 제국주의를 확장하려 태평양 전쟁을 일으켜 우리 민족을 자신들의 야욕에 제물로 삼았다. 유럽 또한 전쟁의 포화 속에서 신음하다 연합군에 의해 진정되어 갔다. 미국이 일본에 핵폭탄을 투하하여 일본의 항복을 받아내면서 우리는 일제로부터 해방을 맞았다. 타의에 의해 광복을 얻었어도 해방은 해방이었다. 사회주의 사상 물결이 우리에게도 다가왔고, 미국과 러시아가 우리 땅에 머물며 신탁통치를 하면서 우리 민족의 이념적 갈등은 더욱 깊어졌다. 결국 광복 후 얼마 지나지 않아 전쟁이 터지고 우리는 형제에게 총을 쏘는 비극을 벌이게 된다. 그 와중에 수많은 민족이 죽어 나갔고, 국토는 분단돼 서로 떨어져 만나지 못하는 민족의 비애가 생겨났다.

내가 압축한 우리의 근현대사를 그는 실제로 체험해 나갔다. 나는 그의 서사를 소설 문장으로 써나갔지만, 나의 상상력은 그의 실 체험을 뛰어넘지 못했다.

이 실화 장편 소설은 그래서 소중하다. 이 서사는 우리의 현실을 진실로 전하고 있다. 나는 류재복 대기자의 실화를 이렇게 책으로 남기게 돼 얼마나 보람 있는지 모르겠다.

우리는 잊지 말아야 한다. 우리가 지금 이 자리에 있는 것은 수많은 과거의 사건들을 극복해 왔기 때문이고, 지금 여기는 미래를 알리고 있다.

류재복 대기자의 실화는 우리 민족의 미래를 제시하는 물증이다.

2023년 가을
김기우